CW01495022

Ein Verzeichnis aller BATTLETECH®-Romane finden Sie am Schluss des Buches.

Peter Heid

Phoenix

Zweiundfünfzigster Band im
BATTLETECH®-Zyklus

Originalausgabe

WILHELM HEYNE VERLAG
MÜNCHEN

HEYNE SCIENCE FICTION & FANTASY
Band 06/6252

Redaktion: Joern Rauser
Copyright © 2001 by Peter Heid/Fantasy Productions
All rights reserved.
Copyright © 2001 dieser Ausgabe
by Wilhelm Heyne Verlag GmbH & Co. KG, München
http://www.heyne.de
Printed in Germany 2001
Umschlagbild: FASA Corporation
Umschlaggestaltung: Nele Schütz Design, München
Technische Betreuung: M. Spinola
Satz: Schaber Satz- und Datentechnik, Wels
Druck und Bindung: Elsnerdruck, Berlin

ISBN 3-453-18790-3

Bevor ich mit meiner Geschichte beginne, möchte ich mich noch bei einigen Leuten bedanken, ohne deren beabsichtigte oder unbeabsichtigte Hilfe ich dieses Buch niemals hätte schreiben können:

Meinen Eltern für die stille Unterstützung und dafür, dass sie mir immer freie Hand gelassen haben;

Hans Joachim Alpers, ohne dessen freundliche Unterstützung dieses Buch niemals in den Druck gegangen wäre;

Ramona, ohne deren erfrischenden Charakter ich niemals die notwendige Portion Wahnsinn gefunden hätte, um solche Bücher zu schreiben;

Nici, die mich vor etlichen Jahren dazu brachte, mit dem Schreiben anzufangen;

Christian N. für die zweite Welt;

Hannes dafür, dass er immer eine offene Telefonleitung hat;

Patrick für die Einführung in das BattleTech-Universum vor ein paar Jahren und für viele wertvolle Tipps und Details beim Schreiben dieses Buches;

Babsie, meiner Testleserin, ohne deren ehrliche und konstruktive Kritik ich in den letzten Jahren ziemlich aufgeschmissen gewesen wäre;

Andy für ihre Sprachkenntnisse, für die Adoption und dafür, dass ich ohne ihre erfolgreichen Versuche, mich immer wieder aufzuheitern, wohl zu frustriert gewesen wäre, um weiter zu schreiben.

Und für die Leserinnen und Leser, die sich direkt an mich wenden wollen, meine e-mail-Adresse:

shadowwriter@gmx.de

PROLOG

Tomans
Vereinigtes Commonwealth

7. April 3054

Stille. Der Planet schwieg. Die Nacht senkte sich mit ihrer allumfassenden Dunkelheit über die Schlachtfelder und gab den Kriegern Zeit zur Erholung. Es gab zwar keine absolute Sicherheit, dass die Nacht auch heute zur Waffenruhe dienen sollte, aber sie vertrauten auf die Erfahrungen des letzten Monats. Ihre Gegner hatten es während der Kämpfe auf Tomans nie für nötig gehalten, nachts anzugreifen, und so blieb ihnen nichts anderes übrig, als zu hoffen, dass auch dieses Mal alles ruhig bleiben würde. Eine kleine Anzahl von MechKriegern hielt Wache, um im Fall des Falles den Feind hinhalten zu können, bis die anderen Soldaten wach und einsatzbereit waren. Manche hatte die Müdigkeit übermannt, sodass sie in ihren Mechs eingeschlafen waren. Er fragte sich, wie ihre Gegner das aushielten.

Die Clans waren nur mit einem relativ kleinen Überfallkommando nach Tomans gekommen – und doch musste er zugeben, dass die quantitative Überlegenheit ihnen nichts geholfen hatte. Die Clankrieger hatten die Verteidigung von Tomans praktisch pulverisiert. Erst nach diesem einen Monat waren sie in der Lage gewesen, eine einigermaßen stabile Frontlinie aufzubauen. Und allmählich besserte sich ihre Lage. Die allgemeinen Gerüchte waren doch wahr: Je länger man kämpfte, desto schlechter wurden die Claner. Aber... welchen ungeheuren Blutzoll hatten sie gezahlt, um an diese Wahrheit zu gelangen. Er war zu hoch. Viel zu hoch. Jason verstand es einfach nicht mehr. Auch wenn das Oberkommando stolz auf die Linie zeigte, die die lebenswichtigen Industrieanlagen des Planeten von den Angreifern trennte, konnten, nein, durften sie nicht auf ihre Leistungen stolz sein. Diese letzte Linie wurde von verzweifelten Männern und Frauen gehalten, die nichts mehr zu verlieren hatten. Lieber wollten sie sterben, als den Clans Tomans zu überlassen. Man hätte fast sagen können, sie kämpften wie Clankrieger. Auch wenn diese eine andere Motivation für ihren Fanatismus besaßen. Und zu diesen Kämpfern gehörte Jason. Und er gehörte heute zu denen, die Wache hielten. Er fragte sich, wie lange er die morgigen Kämpfe durchstehen würde. Die anderen hatten wenigstens Zeit für angenehme Träume. Er hingegen würde morgen nicht ausgeruht in die Schlacht ziehen. Die Claner mochten das aushalten – er hatte selbst miterlebt, wie seine Gegner tagelang gekämpft und nicht einmal Anzeichen von Erschöpfung gezeigt hatten. Aber, Teufel noch mal, er hielt das nicht aus. Außerdem war sein BattleMech inzwischen mehr ein Schweizer Käse als ein Kampfroboter.

Ob er überhaupt noch einmal ausrücken konnte, stand in den Sternen. Die Techs hatten versprochen, zumindest den Treffer am Gyroskop zu beheben. Ob sie noch genügend Zeit haben würden, um das riesige Loch in seiner Torsopanzerung zu stopfen, wusste er nicht. Ehrlich gesagt war es ihm auch egal. Sollten sich die Clans morgen nicht vom Planeten zurückziehen, würde er bald sterben.

»Hey!« Jason sah langsam auf. Er erkannte Lhiannons Stimme sofort. Er kannte sie seit Bestehen der Einheit. Eine verflucht lange Zeit, wie er fand.

Lia winkte ihm kurz zu: »Hey, Jason! Komm du bitte auch her!«

Er entschied sich, die Einladung anzunehmen. Nicht nur, weil Lhiannon seine Kommandeurin war, sondern weil er jetzt Gesellschaft brauchte. Nach so vielen niederschmetternden Wahrheiten… Außerdem fand er, dass er viel zu lange Trübsal geblasen hatte. Morgen würde er sterben… es war an der Zeit, noch einmal zu leben. Zum letzten Mal. Er stand auf und trat zielstrebig auf den überfüllten Tisch zu, an dem Lhiannon saß. Der Wachraum war relativ groß. Jason konnte schätzungsweise zwanzig Soldaten ausmachen. Einige saßen, wie er es gerade noch getan hatte, einsam an einem stillen Plätzchen und hingen ihren Gedanken nach. Seinem sorgsamen Blick entging auch nicht, dass die Uniformen der Soldaten sich unterschieden. Er sah Uniformen seiner Einheit, *Phoenix*, Uniformen des Vereinigten Commonwealth sowie einige Uniformen, die eigentlich gar nicht hier sein dürften. Nun, sie waren hier, und Jason bemitleidete ihre Träger deswegen. Er schnappte sich einen freien Stuhl und setzte sich neben einen ComGuard. Jason musterte ihn kurz. Seit die ComGuards 3052 die Clanoffensive auf Tukayyid zum Stehen gebracht hatten, genossen sie in der ganzen Sphäre einen ungemein hohen Anerkennungsgrad. Dummerweise hatten die ComGuards in jener grausamen und entscheidenden Schlacht praktisch alle fähigen Soldaten verloren. Auch hier war der Blutzoll zu hoch gewesen…

Lhiannon war gerade in ein Gespräch mit einem Offizier vertieft, der die Uniform der Außenweltallianz trug. Jason fragte sich, wie ein Außenweltler nach Tomans kam. Er betrachtete die beiden stumm. Der Offizier war jung und untermauerte seine Argumente mit energischen Gesten. Jason bezweifelte, dass er seine Feuerprobe schon hinter sich hatte. Vielleicht war er mit der Entlastung erst heute angekommen. '

Der Junge tat Jason Leid. So viel Energie… er würde

morgen sehen, warum die Claner viel mehr als böse Geister waren. Lia hingegen war so ruhig wie immer, mit diesem charakteristischen Aufblitzen in ihren Augen, wenn sie von ihrem Beruf, dem Töten, sprach. Sie wirkte lange nicht so alt wie sie in Wirklichkeit war, und ihre Gesichtszüge waren noch so ästhetisch und jugendlich wie an dem ersten Tag, an dem er sie gesehen hatte. Abgesehen von der langen hässlichen Narbe, die über ihre linke Wange lief.

Er musste kurz daran denken, wie sie diese Narbe bekommen hatte. Ehrlich gesagt empfand er immer noch diesen tiefen, zufriedenstellenden Stolz, wenn er ihre Verletzung sah. Es war sein erster Einsatz gewesen – damals, vor etlichen Jahren –, und nur seiner schnellen Reaktion verdankte es Lia, dass sie nicht mehr als ihre Schönheit verloren hatte. Er sprach nie aus, dass er diesen Stolz spürte, aber Lia wusste es sicher. Ob es Aleisha auch wusste, konnte er nicht genau sagen. Die Kapitänin des Landungsschiffes *Esmeralda* hatte sich irgendwie immer abgekapselt, auch wenn ihr Leben mit der Einheit länger verbunden gewesen war als das von Lia. Ansonsten war niemand mehr da, der seine Feuerprobe miterlebt hatte. Sie waren alle schon tot. Robert war gestern als Letzter gefallen. In all diesen Jahren hätte Jason es sich nie vorstellen können, dass Robert, für alle in der Einheit eine lebende Legende, sterben könnte. Leider hatte der Claner in seinem *Masakari* das gestern anders gesehen.

Lia stieß ihn an. »Weißt du, was dieser Grünschnabel da gerade behauptet hat?«

Jason zuckte mit den Schultern. Es war ihm egal. Aber Lia wollte er den Gefallen tun und Interesse vortäuschen.

Der Außenweltler meldete sich zu Wort und fuchtelte wild mit den Händen herum. »Morgen können wir sie zurückschlagen!«

»Wen?« Jason sah sein Gegenüber irritiert an.

»Die Clans! Wenn wir morgen durch ihr Zentrum brechen, können wir sie leicht ins All zurücktreiben.«

Jason lächelte den Außenweltler nachsichtig an. »Natürlich. Wir brechen ganz einfach durch ihr Zentrum und nebenbei halten wir noch ein kleines Kaffeekränzchen ab.«

Der Junge schwieg.

Lia grinste Jason zufrieden an, der jetzt fortfuhr: »Hör zu, Kleiner. Von allen Clans da draußen ist der Jadefalkenclan der bösartigste. Vielleicht einmal abgesehen von den Wölfen. Momentan kämpfen wir gegen die Falken. Denkst du nicht, die werden etwas gegen deine Pläne haben?«

»Na ja… ich bezweifle, dass sie nach einem Monat noch genügend Kampfkraft besitzen.«

Jason brach in schallendes Gelächter aus. »Was sagst du da, Grünschnabel? Mein Gott, Kleiner, geh heim in deine Allianz. Mit dir würde ich nicht mal im Simulator kämpfen wollen.«

Jason wollte gerade noch eine Breitsalve auf den verunsicherten Außenweltler abschießen, als eine bekannte Stimme hinter ihm laut wurde. »Jason…?? *Jason*!«

Er drehte sich um und erkannte den Mann nicht sofort. Zumindest im ersten Moment nicht.

»Ich… glaub's nicht…!! Ray!«

Ray war mit einigen Sätzen bei Jason und schüttelte heftig seine Hand. Inzwischen hatte sich die allgemeine Aufmerksamkeit auf die beiden gerichtet. Ray trug die Uniform eines ComGuard.

Ray blickte kurz zu Lia und nickte ihr zu. Ob Lia ihn erkannte, bezweifelte Jason. Der Außenweltler musterte Ray skeptisch und fragte: »Und wen haben wir denn da?«

Lia antwortete mit einem Grinsen: »Raymond Allison, ehemals Marik-Streitkräfte.«

»Und ein verteufelt guter Freund!«, erklärte Jason lachend, »Hey, seit wann bist du denn *diesem* Verein beigetreten?«

»Ist schon 'ne ganze Zeit her. Ungefähr zehn Jahre.«

»Warst du auf Tukayyid auch dabei?« Dieses Mal war Jason wirklich interessiert.

Rays Gesicht verdüsterte sich. »Alle ComGuards waren auf Tukayyid.« Dann lächelte er wieder und fragte seinen Freund: »Und du? Immer noch bei den *Jacks*?«

»Wir haben uns in *Phoenix* umbenannt.«

»*Phoenix*... Auch ein guter Name. Er passt ganz gut zu euch.«

»Warum? Sind die etwa gut?«, fragte der Außenweltler und fing sich sofort eine schallende Ohrfeige von Lia ein. Jason und Ray stimmten in das folgende Gelächter ein. Ein VCS-Offizier sah Jason neugierig an. »Du bist von *Phoenix*?«

»Sieht so aus.«

»'ne gute Truppe«, erklärte der Offizier kritisch. Eine Frau in der MechKriegerausrüstung des Draconis-Kombinats nickte ebenfalls. Jason fragte sich, warum sie die kurze und provokante Uniform trug. Sollten die Claner angreifen, würden die Wachsensoren ihnen noch genügend Zeit zum Umkleiden geben. Vielleicht war sie von denen, die sich einfach in dieser Ausrüstung besser als in der Standarduniform fühlten. Oder sie war auf eine – vermutlich letzte – Liebesnacht aus.

Ray schaltete sich jetzt in das Gespräch ein. »Hast du schon mal was von dieser Sache auf Amity gehört?«

Der VCS-Offizier schüttelte den Kopf. »Ich glaube, das war... 3032?«

Jason verbesserte ihn schnell. »'33. Vor einundzwanzig Jahren.«

»Ja, genau«, erklärte Ray und wandte sich wieder dem wartenden Offizier zu.

»Damals haben die Kerle so ziemlich jeden ausgetanzt. Das war 'ne Schlacht! Das war sogar noch 'ne Nummer größer als unser Sieg auf Tukayyid.«

Die MechKriegerin sah ihn verdutzt an. »Du machst Witze!«

Lia lächelte in sich hinein und fragte laut: »Wollt ihr die Geschichte hören?«

Jason fand die Frage überflüssig. Ray hatte sie heiß gemacht und natürlich wollte sie jetzt jeder hören. Er freute sich schon auf diese Geschichte. Er hatte sie selbst erlebt, und Lhiannon hatte sie schon unzählige Male erzählt. Aber jedes Mal hörte er sie gerne.

Der Außenweltler sah Lia neugierig an: »Tu mir den Gefallen! Wenn ihr wirklich so gut seid…«

Lia konnte sehen, dass er dieses Mal für alle sprach. Sie seufzte und sah Ray kurz an. »Okay. Aber zuerst, Ray, holst du noch ein paar Flaschen Wein aus dem Regal. Mit trockenem Mund erzählt's sich so schlecht…«

1

Steiner-Versorgungsdepot, Amity
Liga Freier Welten

5. Januar 3033

Der LCS-Oberst zog die kalte Luft des Planeten wie sonst nur Nikotin ein. Er war seit seiner Jugend Raucher, auch wenn ihm viele Bekannte unzählige Male von seiner Leidenschaft abgeraten hatten. Der Oberst hatte jedes Mal mit einem Achselzucken und der Entgegnung geantwortet, er werde hundertprozentig nicht an den Folgen seiner kleinen Nikotinleidenschaft, sondern wohl eher an einem verirrten Projektil aus einer der tödlichen Waffen, mit denen die Menschheit heutzutage umging, sterben.

Er drehte sich um und genoss den Anblick des Sonnenuntergangs. Amity erinnerte ihn an Tharkad. Das Land besaß die gleiche majestätische Erhabenheit – und das gleiche Klima. Der Oberst stöhnte kurz auf. Vielleicht waren solche Einsätze nichts mehr für ihn. Die dauernden Überfälle und Gegenüberfälle, die riskanten Sprünge in fremde, vom Feind gehaltene Sonnensysteme, die Klimawechsel… Es hatte eine Zeit gegeben, in der der Oberst nichts lieber getan hatte. Doch jetzt, musste er gestehen, sehnte er sich nur noch nach seiner Familie und der einfachen ländlichen Ruhe von Arkturus. Einer seiner Adjutanten, ein junger Leutnant, kam auf ihn zu und hielt einen Scanner in der Hand.

Der Oberst bemerkte den verwirrten Gesichtsausdruck des anderen Offiziers und fragte: »Was gibt's?«

»Wir erhalten hier seltsame Werte, Herr Oberst.« Der Leutnant reichte dem Oberst den Handscanner, den dieser sorgsam betrachtete.

»Die Sensoren können bei diesem Wetter kaum vernünftig arbeiten. Ich war nicht sicher, ob es wieder eines von diesen Echos ist...«

Die Augen des Oberst weiteten sich und er flüsterte heiser: »Mann, sofort zurückziehen!« Dann brüllte er seinen Soldaten zu, die einige Meter weiter mit ihrer Arbeit beschäftigt waren: »RÜCKZUG!«

Zu mehr kam er nicht. Das Depot schien auf den ersten Blick gut geschützt. Der Ausgang war mit einigen Wach- und BattleMechs gesichert, die linke Flanke war um wenige Grade geneigt und lief in einer weiten, baumlosen Ebene aus. Angreifer würde man sofort entdecken. Im Rücken des Depots standen die letzten Steiner-Verbände dieses Sektors, und rechts erstreckte sich ein riesiger, unzugänglicher Gletscher, dessen Felsformationen ungefähr zehn Meter vor dem Depot fast neunzig Grad in die Höhe schossen.

Sie kamen von dem Gletscher. Der Oberst empfand in diesem Augenblick nur Bewunderung für diese furchtlosen MechKrieger, die es gewagt hatten, sich mit dem ewigen Eis anzulegen. Niemand, den er kannte, hätte daran gedacht, eine solche Aktion auszuführen, geschweige denn sie auch tatsächlich ausgeführt. Es waren alles sprungfähige Mechs. Eine ganze verdammte Kompanie, die seelenruhig mitten in seinem Depot landete und sofort mit ihrem Auftrag begann. Ein Auftrag, der vermutlich nur aus einem Wort bestand: Vernichtung.

Er machte sich keine Illusionen – der geübte Blick sah sofort, dass sein Depot verloren war. Sie sprangen systematisch ab, allen voran ein *Victor*. Einige Meter vor ihm wirbelte ein *Witworth* den Schnee auf und landete sicher. Der Oberst sah, dass am Torso dieses Mechs zwei riesige Lautsprecher installiert waren – abgesehen davon hörte er sie. Der MechKrieger hatte offensichtlich eine Schwäche für aggressive Rockmusik. Der harte Sound dröhnte durch das Depot wie Don-

15

nerhall. Ihre erste Salve richtete sich vollständig gegen die LCS-Mechs.

Der Oberst sah hilflos zu, wie die zwölf Angreifer seine Verteidigung auseinander nahmen. Ein *Grashüpfer*, ein schwerer, sprungfähiger Mech mit einer beeindruckenden Mittelstrecken-Bewaffnung, landete direkt hinter einem lyranischen *Zeus*. Der *Grashüpfer* hatte alle Zeit der Welt und pumpte dem perplexen Lyraner seinen schweren Laser und zwei M-Laser in den rückwärtigen Torso. Der *Zeus*, sonst ein gut gepanzerter Mech, brach nach den tödlichen und präzisen Treffern sofort zusammen.

Der Oberst sah dem kurzen Todeskampf seiner Einheit schweigend zu und richtete sich dann an seinen Adjutanten, der ebenso hilflos wie er selber neben ihm stand. »Leutnant, geben Sie den Evakuierungsbefehl an alle Männer durch. Je mehr noch rauskommen, desto besser. Und danach verschwinden Sie mit dem Schweber.«

Der Leutnant nickte und eilte in das Kampfgeschehen. Der Oberst hielt sich etwas abseits und verschwand im Kommandogebäude. Eben war der letzte Mech, ein *Paladin*, abgesprungen. Die Lyraner hatten den Schock jetzt irgendwie verarbeitet und im Schutz zweier überschwerer Frontmaschinen, einem *Zyklop* und einem *Pirscher*, vollzogen sie bereits einen einigermaßen geordneten Rückzug. Die Angreifer konzentrierten ihr Feuer jetzt auf diese beiden Gegner. Der *Witworth*, zwei *Greife*, eine *Valkyrie* und ein *Panther* nahmen mit ihrem gewaltigen Langstreckenfeuer den *Pirscher* unter Beschuss, der bereits nach der ersten Breitseite unter einer riesigen Rauchwolke verschwand. Der *Victor*, der *Grashüpfer* und eine *Speerschleuder* umsorgten dagegen den *Zyklop* mit einem genauso brutalen Kurzstreckenbombardement.

Während der Oberst wütend nach dem Inferno-KSR-

Werfer suchte, fragte er sich, wie die Angreifer seine Sensoren hatten umgehen können. Sicher, es waren Profis, kein Zweifel, und sie hatten höchstwahrscheinlich den Blizzard genutzt, der noch vor zwei Stunden über den Sektor gefegt war. Aber trotzdem entschuldigte dies in keiner Weise sein Versagen bei der Ortung der Marikverbände. Die Kriegsführung des 31. Jahrhunderts war dank der Nachfolgekriege, in denen beinahe alle Errungenschaften der modernen intergalaktischen Menschheit zusammengebombt worden waren, relativ antik – aber solche Dinge durften einfach nicht passieren. Man kämpfte mit tödlichen und riesigen Kampfrobotern, und die Sensortechnik war an und für sich auch weit entwickelt – was sie angesichts solcher Vernichtungswerkzeuge wie der BattleMechs auch sein musste.

Ein Blick aus dem Fenster verriet ihm, dass der *Zyklop* noch stand und eine Salve auf den *Witworth* abgab. Die Überreste des *Pirscher* bedeckten das Schlachtfeld. Der Lyraner traf den *Witworth* mit seiner KSR unterhalb des Cockpits. Die schwere Autokanone verfehlte ihr Ziel und ein M-Laser streifte den *Witworth* am Bein. Der Angreifer taumelte angeschlagen zurück. Die blindwütige Autokanone des *Victor* übernahm jetzt den nächsten Akt, und der *Zyklop* fiel vernichtet zu Boden.

Der Oberst eilte mit dem KSR-Werfer nach draußen. Die optimale Entfernung für das, was er vorhatte, betrug sechzig Meter. Vielleicht auch etwas weniger. Der Oberst hatte in solchen Dingen immer mehr seinem Gefühl vertraut als gut gemeinten Vorschriften.

Er hatte nicht viel Zeit. In den Augenwinkeln konnte er einen *Vulkan*, einen Anti-InfanterieMech, ausmachen. Glücklicherweise massakrierte der *Vulkan* gerade einen der fünf leicht bewaffneten Sicherheitszüge. Der Oberst wählte den bereits angeschlagenen *Witworth*. Er wünschte sich auf einmal nichts sehnlicher, als ebenfalls einen Mech zu lenken. Ja, einen *Atlas*, mit dem er sogar den überschweren *Victor* augenblicklich in Stücke reißen konnte. Auch wenn das bedeutet hätte, dass er sich auf eine Stufe mit den arroganten Mech-Jockeys hätte stellen müssen.

Das Gefühl in seinem Bauch signalisierte ihm, dass er heute die optimale Entfernung weit unterschreiten musste. Der *Witworth* drehte sich und der Oberst wusste, dass der MechKrieger ihn im Visier hatte. Trotzdem blieb es still. Der Oberst hatte damit gerechnet. Mech-Krieger waren viel zu selbstsicher, um in einem einzelnen Schlammhüpfer eine ernst zu nehmende Gefahr zu sehen. Ausgenommen natürlich MechKrieger, die Anti-InfanterieMechs steuerten. Solche MechKrieger waren regelrechte Teufel. Aber das traf nicht auf den Piloten des *Witworth* zu.

Er wischte sich den Schweiß von der Stirn. Er war nicht mehr der Jüngste, und einen schweren KSR-Werfer zu schleppen, hatte ihm ohnehin noch nie zugesagt … Er stoppte ungefähr dreißig Meter vor dem Mech. Ohne wie sein Gegner wertvolle Zeit zu verlieren, visierte er das Cockpit des *Witworth* an. Erst jetzt erkannte der musiksüchtige MechKrieger – die Boxen dröhnten noch immer mit einer unmenschlichen Lautstärke durch das Depot – die Gefahr. Sein erster Schuss zeugte jedoch von viel zu viel Nervosität und ging über das Ziel hinaus.

Rechts hörte der Oberst die vertrauten Motoren der Schweber. Seine Leute flohen. Der Oberst lächelte bissig und feuerte … Er war selber überrascht über die kerzengerade Flugbahn der Rakete. Sie schlug exakt im Cockpit ein, durchschlug die schützende Verglasung und Panzerung und zündete anschließend. Im selben Moment schoss eine Feuersäule aus dem Kopf des *Witworth*, die Musik erstarb, er wankte und fiel.

Hinter dem Oberst entlud sich eine PPK in dem ersten Vorratslager. Vor ihm erschien der *Vulkan*. Er verschwendete keine Zeit für unnötige Schrecksekunden, sondern hechtete sofort zur Seite. So entging er dem Flammenwerfer des *Vulkan*. Dann rannte er im Zickzackkurs aus dem Depot.

Leider war die andere Anti-Infanterie-Waffe des Mechs, das schwerkalibrige Maschinengewehr, breitfächrig genug, um jeden noch so sinnvollen Fluchtweg mit seinen Salven einzudecken. *Am Ende*, schoss dem Oberst durch den Kopf, als er von dem ersten Projektil getroffen worden war, *hat mich die Hölle doch eingeholt*.

2

Freewheel, Amity
Liga Freier Welten

6. Januar 3033

Der Saal war schon eine Stunde vor dem offiziellen Empfang überfüllt. Die meisten Personen trugen die Ausgehuniformen der Marik-Streitkräfte. Ein geübtes Auge konnte so ziemlich alle Waffengattungen ausfindig machen. Der zweithäufigste hier vertretene Berufsstand schien der des Politikers zu sein. Und den ein oder anderen Schundblatt-Reporter konnte man ebenfalls entdecken.

Draußen fegte ein gnadenloser Blizzard über das Land. Wenn Jack Anderson ehrlich war, dann musste er sich eingestehen, dass er das eisige Klima Amity's liebte. Schon allein deshalb, weil die Kälte seiner Kompanie im Gefecht einen wesentlich häufigeren Waffeneinsatz gestattete.

Jack betrachtete sein Sektglas lange, bevor er sich zu einem Lächeln zwang und austrank. In seiner ganzen Zeit als Kommandeur hatte er noch nie einen derart großen Erfolg erzielen können. Die LCS waren vor einem halben Jahr auf dem Planeten gelandet. Es sollte eigentlich nur ein schneller Überfall werden, aber die Mariktruppen hatten verbissenen Widerstand geleistet. Die Schlacht war hin und her gegangen und keine Seite hatte größere Siege erzielt. Die LCS hatten die heiß ersehnten MechBaupläne nicht bekommen und die Verteidiger hatten die LCS nicht wieder ins Weltall zurücktreiben können.

In diesen sechs Monaten hatte sich Jacks Einheit, die *Mad Jumpin' Jacks*, als äußerst notwendig für die Liga erwiesen. Jack hatte seine Kompanie in unzählige Einsätze geschickt, war mehr als einmal mit seinen

Leuten hinter den feindlichen Linien gewesen und hatte nicht einen Mech verloren...

Bis gestern. Nicht dass es etwas Besonderes war, wenn man im Gefecht Soldaten verlor – das war ein Grundsatz, der bereits seit Bestehen der menschlichen Rasse galt. Nein, es war viel mehr etwas anderes, das ihn ärgerte. Der Überfall auf das LCS-Depot war sicherlich die am besten geplante Mission seit ›Götterdämmerung‹ gewesen – zumindest glaubte er das... und da verdarb ihm ein billiger kleiner Schlammhüpfer den Spaß.

Ansonsten hatte alles perfekt geklappt. Der Sieg war schon so gut wie in der Tasche. Mit der Vernichtung des Depots verloren die LCS ihre wichtigste Nachschublinie auf ganz Amity. Jetzt waren sie zurückgedrängt auf die drei Raumhäfen, in denen sie sich verborgen hatten.

Dass es ausgerechnet Arthur erwischt hatte, vermieste ihm die Laune noch zusätzlich. Arthur Melton hatte vor acht Jahren die Einheit mitbegründet. Damals, vor dem 4. Nachfolgekrieg, als die Dinge noch ein bisschen einfacher gewesen waren...

Der Gedenkgottesdienst für Arthur war für morgen angesetzt. Was er genau dabei machen würde, wusste er bereits aus seiner langen Dienstzeit bei den LCS. Und seit er eine Söldnereinheit kommandierte, hatte er in solchen Dingen noch mehr Erfahrung gesammelt. Trotzdem würde es morgen anders werden. Arthur war nicht nur ein exzellenter MechKrieger gewesen, sondern auch sein Freund. Nicht so wie die anderen, die unter seinem Kommando gestorben waren. Sicher erforderte das Zusammenleben in einer Söldnerkompanie auch Kameradschaft. Allein schon deshalb, weil man im Ernstfall blindes Vertrauen gegenüber seinen Kollegen zeigen musste. Aber die Freundschaft mit Arthur war doch tiefer gegangen. Die beiden Männer hatten sich seit ihrer Jugend gekannt, hatten zusammen einigen verlorenen Lieben nachgetrauert und zusammen den Nagelring absolviert. Dann waren sie zu verschiedenen Regimentern abkommandiert worden, hatten verschiedene Leben gelebt. Als aber Jack den ersten MechKrieger für seine *Jacks* benötigte, hatte Arthur Melton ohne Zögern zugesagt. Er war in jeder Hinsicht bemerkenswert gewesen und Jack fand es einfach paradox, dass Arthur den Tod durch einen Infanteristen gefunden hatte.

Jack blickte hoch und sah einige Angehörige seiner Truppe im Gespräch mit Marik-Soldaten. Er musste zugeben, er fand die grün-blaue Ausgehuniform der *Jacks* noch immer geschmacklos. Aber er war damals von allen anderen überstimmt worden. Er fand, als Kommandeur hatte er definitiv nicht das Recht, seinen Soldaten zu verbieten, was sie anziehen wollten. Allerdings musste er gestehen, dass sein Sohn sich sogar in dieser Uniform gut machte. Jack hatte Tomas Anderson vor einem Jahr in seine Einheit gelassen, und er war stolz auf seinen Sohn, der sich inzwischen fest in der Truppe etabliert hatte.

Sein Blick wanderte weiter. Robert Shedler stand die Uniform zweifellos gar nicht. Der Hüne konnte außer seiner gewöhnlichen MechUniform vielleicht noch irgendeine Zivilistenkleidung tragen – alles andere sah geschmacklos aus. Aber so unattraktiv Robert aussah, so gut konnte er Mechs steuern. Jack hatte den stillen, phantasielosen und absolut effizienten Shedler schon seit einigen Jahren zu seiner persönlichen Leibwache auserkoren. Und diese Aufgabe erfüllte Shedler beispielhaft. Seit er diesen Wachhund hatte, konnte Jack die brenzligen Situationen an einer Hand abzählen. Allerdings traf dies nicht für die Anzahl der Mechs zu, die von Shedler niedergemäht worden waren.

Jack kämpfte sich zum Büfett durch und ergatterte

einen Teller mit kleinen, exotischen Leckerbissen. Er fand den Aufwand, den die planetare Regierung machte, vollkommen übertrieben. Sie waren sich ihres Sieges viel zu sicher. Jack und einige seiner Piloten kannten die LCS noch aus ihrer eigenen aktiven Zeit und wussten, dass auch der dümmste LCS-Offizier gelegentlich zu geistigen Höhenflügen emporstrebte – vor allem dann, wenn sich die Gegner des Commonwealth viel zu sicher waren...

In dem Wirrwarr entdeckte er eine Gruppe junger Offiziere, die angeregt miteinander redeten. Offenbar waren sie gerade auf Partnersuche, wie Jack aus den amüsierten und freundlichen Gesten folgerte, die sie einander zuwarfen. Es überraschte ihn nicht, Lhiannon Potter, eine junge Offizierin der *Jacks*, bei ihnen zu entdecken. Lia – wie sie von allen genannt wurde – war kein Freund von langen Kleidern. Sie rannte sogar während der Erholungszeiten, auf dem Landungsschiff oder bei technischen Arbeiten an den Mechs in ihrer kurzen Hose, einem ärmellosen Hemd und den Gefechtsstiefeln herum. Die Kühlweste trug sie allein deshalb nicht dauernd, weil Jack es ihr strikt verboten hatte. Der Anblick dieser attraktiven, provokanten und gefährlichen MechKriegerin hatte ihm bereits mehrmals fast den Verstand geraubt. Sie wusste nicht, wann sie geboren war, schätzte sich aber selber auf Anfang Zwanzig. Nicht nur Jack erlag ihr manchmal. Heute musste sie wohl oder übel die Ausgehuniform tragen, aber sie hatte sie drastisch gekürzt. Das auffallendste Merkmal war wohl, dass ihre Uniform nabelfrei gestaltet war.

Jack betrachtete sie jetzt eingehender. Eigentlich tat er das jeden Tag. Sie war klein und sehr schlank. Schon das prädestinierte sie für ein MechCockpit. Sie hatte schwarze Haare, die genauso wie schwarze Löcher den Mittelpunkt der Anziehungskraft bildeten. Ihr Hals war mit antiken Motiven tätowiert, und ihr Nabel war mehr oder weniger ein Meisterwerk der Tattoo-Kunst und stellte den Mittelpunkt einer aufgehenden Rose dar. Er hatte Lia vor fünf Jahren, während seiner Dienstzeit in den Vereinigten Sonnen, kennen gelernt. Sie stammte aus ärmlichen Verhältnissen und hatte sich bereits seit ihrer Kindheit alleine durchschlagen müssen, da ihre Eltern bei einem draconischen Überfall getötet worden waren.

Lhiannon wirkte nicht sonderlich stark oder widerstandsfähig, aber Jack wusste es besser. Diese Frau hatte so ziemlich alles – auch die Hölle – mitgemacht und war härter als viele andere. Sie hatte damals einen AgroMech gesteuert und Jack hatte ihr Talent augenblicklich erkannt und sie gefördert. Er hatte ihr sogar eine regionale MechKrieger-Ausbildung, wie sie in den Vereinigten Sonnen die meisten MechKrieger absolvierten, sowie einen BattleMech finanziert und ihr die Mittel für ein Offizierspatent zur Verfügung gestellt. Auch wenn diese Ausgaben auf den ersten Blick wahnwitzig erschienen – es hatte sich ausgezahlt. Seit Lia vor zwei Jahren der Einheit beigetreten war, erzielten sie wesentlich bessere Ergebnisse als früher. Außerdem war Lia – obwohl in militärischen Dingen fast immer anderer Meinung als Jack – ihrem Kommandeur äußerst dankbar und würde im Extremfall sogar ihr Leben für ihn geben.

Eine Horde Zivilisten kam auf Jack zu, allen voran der planetare Regierungschef Tores Thornten. Jack setzte ein gequältes Lächeln auf, im Gegensatz zu Thornten, der ihn mit einem wirklich überzeugenden Lachen anstrahlte. Allerdings wusste Jack, dass Politiker dieses Lächeln jederzeit aufsetzen konnten… Jack traute ihnen, wie so ziemlich jeder vernünftige Soldat, nicht über den Weg.

Thornten deutete auf den alten MechKrieger. »Und

das, meine Herren, ist der Mann, dem wir diese Siegesfeier zu verdanken haben, Kapitan Jack Anderson.«

Thornten blickte Jack kurz in die Augen. Ein lauernder, gefährlicher Blick. Sie schüttelten sich die Hände, und einige Reporter nutzten die Gelegenheit für Momentaufnahmen. Jack war dank der häufigen Kampfeinsätze der letzten Monate sehr selten mit Thornten zusammengekommen, hatte aber den Eindruck, dass Thornten genauso war wie jeder Politiker der letzten dreitausend Jahre: verbrecherisch, egoistisch, machthungrig – und er kroch jedem in den Hintern, wenn er sich Vorteile davon versprach. Das Schlimme daran war, dass es ohne Politiker einfach nicht ging. Würden sie alle beseitigt – was Jack bereits mehrmals durch den Kopf gegangen war –, würden zweifellos die Militärs die Führung übernehmen. Jack war nicht unbedingt der Ansicht, dass Militärs bessere Menschen als Politiker waren – obwohl es da einige Ausnahmen gab –, und es würde zweifellos in der totalen Vernichtung und Anarchie enden. Jack hasste Politiker, aber sie waren *notwendig*. Vielleicht war das die schlimmste Entwicklung, die die Menschheit in den letzten Jahrtausenden durchgemacht hatte.

Jack räusperte sich. »Ich... danke Ihnen, Mr. Thornten. Aber ich bin kein Kapitan, sondern Hauptmann. Die *Jacks* verwenden lyranische Bezeichnungen.«

»Ja, natürlich, Hauptmann Anderson.« Er grinste Jack überlegen an.

Instinktiv wünschte sich Jack, der Überheblichkeit hasste, in diesem Moment nichts sehnlicher, als seinem Gegenüber in das Gesicht zu schlagen. Er hielt sich jedoch zurück und konterte mit einem abfälligen Lächeln, während er seinen Teller wieder auffüllte: »Warum sind Sie eigentlich so sicher, dass wir die LCS schon geschlagen haben?«

Das überraschte Gesicht des Regierungschefs bewies, dass Jack ihn erwischt hatte. Aber eine Sekunde später lächelte er schon wieder. »Das fragen ausgerechnet Sie, Hauptmann? Als Militärexperte müssten Sie doch wissen, dass die Lyraner momentan ohne jeglichen Nachschub dastehen. Selbst wenn sie unsere Truppen in einer weiteren Schlacht schlagen, werden ihre Mechs keine Munition für weitere Gefechte mehr haben. Entschuldigen Sie bitte, Hauptmann, aber die Elsies werden sich, wenn sie klug sind, demnächst von Amity zurückziehen oder wir werden sie einäschern. Sie und Ihre Kompanie haben ja gezeigt, wie inkompetent die Führung der LCS ist.«

Aus den Augenwinkeln sah Jack, wie die Reporter eifrig mitschrieben. Er fühlte sich durch das ignorante Gehabe dieses Idioten und durch seine arroganten Kommentare den LCS gegenüber beleidigt und schoss zurück: »Ich war selbst viele Jahre in den LCS, und als Experte kann ich Ihnen sagen, dass die Elsies, wie Sie so abfällig sagen, wesentlich effektiver arbeiten, als Sie glauben. Die LCS werden zwar in der gesamten Inneren Sphäre als inkompetent dargestellt, aber wenn Sie wirklich so unfähig wären, dann erklären Sie mir bitte, warum die LCS während der Operation Götterdämmerung gegen die VSDK und im Kampf gegen Ihre Liga Dutzende von Sonnensystemen eroberten… Glauben Sie mir, Mr. Thornten, die LCS sind noch lange nicht weg, und diese Siegesfeier halte ich für etwas verfrüht.«

Ein Journalist drängte sich vor und fragte Jack: »Was, denken Sie, wird das nächste Ziel der Lyraner sein?«

»Tja… das könnte Ihnen wahrscheinlich nur der LCS-General selbst sagen, aber ich an seiner Stelle würde die Nachschubdepots südlich des Lee-Gletschers angreifen.«

»Aber die Depots sind…«

Jack unterbrach den Reporter mit einer scharfen Geste. «Entschuldigen Sie bitte, aber ich werde mich zu diesen Themen frühestens vor unserem nächsten Einsatz äußern. Wie ich bereits sagte, ich halte diese Feier für verfrüht, aber wenn ich schon einmal hier bin, möchte ich nicht schon wieder an die harte Realität erinnert werden.»

Der Reporter nickte verstehend und zog sich zurück. Thornten sah Jack bösartig an. Jack fühlte den tödlichen Blick, als er sich mit den kleinen Appetitanregern voll stopfte. Er lächelte den Politiker süffisant an und fragte: »Nehmen Sie doch auch etwas von diesen… Dingern hier. Die sind wirklich köstlich.«

Thornten lächelte humorlos zurück. »Nein danke.« Er verschwand in der Menge.

Jack grinste in sich hinein und ging auf einen Pulk zu, in dem bereits viele *Jacks* standen, darunter auch sein Sohn Tomas und die Kapitänin des kompanieeigenen Landungsschiffes *Esmeralda*, Aleisha Seytzmann. Jack und Aleisha waren bereits seit neun Jahren miteinander liiert. Beide hielten es für unnötig zu heiraten. Jack hatte bereits einmal geheiratet und das Ergebnis dieser wunderbaren Beziehung diente jetzt in seiner Einheit. Heiraten gehörte für ihn der Vergangenheit an. Seine geliebte Frau Sandra war vor elf Jahren an Krebs gestorben, während er die Grenzen des Commonwealth geschützt hatte. Es hätte ihn beinahe aus der Bahn geworfen, wäre Aleisha nicht da gewesen. Durch sie hatte er wieder die Stabilität bekommen, die ihn so auszeichnete. Er wollte Aleisha nicht heiraten. Nichts gegen Aleisha, aber Sandra hatte er wirklich geliebt. Seiner jetzigen Lebensgefährtin brachte er sehr viel Sympathie entgegen, aber er liebte sie nicht. Er schätzte und dankte ihr… und er freute sich auf jede Nacht mit ihr, aber Liebe? Nein, das war etwas, das mit Sandra gestorben war. Aleisha andererseits hätte Jack kommentarlos geheiratet, wenn sie ihre Position nicht genau gekannt hätte. Ihr Geschäft war gefährlich und riskant, und weder der 45jährige Hauptmann noch die 30jährige Kapitänin wurden jünger. Sicher, es waren beides erfahrene Veteranen, aber in ihrem Alter machte man eben Fehler im Feld. Und wenn es auch nur ein klitzekleiner Fehler war… sie wollte, dass es ihr und ihrem Partner möglichst leicht fiel, wenn der andere starb.

Aleisha setzte ihr durchdringendes Lächeln auf, als sie Jack sah. Tomas bemerkte es und runzelte die Stirn. Auch wenn Jack bereits mehrmals angedeutet hatte, dass sein Sohn in dieser Angelegenheit kein Recht auf Nörgeleien hatte, missbilligte Tomas die Beziehung der beiden. Jack ließ das allerdings kalt.

Ein Marik-Kaporal lachte den Kompanieführer an und erklärte laut: »Da sind Sie ja, Hauptmann! Wir haben uns schon alle gefragt, wo Sie bleiben.«

Jack musterte den Kaporal skeptisch. »Kennen wir uns?«

»Nicht direkt«, erklärte dieser. »Ich war bei der Gegenoffensive beim Grant-Massiv in der Kampflanze, die Ihrer Einheit zugeteilt wurde.«

»Ah ja… ich glaube, ich erinnere mich. Sie haben den *Orion* gesteuert. Ihre Stimme ist ziemlich einprägsam.«

»Na, wenn Sie das sagen, Sir. Ich wollte mich eigentlich bei Ihnen bedanken. Wenn Sie damals nicht gewesen wären, hätten die Elsies mich erledigt.«

»Nun, mein *Victor* ist eine gewaltige Kriegsmaschine. Hätte ich einen schwächeren Mech gesteuert, hätte ich Ihnen kaum helfen können.«

»Das glaube ich Ihnen gerne. Übrigens…« Er streckte Jack die Hand entgegen. »Raymond Allison, Kaporal im 2. Bataillon.«

Jack nickte und schüttelte die ausgestreckte Hand, was einer Freundschaftserklärung gleichkam.

Allison sah sich im Kreise der Söldner um. »Hauptmann, würden Sie mir eine Frage beantworten?«

»Ich stehe zu Diensten, Ray.«

»Ähh, einmal abgesehen von Ihren unumstrittenen Erfolgen… Wie sind Sie auf diese verblödete Lanzenkonfiguration gekommen?«

»Caramba!« Ray blickte bei dem Kraftausdruck überrascht hoch.

Jack lächelte leise in sich hinein. Auch ohne diese Bestätigung hätte er gewusst, dass Donna sich jetzt äußern würde…

Ray sah die für eine MechKriegerin sehr gut gebaute Lyranerin fragend an. »Ja, Mrs…?«

«Donna Luisa Malaga di Sierra! Glauben Sie etwa, dass unsere Lanzen schlechter sind als Ihre regulären? Das Gegenteil haben wir bereits bewiesen.«

Raymond benötigte etwas Zeit, um die Attacke der selbstbewussten Frau zu verdauen, sagte aber dann beschwichtigend: »So war das auch gar nicht gemeint. Ich denke nur, dass…«

»Was denken Sie, Soldato?«

»Nun«, Raymond bemühte sich, höflich zu bleiben, »Ihre gesamte Kompaniestruktur ist anders aufgebaut als die der übrigen Inneren Sphäre. Finden Sie das nicht etwas seltsam?«

»Caramba! Das ist ganz gut so. Wir brauchen eine andere Struktur, schon allein deshalb, weil wir eine vollständig sprungfähige Einheit sind. Da ergeben sich ganz neue Möglichkeiten, die ausgeschöpft werden müssen.«

»Und damit waren Sie bisher immer erfolgreich?«

Jack schaltete sich in das Gespräch ein. »Natürlich nicht immer. Aber unsere Gegner konnten sich im Allgemeinen nur sehr schwer bis gar nicht an unsere unkonventionelle Art des MechKampfes gewöhnen. Gegen überlegene Einheiten überleben wir so länger als reguläre Truppen. Das macht uns ja so gut. Und zu dieser ungewöhnlichen Methode gehört auch unsere Lanzen-Konfiguration.«

Jack stoppte, als sich ein weiterer Mann zu ihnen gesellte. Raymond und die anderen Ligasoldaten salutierten augenblicklich. Jack nickte ihm nur freundlich zu. »Leutenient-Kolonel LeFranc, was verschlägt Sie hierher?«

Der Bataillonskommandant bedeutete seinen Soldaten, die Salute zu unterlassen, und antwortete mit der für ihn typischen steinharten Mine: »Nun, Hauptmann, ich hörte, dass es hier interessante Geschichten geben soll… Reden Sie weiter, Hauptmann!«

Jack lächelte. Von LeFranc hätte er am wenigsten erwartet, dass er an Gesprächen mit seinen Untergebenen interessiert war. LeFranc war als gnadenloser Einzelgänger bekannt geworden, der gesellige Ereignisse wie die Pest mied. Aber andererseits hatten LeFrancs Truppen immer nur Gutes von ihm zu erzählen gehabt. Vielleicht war bloß sein Ruf so schlecht. Seine Soldaten verteidigten ihn jedenfalls aus gutem Grund. Auf jeden Fall war er ein exzellenter Taktiker und Kommandant. Das war unumstritten.

»Leutenient-Kolonel, wir sprachen gerade über die Lanzenkonfiguration der *Jacks*.«

LeFranc lächelte amüsiert vor sich hin. »Als ich diese Konfiguration zum ersten Mal sah, hätte ich die *Jacks* beinahe zur Reserveeinheit zurückgestuft, so verkorkst fand ich diese Aufstellung. Glücklicherweise hat sich diese Konfiguration als höchst effektiv herausgestellt.«

Eine Reporterin drängelte sich vor und fragte: »Entschuldigen Sie die Frage, Hauptmann Anderson, aber was ist so anders an Ihren Lanzen?«

»Nun, meine Dame, die meisten anderen gemischten Kompanien sind unterteilt in Befehlslanzen, Kampflanzen und Scoutlanzen. Die *Mad Jumpin Jacks* sind unterteilt in eine Schlachtlanze, eine Jagdlanze und eine Nahkampflanze.«

»Und warum?«

»Das liegt vor allem an der vollständigen Sprung-kapazität der Einheit. Man kann zweifellos behaupten, dass sich allein schon dadurch die Möglichkeiten der *Jacks* vervielfachen. Bei uns gibt es beispielsweise nie Probleme mit Scoutaufträgen, da praktisch alle unsere Mechs dafür geeignet sind. Und ohne eine spezielle Scoutlanze können wir natürlich die ganze Kompanie anders strukturieren. Das nur als Beispiel.«

In diesem Augenblick traten die Bediensteten des Regierungschefs ein und wiesen den Anwesenden ihre Plätze zu. Das eigentliche Bankett begann. Neben Thornten, der am Kopfende des langen Tisches saß, waren Jack und LeFranc vorgesehen, die bei der Sitz-verteilung zwar gut sichtbar die Nase hochzogen, aber Thornten ignorierte diese Antipathie elegant. Danach kamen die Angehörigen der Söldnerkompanie sowie alle Ligaoffiziere und -soldaten, die sich bei den langen Kämpfen ausgezeichnet hatten. Danach kamen die Re-gierungsangehörigen und ganz am Schluss die Repor-ter. Am Fußende des Tisches war ComStar Präzentor Farrell Akerfelds plaziert. Jack fand, dass das die ein-zige sinnvolle Aktion von Thornten gewesen war, seit-dem er ihn kannte.

Gleichzeitig betraten drei Musiker den Raum und bauten ihre Instrumente fein säuberlich auf. Es dauerte nicht lange, bis sie mit ihrer Darstellung begannen. Jack identifizierte die Musik als Jazz. Eigentlich moch-te er keinen Jazz, sondern liebte klassische Musik. Al-lerdings musste er zugeben, dass die drei gut waren und ihr Stil schien diesem Bankett angemessen.

Thornten sah Jack herablassend an. »Ich habe sie extra für diese Siegesfeier von Atreus einfliegen lassen. Es sind die Besten in der ganzen Liga.«

Jack flüsterte sarkastisch: »Sie haben natürlich keine Kosten gescheut.«

LeFranc hörte ihn und grinste. Es gab keinen Zweifel daran, dass auch er Jacks Meinung über den Sinn dieser Investition teilte…

Das Essen war köstlich. Jack hatte sich seit Monaten nur noch von langweiligen Militärrationen ernährt und schlang sein Menü genüsslich hinunter. Seinen übrigen Leuten ging es genauso. Militäressen war zwar gesund, aber auf Dauer unbefriedigend.

»Und, schmeckt's?«, fragte Thornten irgendwann.

»Hervorragend, Mr. Thornten.«

Thornten ließ sich zufrieden in seinen Sitz fallen. »Natürlich ist es hervorragend. Alles, was Sie hier essen, sind Spezialitäten aus dem Gebiet der Silberfalken-Fraktion.«

Er machte eine Kunstpause und betrachtete Jack neugierig. Der Söldnerkommandant wusste ganz genau, was jetzt kam. Es war wohl oder übel unausweichlich, dieses Thema anzusprechen, das aber eines von den unangenehmeren war. Thornten fragte Jack lauernd: »Was halten Sie eigentlich von der momentanen Situation in der Liga?«

»Nun… Mr. Thornten…« Er sah dem Politiker kampfbereit in die Augen. »Ich habe nie so ganz verstanden, wie die Liga ihren Gegnern standhalten konnte. Es wäre meiner Meinung nach sehr leicht, die verschiedenen Parteien der Liga gegeneinander auszuspielen und einen weiteren Bürgerkrieg anzuzetteln, um dann anschließend mit einer Invasionsflotte die Liga auszulöschen.«

»Kann ich aus Ihrer Rede schließen, Hauptmann, dass Sie nicht für die Autonomie der Silberfalken plädieren?«

»Ganz genau.«

Thornten nickte grimmig. »Ich kenne Ihren Standpunkt. Eine Menge Leute vertreten ihn. Allerdings würde eine Autonomie unseres Gebietes viele Vorteile bieten.«

Jack schüttelte unverständig den Kopf. »Entschuldigen Sie, aber ich bin auf Donegal aufgewachsen, einem der zentralsten und wichtigsten Planeten des Lyranischen Commonwealth. Ich stand dem Haus Steiner immer loyal und pflichtbewusst gegenüber, und diese Loyalität hatte niemals irgendwelche Nachteile für mich. Ich verstehe einfach nicht, warum die Liga ununterbrochen intern zerstritten sein muss. Sicher, im Commonwealth gibt es genauso interne Schwierigkeiten, das ist mir klar, aber niemand zweifelt dort den Machtanspruch der Steiners an – und damit ist das Commonwealth schon sehr lange gut gefahren. Warum erkennen die Silberfalken nicht den Machtanspruch des Hauses Marik an, beseitigen die innenpolitischen Probleme und bekämpfen ihre wirklichen Gegner?«

Thornten unterdrückte einen Gefühlsausbruch und fragte mit einem vorgespiegelten Lächeln: »Sie waren wohl nie in der Politik?«

»Nein.« Provozierend fügte Jack hinzu. »Dieses Schicksal ist mir erspart geblieben.«

Thornten lief rot an und murmelte: »Entschuldigen Sie mich für einen Augenblick.«

Jack blickte dem davongehenden Thornten zufrieden hinterher. Dann bemerkte er den durchdringenden und musternden Blick von LeFranc. Jack erwiderte ihn für einige Sekunden, bis der Leutenient-Kolonel lächelte. »Wissen Sie, was geschieht, wenn sich die Silberfalken durchsetzen und Tores Thornten seine heißersehnte Autonomie bekommt?«

Jack zuckte die Achseln. »Keine Ahnung.«

»Janos Marik schickt seine loyalsten Regimenter und ebnet damit alles ein, was sich ihm in den Weg stellt.

Und sollten sich die Silberfalken behaupten können, dann werden Ihre Truppen nicht mehr in der Lage sein, die Invasionsflotte der LCS aufzuhalten. Und die Liga wird zusehen, wie die Silberfalken dem Commonwealth eingegliedert werden.«

»Sie stimmen mir also zu?«

»Vollkommen. Aber ich würde es niemals wagen, Thornten das ins Gesicht zu sagen, und ich würde ihn auch nicht so herablassend behandeln. Sie wissen hoffentlich, dass Sie hier ein sehr gefährliches Spiel spielen, wenn Sie Thornten das Gefühl geben, er sei nicht der unumstrittene Herrscher dieses Planeten.«

»Dessen bin ich mir bewusst, Leutenient-Kolonel. Aber ich denke, es ist nur fair und ehrlich, wenn ich ihm meine Meinung sage.«

»Ganz richtig, Hauptmann, aber wir sind hier nicht auf dem Schlachtfeld, sondern in der Politik. Hier gelten Fairness und Ehrlichkeit nichts. Merken Sie sich meine Worte: Thornten kann und wird Sie vernichten, wenn Sie ihm nicht wie alle anderen in den Allerwertesten kriechen.«

»Darf ich das als gut gemeinte Warnung verstehen?«

»Ja.« LeFranc visierte ihn scharf an. »Und nur zur Information: Ich stehe hinter Thornten.«

Der Regierungschef kam zurück. LeFranc wandte sich wieder seinem Essen zu und ließ seinen Befehlshaber sprechen. »Sagen Sie, Hauptmann Anderson, was würden Sie tun, wenn die Interessen der Silberfalken mit denen der Mariks zusammenstoßen?«

Thornten wirkte jetzt wieder gefasst.

Jack blickte ihn verständnislos an. »Ich verstehe nicht ganz.«

»Wenn Sie entscheiden müssten zwischen Janos Marik und mir?«

Jacks Blick wurde eiskalt. Der Gesichtsausdruck seines Gegenübers war jetzt nicht nur lauernd. Jack ging in Gedanken seine Möglichkeiten durch. Er war schon immer ein schlechter Lügner gewesen und entschied sich deshalb trotz LeFrancs Warnung für die Wahrheit. Außerdem erschien ihm der Gedanke, Thornten würde seine eigenen Truppen verfeuern, stark übertrieben. Die *Mad Jumpin' Jacks* waren lebend viel zu wertvoll für Amity.

»Tja, ich habe den Kontrakt vor eineinhalb Jahren mit der Liga Freier Welten abgeschlossen, und die Idee, die Sie da gerade ansprechen, ist mir noch gar nicht gekommen. Aber soweit ich mich erinnern kann, stand in dem Kontrakt, dass meine Einheit Janos Marik und nicht Tores Thornten verpflichtet ist.«

Thornten nickte mit einem falschen Lachen, und fragte dann: »Ich habe gehört, dass Sie an Ihrem *Victor* an der Torsomitte die Flagge des terranischen Deutschlands angebracht haben. Warum eigentlich?«

»Nun… Sie wissen ja, dass das Haus Steiner deutsche Ursprünge hat, und als loyaler Lyraner habe ich keinen Grund gesehen, die deutschen Wurzeln zu leugnen.«

»Aber warum die Flagge?«

»Sehen Sie, in der terranischen Geschichte hat es viele deutsche Flaggen gegeben. Diese Flagge auf meinem Mech mit den Farben Schwarz-Rot-Gold hat im Gegensatz zu anderen das Volk und die deutsche Demokratie symbolisiert. Jedes Mal, wenn ich das sehe, weiß ich, dass ich für das Volk kämpfe und nicht für Regierungen.«

»Und was halten Sie von den deutschen Traditionen ganz allgemein?«

»Nun, die Steiners übertreiben es manchmal schon, aber warum denn nicht? Sehen Sie sich doch nur die Davies an. Wie die mit ihrer eigenen Kultur rumspinnen, das ist auch nicht mehr normal. Oder denken Sie an die Japanisierung des Kurita-Raums. Ich meine, warum denn nicht? Die Schlangen haben nun einmal japanische Ursprünge, sollen sie doch ihre Traditionen leben, ist doch nur eine Bereicherung für die Sphäre.«

»Und was denken Sie über den Holocaust?«

Jack sah ihn nachdenklich an. »Diese Geschichte ist jetzt gut ein Jahrtausend her, und man redet immer noch davon. Wahrscheinlich zu Recht, wenn man die Dimensionen dieses Völkermords bedenkt. Aber hören Sie, was damals geschehen ist, war schrecklich, doch man kann einem Volk die Verbrechen seiner Vorfahren nicht ewig vorwerfen. Weshalb muss das Ansehen von Deutschen, die sich gegen den Faschismus und für demokratische Werte entschieden haben, Jahrhunderte lang darunter leiden? Ich sage wirklich nicht, dass man diese Verbrechen vergessen soll. Genauso, wie man Kentares IV nicht vergessen darf oder die Schandtaten von Amaris, aber wir sollten langsam aufhören, diese Sache jedem Lyraner vorzuwerfen. Außerdem sagte ich vorher, dass es mir auf das Volk und nicht auf die Regierung ankommt. Dieser ethnische Massenmord geschah auf Befehl eines grausamen und diktatorischen Regimes, das nichts anderes wollte, als die planetare Herrschaft an sich zu reißen. Sicher war das deutsche Volk auch beteiligt, aber die Initiative ging von den führenden Politikern aus. Im Übrigen haben wir in der Inneren Sphäre doch wohl unsere eigenen Schandflecken. Denken Sie nur an Kentares IV. Da müssen wir nicht auf der guten, alten Terra rumhacken.«

Dieses Mal stimmte Thornten wirklich mit ihm überein. Obwohl man sich bei Thornten nie sicher sein konnte, dachte Jack. Dann wandte er sich an LeFranc. »Übrigens, Leutenient-Kolonel, wie ich Ihnen bereits mitteilte, wir haben bei unserem letzten Einsatz einen Piloten verloren. Ich wollte Sie fragen, ob Sie uns einen

Ersatz bieten könnten, bis wir einen neuen MechKrieger gefunden haben, der den Posten langfristig übernehmen kann.«

»Nur provisorisch?«, fragte LeFranc skeptisch.

Jack nickte. »Nur provisorisch«, bestätigte er. »Das lässt sich machen, Hauptmann.«

3

**Oxbridge, Amity
Liga Freier Welten**

7. Januar 3033

Das Hauptquartier der *Jacks* in Oxbridge war alles andere als gemütlich. Sicher, die Stadt lag direkt an der Front und war schon einige Male dem Erdboden gleichgemacht worden, aber Jack hätte sich etwas Schöneres vorstellen können. Allerdings war der Ausblick auf das Massiv des gewaltigen Jackson-Gletschers atemberaubend. Manchmal, kurz bevor das Thermometer unter die kritische Linie fiel, stand Jack schweigend in der klaren Nacht vor seiner Basis und genoss das Lichterspiel der Nordlichter, der Sterne und des Gletschers. Es war und blieb atemberaubend. Heute war das Massiv vergessen. Der Gedenkgottesdienst für Arthur Melton begann.

Als Jack den geschmückten Saal betrat und vor seine *Jacks* trat, fiel ihm ein fremdes Gesicht auf. Der Mann war noch sehr jung, und Jack konnte sich nicht erinnern, ihn jemals irgendwo gesehen zu haben. Es war zwar grundsätzlich so, dass Fremde bei den Gedenkfeiern der *Jacks* zugelassen waren, aber es kam so gut wie nie in der Praxis vor. Nun, es lohnte sich nicht, sich darüber den Kopf zu zerbrechen. Der Junge war hier, um einem hervorragenden MechKrieger die letzte Ehre zu erweisen, und Jack respektierte diese Geste.

Er ging langsam auf das Podest zu und atmete tief durch, als er vor seinen Soldaten stand. »Wir sind hier versammelt, *Jacks*, um einen der besten MechKrieger zu ehren, den diese Einheit je gesehen hat: Arthur Melton.«

Er setzte ab und ließ die Stille für einige Sekunden wirken. Dann fuhr er fort: »Arthur war, soweit ich weiß, Mohammedaner. Zumindest auf dem Papier. Er hat niemals viel auf seinen Glauben gegeben. Sicher hat er das ein oder andere Mal zu Gott gebetet, wie es jeder Soldat tut. Aber ich kannte Arthur seit drei Jahrzehnten, und ich kann mich nicht daran erinnern, dass er nach den Regeln des Korans lebte. Ob er gläubig war, weiß ich nicht. Aber eines weiß ich: Er glaubte an die Endlichkeit des Lebens, an den Tod und an seine Einheit. Er war ein guter Mensch, auch wenn er manchmal sehr egozentrisch wirkte. Wie hat er uns doch alle mit seiner Musik zu Tode genervt…«

Jack musste kurz lächeln, dann wurde sein Gesicht steinhart: »Ich werde die Musik vermissen. Auch wenn sie mir in vielen Nächten den Schlaf raubte und man im Gefecht kaum seine eigenen Befehle verstand, selbst dann. Denn jedes Mal, wenn diese aggressive Musik ertönte, wusste ich, dass unsere Gegner ausgespielt hatten. Dieser Schlachtruf, der den *Jacks* stets den Mut eines Löwen verlieh, wird nie wieder zu hören sein. Und selbst wenn wir die Tradition fortsetzen, bezweifle ich, ob es das gleiche erhebende Gefühl sein wird. Denn wenn dieser tödliche Schlachtruf das nächste Mal erschallt, um unseren Feinden ihre Vernichtung anzukündigen, dann wird es nicht Arthur sein, der ihn schreit. Arthur ist so gestorben, wie es sich jeder Krieger nur wünschen kann: im Kampf! Er hat viele Auszeichnungen in seinem Leben erworben – und er hat sie alle verdient. Er war ein Soldat, ein MechKrieger, und wir alle sind es ihm schuldig, nur Gutes über ihn zu erzählen.«

Jacks Mund war während seiner flammenden Rede trocken geworden, und plötzlich schienen ihn seine Gefühle zu übermannen. Aber er riss sich zusammen und ging auf seine Einheit zu, um Lhiannon das Podest zu überlassen.

Lia war dieses eine Mal vernünftig gekleidet und

ihr fröhlicher Gesichtsausdruck schien wie weggeblasen. Sie wirkte ernst und würdevoll, als sie begann: »Ich kann Jack nur bestätigen. Arthur Melton war ein hervorragender MechKrieger. Man soll sich nicht davon täuschen lassen, wie Arthur starb. Das war sicher der einzige Fehler, den ich ihm während der vier Jahre, in denen wir uns kannten, zuschreiben kann. Aber es ist in meinen Augen kein Fehler, wenn man besiegt wird. Jeder findet irgendwann seinen Meister, und Arthurs Fehler bestand in der Unterschätzung eines Infanteristen. Ich kann ihm deswegen nicht böse sein. Alle Menschen neigen ab und an dazu, andere zu unterschätzen. Aber sein Tod gibt kein Urteil über seine Fähigkeiten als MechKrieger ab.

Ich kann mich an eine Situation erinnern, die typisch für ihn war – und die mir das Leben rettete... Es war kurz nachdem ich der Einheit beigetreten bin – unerfahren und ahnungslos. Wir waren damals auf Quentin stationiert und man hatte uns beiden die Verteidigung eines Bergpasses anvertraut. Die VSDK waren kurz vorher mit einem kleinen Überfallkommando gelandet und hatten geheime Pläne ergattert. Die anderen *Jacks* waren genauso wie wir über den Planeten verstreut, um die Schlangen zu stellen...

Als die VSDK-Lanze auf meinen Scannern erschien, rutschte mir das Herz in die Hose. Das AVS-Kommando hatte uns mitgeteilt, dass es leichte Mechs waren, die Quentin überfallen hatten, aber auf einmal marschierten schwere Mechs gegen uns. Arthur kontaktierte das Hauptquartier, das uns Entlastung in zehn Minuten zusicherte. Natürlich würde man in zehn Minuten nur noch unsere mageren Überreste finden, schoss mir durch den Kopf, und ich war nahe daran, meine Stellung aufzugeben. Ob danach ein Kriegsgericht auf mich warten würde, war mir zu diesem Zeitpunkt egal. Ich betrachtete die Position als verloren, und mein Leben war mir viel zu teuer, um es in einem sinnlosen Gefecht zu opfern.

Arthur überzeugte mich zu bleiben. Ich kann mich noch gut an seine Worte erinnern, als ich ihn nach seinem Plan fragte: »Bleib einfach auf deinem Posten und lass dich überraschen!« Ich blieb auf dem Pass stehen, gut sichtbar für die anrückenden VSDK, und stand Todesängste aus. Arthur war bereits verschwunden, um seinen geheimnisvollen Plan auszuführen.

Kurz bevor die Schlangen auf maximale Waffenreichweite kamen, um mich in Stücke zu reißen, tauchte Arthurs *Witworth* auf einer Bergkuppe links vom Pass auf und nahm mit seinen Langstreckenraketen die gesamte überhängende Felsformation über den VSDK unter Beschuss. Innerhalb einer halben Minute waren alle vier Mechs unter den herabfallenden Felsen begraben und unsere beiden Maschinen hatten nicht einmal einen Kratzer abbekommen. Wir bekamen zwar einen gewaltigen Anschiss des AVS-Colonels, weil wir den Pass unzugänglich geschossen hatten, aber das war es uns wert…

Ja, so war Arthur. Er war vielleicht exzentrisch, egoistisch und etwas verrückt, aber man konnte sich in jeder Lage auf ihn verlassen. Besonders in kritischen. Man musste ihm nur vertrauen.«

Lhiannon trat jetzt zurück und setzte sich auf ihren Platz, während Aleisha Seytzmann ihre Stelle einnahm. Sie lächelte den Anwesenden kurz zu. »Arthur war seit Gründung dieser Einheit mein Freund, und ich konnte mich glücklich schätzen, einen solchen Freund zu haben. Denn er war nicht nur ein vorzüglicher Soldat, sondern auch ein wirklicher Freund.

Ich erinnere mich, es war vor sieben Jahren, als wir in die Dienste Haus Davions traten und unser erster echter Kampfeinsatz auf uns wartete. Die VSDK hatten gerade Small World überfallen, und die *Jacks* waren geschickt worden, um die Invasoren zu vertreiben. Ich habe mich und mein Schiff immer als Teil der Kompanie verstanden, aber Kampfsituationen waren mir immer schon fremd. Damals wäre ich beinahe verrückt geworden, bevor wir auf Small World landeten. Die Angst, dass ich im Kampf alles verlieren könnte, was ich besitze…«

Als Jack das hörte, stellte er grinsend fest, dass ihr Blick dabei zuerst zu dem Hafen und ihrem Landungsschiff glitt und erst dann zu ihm.

»…hatte mich damals an den Rand des Wahnsinns getrieben, ich wurde einfach nicht damit fertig. Egal, was Jack oder die anderen auch taten, ich wurde immer ängstlicher, bis eines Nachts Arthur die Brücke betrat und es irgendwie schaffte, mich aufzumöbeln. Er benötigte die ganze Nacht dafür, und ich nehme an, dass er eigentlich etwas wesentlich Wichtigeres hätte tun müssen. Aber er nahm sich die Zeit und dafür danke ich ihm.«

Die Gedenkfeier dauerte noch zwei Stunden. Jeder *Jack*, egal ob er als MechKrieger, als Tech oder im Landungsschiff diente, wurde aufgefordert, etwas zu sagen. Viele wussten gar nichts über Arthur zu erzählen, aber andere schilderten seine Taten bis ins kleinste Detail und machten die Gedenkfeier damit zu dem, was einem nichtreligiösen Menschen zustand: Die Feier wurde zu einer einzigen Erzählung, und jeder der Anwesenden würde Arthurs Geschichten nun weitererzählen können und ihm damit nach seinem Tod vielleicht zu ungeahntem Ruhm verhelfen.

Jack beendete die Feier, indem er nach dem betretenen Schweigen, das dem letzten Redner gefolgt war, Arthurs Kennnummer-Platine in ein Tuch wickelte, das mit dem Symbol der Einheit bedruckt war, und es zusammen mit einigen wenigen persönlichen Habseligkeiten seines ehemaligen Freundes und einer schriftlichen Erklärung in eine Schatulle packte, um sie zu Arthurs Schwester nach Tamar zu schicken.

Als sich die Versammlung auflöste und Jack mit der Schatulle in der Hand dem Ausgang zueilte, stellte sich ihm der fremde Junge in den Weg. Jack runzelte die Stirn. »Entschuldigen Sie, aber ich habe etwas zu erledigen.«

Der Junge trat verlegen von einer Stelle auf die andere und salutierte: »Hauptmann Anderson, ich freue mich, Sie kennenlernen zu dürfen. Ich bin Private Jason Boise vom 2. Bataillon.«

»Schön für Sie. Was wollen Sie?«

»Leutenient-Kolonel LeFranc hat mich als Ersatz für Ihren toten Piloten zu Ihnen abkommandiert.«

Jack starrte ihn mit offenem Mund an. Jason hatte laut genug gesprochen, damit ihn alle hatten hören können. Eisige Stille trat ein.

»Nach dem, was ich hier gerade über diesen Arthur Melton erfahren habe«, sagte Jason, »bin ich nicht sicher, ob ich ihn auch nur teilweise ersetzen kann, aber ich werde mich bemühen.«

Robert betrachtete Jason geringschätzig. »Zum Teufel, ich hatte nicht gedacht, dass LeFranc 'ne solche Wut auf uns hat.«

4

Oxbridge, Amity
Liga Freier Welten

7. Januar 3033

Jack und Aleisha waren zusammen mit dem öffentlichen Schweber zum Raumhafen nach Freewheel unterwegs. Die beiden schwiegen. Auf halber Strecke erklärte Aleisha: »Du hättest mir die Schatulle ruhig anvertrauen können. Ich muss sowieso am Postschiff vorbei, wenn ich zur *Esmeralda* gehe.«

Jack verdrehte die Augen. »Das hat überhaupt nichts mit Vertrauen zu tun, Aly. Ich bin es ihm und seiner Schwester schuldig, dass ich das, was von ihm übriggeblieben ist, *selbst* zum Postschiff bringe. Wenigstens das kann ich noch für ihn tun.«

Aleisha betrachtete Jack mitfühlend. »Es ist nicht so, wie wenn jemand stirbt, den du erst vor ein paar Monaten angeworben hast?«

»Nein, verdammt!« Jack schluckte schwer »Ich habe bei meiner Ansprache nicht untertrieben. Ich kannte Arthur seit 30 Jahren. Er war kein einfacher Soldat, der unter meinem Kommando diente. Er war mein Freund, in gewisser Weise sogar so etwas wie mein Bruder. Und dann erledigt ihn ein… verfluchter Schlammhüpfer!«

Aleisha zuckte merklich zusammen, so viel Antipathie presste Jack in das letzte Wort. Er blickte aus dem Fenster und sagte tonlos: »Weißt du, Soldat zu sein bedeutet nicht, gefühllos zu sein. Wir leben für den Krieg, das ist richtig, aber wir hassen ihn deshalb umso mehr.«

Aleisha sagte nichts dazu. Was sollte sie auch sagen? Sie hatte in der Vergangenheit bereits festgestellt, dass dieser Grundsatz stimmte. In der Schlacht entwickelten zwar alle Soldaten eine Art Blutrausch, aber gerade das war es, was sie überleben ließ. Es war eine Art weiterer Sinn, der ihnen außerhalb eines Kampfes fehlte. Aber echte Soldaten wussten um die Gefahren eines Krieges. Sie befolgten natürlich ihre Befehle, aber kein Soldat wollte den Krieg. Wie es früher in der Menschheitsgeschichte ausgesehen hatte, wusste Aleisha nicht, aber sie glaubte, dass es keinem MechKrieger in ihrer Zeit wirklich Spaß machte, wenn er auf dem Schlachtfeld kämpfte. Die Motive waren anderer Natur. Aber darüber sollten sich besser andere Leute unterhalten.

»Kannst du mir einen Gefallen tun, Jack?«, fragte sie vorsichtig.

Jack zuckte die Achseln. »Kommt drauf an…«

»Gib dem Neuen wenigstens eine Chance, bevor du ihn runtermachst.«

Er lächelte humorlos. »Von mir aus. Wenn er gut ist, werde ich ihn sowieso nicht ›runtermachen‹.«

Seine Pflicht war schnell erfüllt. Er übergab dem Dienst habenden Offizier noch eine großzügige Spende, um sicherzustellen, dass die Schatulle wohlbehütet ins Lyranische Commonwealth kommen würde. Natürlich versprach er ihm die gleiche Summe, sobald er von Arthurs Schwester die Information erhalten hatte, dass die Überreste des MechKriegers dort auch angekommen waren. Dann wartete er in der Kälte noch gute zwei Stunden, bis der Schweber nach Oxbridge zurückging. In dieser Zeit starrte er nur auf die offene Tundra vor sich. Wo war jetzt wohl Arthur? Nachdem er um 19 Uhr Ortszeit halb erfroren in seiner Basis ankam, bemerkte er, dass inzwischen wieder alles routinemäßig lief. Zumindest taten sie so. Lia arbeitete wieder halbnackt an ihrer *Valkyrie*, zusammen mit ihrem Bruder, Andrew Potter, einem akzeptablen Tech, der gemeinsam mit Lia zu ihnen gekommen war. Um ehrlich zu sein, war Jack froh, dass Andrew hier war, da kein anderer Mann außer Lhiannons Bruder mit ihr konzentriert zusammenarbeiten konnte.

Jack fiel sofort der neue Mech an Arthurs Platz auf. Es war ein makelloser *Derwisch*. Zumindest ersetzte der *Derwisch* den verloren gegangenen *Witworth*. Der neue Pilot, Jason, studierte gerade die Aufzeichnungen der *Jacks* über die bisherigen Kämpfe auf Amity. Jason war dermaßen in seine Lektüre vertieft, dass er seinen Kommandeur nicht einmal bemerkte, was diesen auch nicht sonderlich störte.

Auf dem Weg zu seinem Büro schnappte er sich Jasmine Lambert, die ChefTech, die gerade an Juri Barkonoffs *Greif* arbeitete. »Jasmine, ich will eine Verbindung mit dem Marik HQ. Sofort!«

»Okay, Boss.« Jasmine nickte zwar zustimmend, aber Jack konnte sehen, dass es ihr lieber gewesen wäre, wenn Sie an dem *Greif* hätte weiterarbeiten können. Er ging weiter und erreichte das kleine unterirdische Büro nach einer Minute. Eine weitere Minute, um die Anlage zu aktivieren.

Ja, die Verbindung stand. Jasmine arbeitete so zuverlässig und so schnell wie immer. Das Emblem der Liga erschien auf dem Bildschirm, danach veränderte sich das Bild, und die Funkabteilung des HQ war zu sehen. Im Vordergrund saß ein Wachoffizier, der Jacks Meldung entgegennahm. »Ja, Hauptmann Anderson, was kann ich für Sie tun?«

Jack visierte den Mann scharf und sagte brüsk: »Geben Sie mir sofort Leutenient-Kolonel LeFranc!«

»Es tut mir Leid, Hauptmann, aber der Leutenient-Kolonel schläft bereits«, antwortete der Offizier entschuldigend.

»Dann wecken Sie ihn auf, Leutenient! Es handelt sich um eine wichtige Angelegenheit.«

Der Mann überlegte kurz. »In Ordnung, Hauptmann, ich leite Sie weiter.«

Das Bild änderte sich wiederum in das Feldzeichen der Liga. Er musste etwas warten, bis LeFranc erschien. Im Hintergrund konnte er dessen Unterkunft sehen. LeFranc hatte sich bereits einen Pyjama angezogen.

»Ich dachte mir schon, dass Sie mich kontaktieren werden, Hauptmann«, begann LeFranc lächelnd.

»Leutenient-Kolonel«, sagte Jack ärgerlich. »Würden Sie mir bitte sagen, was ich mit diesem Frischling anfangen soll?«

»Ziehen Sie mit ihm in den Krieg.« LeFranc grinste Jack süffisant an.

»Verdammt, LeFranc!«, brüllte Jack. »Die *Jacks* brauchen keine Kinder, sondern MechKrieger!«

LeFrancs Gesichtsausdruck wurde steinhart. »Mäßigen Sie sich, Hauptmann. Ich bin noch immer Ihr direkter Vorgesetzter – sollte Ihnen das entfallen sein?«

Jack ließ sich verärgert in seinen Sitz fallen. »Entschuldigen Sie, Leutenient-Kolonel, aber es kann sich bei der Überstellung dieses neuen Piloten doch wohl nur um einen schlechten Witz handeln.«

»Seien Sie froh, dass ich Ihnen überhaupt einen geliehen habe. Außerdem ist Private Boise ein ausgezeichneter MechKrieger, der in den Gefechtssimulationen bisher immer erstklassige Leistungen geboten hat.«

»Und wenn er dann im Kampf ist und ihm die Projektile um die Ohren fliegen, dann macht er mir vor lauter Angst ins Cockpit! Kommen Sie, wir beide wissen doch, wie ›fähig‹ solche erstklassigen Trainings-MechKrieger im echten Kampf sind. Wir sind doch schon lange genug dabei.«

»Natürlich, Hauptmann. Aber es gibt hin und wieder Ausnahmen. Jason Boise zum Beispiel. Vertrauen Sie mir.«

Jack brummte etwas Unverständliches vor sich hin, rief sich selbst zur Ordnung und fragte schließlich: »Und ich kann keinen anderen MechKrieger anfordern?«

»Entweder Boise oder keinen. Im Übrigen wird er Sie nicht enttäuschen, das verspreche ich Ihnen.«

Jack betrachtete sein Gegenüber kühl. »Wenn das alles war, Leutenient-Kolonel, dann bedanke ich mich für die informative Unterredung.«

»Warten Sie, Hauptmann, es gibt da noch eine Kleinigkeit…«

Jack spitzte die Ohren.

»Passen Sie gut auf ihn auf. Es würde sich sicherlich negativ auf Ihren Kontrakt auswirken, wenn Schütze Boise etwas zustieße.«

Jack nickte verstehend. Er war sich ziemlich sicher, dass diese Information eigentlich gar nicht für seine Ohren bestimmt und somit ein Entgegenkommen LeFrancs war. Wahrscheinlich hatte Boise bedeutende Eltern – vielleicht Adlige –, die danach strebten, den Namen ihres Sohnes – und damit den Namen ihrer Familie – mit dem Ruhm einer angesehenen Einheit zu verknüpfen. Ob er inkompetent war oder nicht, spielte dabei keine große Rolle. Jack musste sich auf alles gefasst machen. Na ja, er würde schon noch sehen, was Jason alles konnte – oder nicht konnte. Allerdings hatten ihn LeFrancs Worte wieder einigermaßen beruhigt.

Jack seufzte kurz auf und ging wieder nach oben. Er betätigte kurz den Sammelalarm der Basis und wenige Augenblicke später waren alle *Jacks* anwesend. Jack visierte Jason an.

»Einheit, wir haben heute einen Ersatz für Arthur bekommen. Wenn ich ehrlich bin, bezweifle ich, dass es ein angemessener Ersatz ist… Aber wir wollen Schütze Jason Boise trotzdem als vollwertigen Teil der Einheit begrüßen… Treten Sie bitte vor, Schütze.«

Jason gehorchte zögernd. Er konnte genauso wie alle anderen sehen und spüren, was sein neuer Kommandeur von ihm hielt. Es war nur allzu klar, dass er sich jetzt lieber verstecken wollte.

Jason trat vor den Hauptmann, der ihn ein weiteres Mal eingehend musterte und jetzt fragte: »Sie sind Schütze Jason Boise?«

»Ja, Hauptmann.«

»Welche bisherige Einheit?«

»1. Sirianische Lanciers, 2. Bataillon, 4. Kompanie, Kampflanze, Ligastreitkräfte.«

Jack grinste amüsiert. »Das haben Sie schön aufgesagt, Schütze. Wie alt sind Sie?«

»19.«

»Bisherige Kampfeinsätze?«

»Keinen.«

»Noch keinen echten Kampfeinsatz?« Jack sah ihn finster an. »Keine Angst, Schütze, Sie werden bei uns schon noch genug zu kämpfen haben, das verspreche ich Ihnen… Sie werden Korporal Meltons Position in der Schlachtlanze übernehmen. Ihr *Derwisch* ist dafür prädestiniert. Und jetzt ein paar Wörtchen zu Ihren Kameraden. Die *Jacks* sind alle Experten. Ich hoffe, wir werden Ihnen einige unserer Tricks beibringen können. Aber bitte beachten Sie, dass ich mittelmäßige Leistungen nicht durchgehen lasse. Wer zu den *Mad Jumpin' Jacks* zählt, der hat erstklassig zu sein.«

Jack brach kurz ab. Jasons Blick war inzwischen stahlhart geworden. Jack lächelte innerlich. Das war gut. Der Junge ließ sich nicht einschüchtern. Vielleicht hatte LeFranc doch Recht gehabt. Er fuhr in einem milderen Ton fort: »Nachdem Sie sich uns also vorgestellt haben, will ich Ihnen nun die *Jacks* vorstellen.

Da wäre als Erstes ich, Hauptmann Anderson. Ich führe den *Victor*. Dann Sergeant Shedler in seinem *Grashüpfer* und Leutnant Barkonoff in einem *Greif*. Die

Jagdlanze kommandiert Hauptmann Trunkmann mit einem *Feuerfalke*. Der Hauptmann wird das Vergnügen haben, Sie morgen im Simulator zu testen. Als Nächstes kommt mein Sohn, Schütze Anderson, im zweiten *Greif*. Dann Leutnant Chokamoto in einem *Vulkan* und Sergeant Grant in einer *Speerschleuder*. Die Nahkampflanze wird von Oberleutnant Potter in ihrer *Valkyrie* kommandiert. Danach kommen Schütze Schmelzer in ihrer *Wespe*, Sergeant Malaga in ihrem *Panther* und Sergeant Butcher in seinem *Paladin*. Die Tech-Crew wird von ChefTech Lambert geleitet und unser MedTech ist Doctor Viewman. Weiterhin zählt die Besatzung des Landungsschiffs *Esmeralda* zur Einheit, aber Sie werden schon noch selber rausbekommen, wie die einzelnen Personen heißen...

Das war's fürs Erste. Wegtreten!«

»Hauptmann!« Jason stellte sich seinem Kommandeur in den Weg.

»Ist noch etwas, Schütze?«

»Weshalb testen Sie mich erst morgen im Simulator? Von mir aus könnten wir schon heute mit dem Training anfangen.«

Jacks angespanntes Gesicht lockerte sich etwas auf, aber er erklärte: »Nein, Schütze, heute war ein langer Tag. Lassen wir ihn besser in Ruhe ausklingen.«

5

Oxbridge, Amity
Liga Freier Welten

8. Januar 3033

Karl Trunkmann hatte den Simulator mit einer seiner persönlichen Lieblingsmissionen programmiert. Sie war nicht besonders schwer, aber für den Einstieg in einen Trainingstag das Richtige. Glücklicherweise ließ Jack dem zweiten Hauptmann der Einheit bei der Ausbildung und dem Feinschliff neuer Mitglieder der *Jacks* freie Hand. Jack war zwar ein guter Kommandeur, aber es gab viele Dinge, die er nur unzureichend beherrschte. Dazu gehörte auch die Ausbildung. Jason saß wartend in dem Gehäuse. Der SIM600 zählte nicht gerade zu den besten und schnellsten Gefechtssimulatoren auf dem Markt, aber offenbar war die Marik-Führung der Meinung, Söldner benötigten nicht mehr. Dann hörte er Karls klare Stimme. »Hauptmann Trunkmann an Schütze Boise. Hören Sie mich, Schütze?«

»Klar und deutlich, Hauptmann.«

»Schütze, wir befinden uns in feindlichem Gebiet. Ihr *Derwisch* und mein *Feuerfalke* wurden von der Einheit getrennt. Unsere beiden Mechs haben mittelmäßige Schäden, die der Simulator gleichmäßig verteilt hat. Unsere Munition neigt sich dem Ende zu. Das Ziel der Simulation ist es, beide Mechs möglichst unversehrt zur Basis zurückzubringen. Leider kennen wir das vor uns liegende Gelände und die Anzahl der Feindverbände nicht. Allerdings kann ich Ihnen sagen, dass die Gesamttonnage der feindlichen Truppen 250 Tonnen nicht übersteigt. So viel konnten wir aus den bisherigen Kämpfen bereits schließen. Unsere Basis liegt im Norden. Alles Weitere, das Sie wissen müssen, wurde bereits in Ihren Gefechtscomputer eingegeben. Noch Fragen?«

»Nein, Hauptmann.«

»Gut, Schütze. Sie führen.«

Dann erschien auf dem Monitor das Schlachtfeld. Die Simulation war stark vereinfacht und den langsamen Eigenschaften des Rechners angepasst. Trotzdem wirkte es auf Jason recht malerisch. Sie befanden sich auf einer Lichtung, um sie herum Wälder. Im Norden machten seine Sensoren und seine Augen in zwei Kilometern Entfernung die Ausläufer eines Gebirgszuges aus. Nur die rauchenden Überreste eines *Totschlägers* direkt zu seinen Füßen zeugten vom Ernst der Lage. Links von ihm stand der angeschlagene *Feuerfalke* des Hauptmanns, und ein Blick auf die internen Sensoren sagte ihm, dass sein *Derwisch* auch nicht besser dastand. Was hatte doch Trunkmann gerade gesagt? *Sie führen.* Na ja, wenn der Hauptmann das schon sagte…

»Boise an Trunkmann. Empfangen Sie Feindsignale?«

»Nein. Nichts.«

»Meinen Angaben zufolge liegt unsere Basis etwa nordöstlich unserer Position. Ab nach Hause mit uns! Folgen Sie mir.«

Jason steuerte seinen *Derwisch* mit direktem Kurs auf die Basis zu. Die Wahl, voranzugehen, hatte den einfachen Grund, dass sein Mech noch nicht so lädiert war wie der *Feuerfalke*. Er würde einen unerwarteten Treffer vermutlich etwas leichter wegstecken. Jason bahnte sich den Weg durch das Unterholz. Er vermied den Einsatz der Sprungdüsen. So deutlich wollte er seinen Gegnern dann doch nicht zeigen, dass sie hier waren…

Noch fünfhundert Meter bis zum Gebirge. Bisher waren sie auf nichts gestoßen, das feindlich aussah. Jason ging sehr vorsichtig zu Werke und hielt sich strikt an die Funkstille, die für solche Situationen vorgesehen war. Er zeigte sich sehr talentiert darin, alleine durch

Gesten seines Mechs Kommandos an seinen Hauptmann weiterzugeben. Allerdings war das Tempo, in dem sie vorankamen, weniger beispielhaft...

Jason stoppte mitten in der Bewegung. Sein *Derwisch* hätte beinahe das Gleichgewicht verloren, aber er konnte das Gewicht seines Mechs verlagern und hielt sich weiterhin aufrecht. Welchen Mech er gegen sich hatte, wusste er nicht, aber seine Augen hatten ihn sicher nicht getäuscht. Da draußen war etwas. Jetzt war es links von ihm, wie ihm die Sensoren verrieten. Und das war das nächste Rätsel: Warum zeigten seine Sensoren *jetzt* etwas an, hatten es aber vorher nicht getan? Ein kurzer Blick aus dem Cockpit klärte ihn auf: Die zerrissenen Überreste eines Tarnnetzes hingen baumelnd in den Ästen. Die verfluchten Tarnnetze machten jede noch so gute Sensorenanlage unwirksam. Wie viele Mechs waren in diesem Wald wohl noch unentdeckt geblieben?

Jason fragte sich, warum der andere nicht schoss. Seit er ihn bemerkt hatte, waren zwar nur wenige Augenblicke vergangen, aber jeder MechKrieger wusste um die Bedeutung des Überraschungseffektes. Der fremde Feind hätte ihn bereits in Stücke reißen können. Jason reagierte sofort und drehte seinen Torso in die Richtung, in der er seinen Gegenspieler vermutete. Er wartete nicht, bis sein Gegner zum Zug kam, sondern deckte das Feld links von ihm mit seinen beiden LSR-Werfern ein. Dass die Raketen auf die Distanz von ungefähr fünfzig Metern tödlich wirken konnten, aber auf diese Weite falsch benutzt wurden, war Jason durchaus klar. Aber die Raketen hatten eine recht große Streuung, und Jason wusste nicht exakt, wo sein Gegner sich befand.

Das Experiment glückte. Während von den zwanzig Raketen 16 ins Leere gingen, trafen 4 den gegnerischen Mech. Jason identifizierte ihn als *Brandstifter*. Die Antwort des PyroMechs folgte sofort. Drei Flammenwerfer steckten den Wald augenblicklich in Brand. Jason visierte den jetzt gut zu erfassenden *Brandstifter* an und feuerte eine KSR-Salve und seine beiden Laser ab. Die Abwärme des entstandenen Waldbrandes war glücklicherweise noch gering. Jasons Waffen trafen alle. Aber der *Brandstifter* stand noch immer.

Jason sah aus den Augenwinkeln, wie Karls *Feuerfalke* in der rechten Flanke des *Brandstifters* auftauchte und seinen S-Laser und beide M-Laser entlud. Ein mittelschwerer Laser traf zwar nicht, dafür bohrte sich der schwere Laser in den Rücken des FeindMechs und zerfetzte lebenswichtige Systeme. Der *Brandstifter* fiel vernichtet zu Boden.

Jason atmete befreit auf. Dann bemerkte er, wie die Temperatur bereits stieg. Der Waldbrand breitete sich in dem trockenen Gebiet blitzschnell aus. Normalerweise wären sie verloren gewesen.

Jason funkte Karl an. »Okay, nichts wie weg, Hauptmann. Setzen Sie die Sprungdüsen ein. Kurs: Norden.«

Karl ließ sich das nicht zweimal sagen und sprang sofort aus dem Waldbrand. Jason blickte ihm kurz hinterher. Karls *Feuerfalke* zeigte eine optimale Sprunglage. Jason schätzte, dass jeder *Jack* wahrscheinlich alle Sprungmanöver beherrschte – wahrscheinlich noch mehr. Denn das war schließlich das Geheimnis der Kompanie. Nirgendwo fand man MechKrieger, die so gut springen konnten.

Er betätigte selbst die Sprungdüsen seines Mechs. Das Gefühl, wenn sein 55 Tonnen schwerer *Derwisch* in die Höhe gehoben wurde, wirkte selbst in diesem miserablen Simulator erhebend. In der Realität war es unbeschreiblich. Er brach nach wenigen Sekunden durch die Baumkronen und flog zielstrebig auf das Gebirge zu. Er war sich sicher, dass er im Vergleich mit dem Hauptmann beim Sprung eine jämmerliche Figur abgab. Er konnte gerade noch sehen, wo Trunkmann landete. Es war beachtenswert, dass der Sprung des *Feuerfalken* auf die geringere Sprungweite des *Derwisch* abgestimmt war, und tatsächlich landete der *Derwisch* direkt neben seinem Kameraden. Der Wald war hier nicht mehr ganz so dicht und die beiden konnten endlich ein vernünftigeres Tempo einschlagen.

Nach fünf Minuten erreichten sie die erste Erhöhung und die fünfzig Meter bewältigten die Sprungdüsen ebenso zuverlässig. Als sie auf der Anhöhe standen, gefror Jason das Blut. Nah vor ihm, vielleicht zweihundert Meter weit weg, standen zwei Albträume... Was hatte Karl gesagt? Maximale Tonnage 250? Wenn man die beiden Vernichtungswerkzeuge da vorn mitrechnete, blieben nur noch 35 Tonnen übrig. Allerdings war das im Moment völlig unwichtig. Sie mussten erst einmal mit dem *Atlas* und dem *Todesboten* fertig werden...

Die Mechs reagierten augenblicklich. Glücklicherweise waren ihre Gegner wohl genauso überrascht wie sie selbst, aber das legte sich nach einer Schrecksekunde wieder. Über ihnen befand sich eine weitere Felsterrasse und Jason sprang sofort dorthin. Karl sprang nach links in eine Schlucht. Jason war alleine. Er war allerdings zu beschäftigt, um sich darüber aufzuregen. Während er auf der Terrasse aufsetzte, schoss ihm ein verrückter Gedanke durch den Kopf. Was hatte doch gleich Oberleutnant Potter über Arthur Melton erzählt?

Jason machte eine LSR-Lafette scharf und visierte aus der Deckung die Felsformation oberhalb der überschweren FrontMechs an. Er konnte nicht dafür garantieren, dass er Erfolg haben würde, denn seine zweite LSR-Lafette war bereits leer, aber er wollte es versuchen. Er wartete einige Sekunden lang, bis er den Feuerknopf drückte. Das war ein Luxus, den sich ein MechKrieger normalerweise nicht erlauben konnte, aber hier in der Deckung war es überaus nützlich. Deswegen war er auch nicht sonderlich überrascht, als alle Raketen ihr Ziel, die Felswand, trafen.

In dem Augenblick empfing er einen Funkruf von Trunkmann. Er war zwar etwas verzerrt, aber Jason verstand ihn trotzdem recht gut.

»Hier Trunkmann an Boise. Junge, wenn du da oben raus kannst, geh mir nach. Durch die Schlucht kann man die beiden Arschlöcher umgehen.«

»Aber ich kann sie schlagen. Geben Sie mir nur noch ein paar Minuten.«

Karls Stimme klang verärgert, als er sagte: »Schütze, in ein paar Minuten werde ich nur noch Ihre Überreste aufsammeln können. Sie erinnern sich hoffentlich an das Ziel dieser Übung.«

Jason fluchte kurz und führte seinen Befehl aus. Der *Todesbote* war unter einer riesigen Schutthalde begraben, aber Jasons Sensoren sagten ihm, dass der *Todesbote* immer noch aktiv war. Der *Atlas* hingegen war kaum angeschlagen. Jasons Fluchtmanöver folgte allerdings so schnell, dass der *Atlas* kaum reagieren konnte. Und als er reagierte und die schwere Autokanone auf den *Derwisch* ansetzte, war dieser schon in die Schlucht gesprungen...

Karl Trunkmann hetzte Jason noch durch fünf weitere Simulationen, und jede wurde bösartiger. Der junge Schütze konnte nur die erste und die dritte für sich entscheiden – in der zweiten hatte er einfach nur Pech gehabt, aber in den beiden letzten war er vollkommen chancenlos gewesen. Als er nach vier Stunden schweißgebadet, müde und deprimiert aus dem Simulator torkelte, grinste ihn Karl an. »Für den Anfang gar nicht mal schlecht, Kleiner. Noch 'ne Woche, und du bist 'n echter MechKrieger.«

Jason murmelte verärgert vor sich hin. Dann hörte er

hinter sich ein amüsiertes Kichern. »Nein, Jason, glaub mir, er hat Recht.«

Als er sich umdrehte, sah er Lhiannon Potter, Robert Shedler und Anastasia Schmelzer, die lässig in der Ecke lagen und seine Bemühungen offenbar verfolgt hatten. Lhiannon übernahm das Wort. »Du bist besser als erwartet. Wenn du nicht beim ersten echten Schusswechsel die Nerven verlierst und durchdrehst, dann könnte aus dir glatt was werden.«

»Danke, Oberleutnant.« Es fiel ihm schwer, sich auf ihre Worte zu konzentrieren. Sie trug wieder einmal nur ihre kurze Hose und ihr ärmelloses kurzes Hemd.

Lhiannon lächelte unmerklich. »Lass bitte das ›Oberleutnant‹ weg. Wir sind hier nicht im Dienst. Momentan haben wir frei. Du darfst mich nennen wie du willst.«

»Danke… Ms. Potter. Allerdings werden Sie verstehen, dass ich im Augenblick nichts lieber will als unter die Dusche und danach ein bisschen entspannen und deshalb keine Lust auf eine Diskussion habe.« Jason betrachtete sie nervös und verlegen.

Sie lächelte ihn vergnügt an. »Natürlich verstehe ich das, Jason. Aber wenn du etwas Hilfe beim Duschen oder beim Entspannen brauchst, würde ich mich gerne zur Verfügung stellen. Ich kenne da einige sehr interessante Techniken…«

Jason lächelte verlegen und verschwand dann sofort. Lhiannon blickte ihre beiden Kollegen deprimiert an. »Es gibt heutzutage einfach keine richtigen Männer mehr…«

Anastasia schüttelte lachend den Kopf. »*Das* da…« Sie zeigte in Jasons Richtung. »…ist ja auch kein echter Mann. Der wird mit so etwas wie mit dir noch nicht fertig. Gib ihm noch 'ne kleine Schonzeit, bevor du ihn aussaugst.«

Lhiannon bombardierte ihre Lanzenkameradin mit beleidigten Blicken. »Er könnte zumindest ein *klein* wenig nett zu mir sein. Mehr verlange ich von so einem Neuling auch gar nicht.«

Robert beugte sich zu Anastasia vor und sagte: »Apropos ›nett sein‹…«

Anastasia nickte zufrieden und stand mit Robert im Arm auf. Lia sah den beiden verträumt nach. Sie hatte nie ganz verstanden, warum Anastasia sich mit Robert liiert hatte. Sicher, Robert war ein hervorragender Liebhaber, das wusste sie selbst, aber er war absolut phantasielos. Bei ihm war Sex immer wieder das Gleiche. Keine neuen Ideen oder kleinen Experimente. Robert war in seinem Gebiet ein Genie, aber er war offenbar nicht in der Lage, sich weiterzubilden. Und das war auch der Grund, warum Robert niemals ein Offizier und damit ein guter Kommandant werden würde. Er war einfach zu ideenlos und konventionell. Na ja, es war nicht ihre Sache. Zumindest hatte er für den heutigen Tag Spaß. Sie musste erst noch überlegen, mit wem sie diese Nacht verbringen würde. Der ächzende Basislautsprecher unterbrach ihre Gedanken.

»Hauptmann Trunkmann, Oberleutnant Potter, Chef-Tech Lambert und MedTech Viewman bitte sofort beim Kommandanten erscheinen!«

Lia verdrehte die Augen. Was war denn jetzt los? Sicher wieder irgendeine dumme Kleinigkeit mit Le-Franc, die ihre Anwesenheit verlangte. Natürlich war es schön, wenn alles nach einem schrie – fand zumindest Lia –, aber glaubten die da oben eigentlich, als hart arbeitende Söldnerin benötigte man überhaupt keine Erholung? Na ja, sie konnte schimpfen, was sie wollte, Befehl war Befehl, und man musste ihn befolgen. Also trottete sie langsam los und erreichte nach drei Minuten Jacks Büro.

Zur Strafe für ihre Langsamkeit fing sie sich von Jack einen eiskalten Blick ein, dann sagte er: »Da wir nun alle vollzählig sind… Hauptmann Trunkmann, was macht Schütze Boise?«

»Schütze Boise hat sich für den Anfang sehr gut geschlagen. Geben Sie mir noch eine Woche, und er hat sich vernünftig in unsere Kompanie eingefügt.«

»Sie haben drei Tage, Hauptmann.«

Trunkmann sah Jack verwirrt an. »Wie? Ich verstehe nicht.«

Jack richtete seinen Blick wieder auf alle Anwesenden. »Gestern ist das LCS-Sprungschiff *Tyr* an einem Piratenpunkt hinter dem Mond von Amity aufgetaucht. Seine Landungsschiffe enthielten nach Angaben der MarikScouts Verpflegung, leistungsstärkere Sensoren, Munition… und ein Bataillon BattleMechs. Es konnte zwar noch nicht identifiziert werden, aber nach meinen Informationen zu urteilen, halte ich es für das zweite der 10. Skye Rangers. Die Landung wurde von den hier noch verbliebenen Elementen des 7. Lyranischen Heeres gedeckt. Die Marik-Führung entschloss sich deshalb, die Landungsphase nicht zu stören.«

Trunkmann verzog sein Gesicht. »Die 10. Ranger? Ziemlich harte Jungs, Kommandant.«

»Zu der gleichen Einschätzung bin ich auch gekommen.« Jacks Augen blitzten kampfesfreudig auf.

Lhiannon schaltete sich in das Gespräch ein. »Wie lauten unsere Befehle, Kommandant?«

»LeFranc hält es für angebracht, uns als Entlastungsverband zurückzuhalten, bis wir schnelle Angriffe gegen ihre wahrscheinlich ungedeckten Flanken starten sollen… Aber bevor die Kämpfe richtig losgehen, sollen wir an verschiedenen Abschnitten Scouts spielen. Wir werden in Zweiertrupps die Stärke und Zusammensetzung der LCS erkunden.«

Er legte eine kleine Kunstpause ein. »Das Ganze geht in drei Tagen los. Ein gewaltiger Schneesturm wird voraussichtlich schon heute Abend den Kontinent erreichen. Erst in drei Tagen wird sich das Wetter wieder gebessert haben. Ich werde die Kompanie bereits heute auf die neue Lage hinweisen. Sie sollen mir alle noch in den Simulator und sich darauf ernsthaft vorbereiten. Ich bezweifle nämlich, dass die Ranger sich so leicht abfertigen lassen werden wie das 7. Lyranische Heer.«

»Eh, Kommandant…« meldete sich Lhiannon zaghaft.

»Ja, Oberleutnant?«

»Ich… halte es für angebracht, die Mannschaft erst morgen Abend zu informieren.«

Jack zog die Augenbrauen hoch. »Und weshalb, Leutnant?«

»Sehen Sie, Kommandant, es waren anstrengende Monate, und die letzten Tage waren auch nicht gerade sehr erholsam. Wir haben in den letzten beiden Tagen eher unsere Mechs überholt als uns selbst… Geben Sie der ganzen Kompanie wenigstens noch vierundzwanzig Stunden Ruhe.«

Jack musterte sie nachdenklich, dann willigte er ein. »Okay. Vierundzwanzig Stunden. Aber danach lasse ich euch dafür doppelt so hart schuften.«

Lia funkelte ihn herausfordernd an. »Mehr will ich auch gar nicht.«

Jack wandte sich an Jasmine Lambert. »Wie sieht es mit den Mechs aus?«

»Wenn die Tech-Crew die nächsten zwei Tage gemächlich weiterarbeitet, kann ich in drei Tagen die besten und frischesten Mechs seit einem halben Jahr präsentieren.«

»Ich fasse das als ›sehr gut‹ auf… Doctor Viewman?«

»Ich bin auf die üblichen Verluste vorbereitet. Das schließt natürlich nicht mit ein, dass man mein bescheidenes Untersuchungszimmer mit sämtlichen Verwundeten der Liga überschwemmt.«

Jack lächelte den Doctor bitter an: »Wie das jetzt aussieht, werden Sie sowieso nicht viel zu tun haben, wenn die Liga nicht sofort Verstärkung sendet.«

ZWISCHENSPIEL

Tomans
Vereinigtes Commonwealth

7. April 3054

Der Außenweltler hing inzwischen an Lhiannons Lippen. Den anderen ging es nicht anders. Jason musste zugeben, dass sie wie keine Zweite erzählen konnte. Lia setzte kurz ab und genehmigte sich einen Schluck Rotwein. Dann wollte sie gerade weitersprechen, als ein weiterer VCS-Offizier eintrat. Lia erkannte ihn sofort als Generalhauptmann Temmler. Die Anwesenden salutierten augenblicklich. Temmler sah sich in der Runde um, verzog beim Geruch des billigen Weins das Gesicht und fragte: »Also, wer von euch Säufern kann noch einen Mech steuern?«

Die VSDK-MechKriegerin lächelte ihn frech an. »Alles was Sie wollen, Sho-sho.«

Sie fing sich einen genervten Blick von Temmler ein. »Entweder Englisch oder Deutsch. Wir sind hier im Vereinigten Commonwealth. Japanisch können Sie im Draconis-Kombinat reden, Korporal.«

Er wandte sich an alle. »Hören Sie, die erste Kompanie hat heute Nacht versucht, den Brückenkopf bei Land's End zu stürmen. Die Sache ging total in die Hose. Die Jadefalken haben uns vollkommen auseinander genommen. Es gab keine Überlebenden. Allerdings konnte man uns noch Daten übertragen, die belegen, dass ihr nächster Angriff bei Firepass stattfinden wird. Dummerweise sind wir nicht in der Lage, stärkere Verbände abzuziehen, um den Angriff abzufangen. Die Führung will die Clans nun mit einem kleinen Verband vor Firepass in einem Hinterhalt zurückschlagen… Wir bräuchten Freiwillige…«

»Wie viele Jadefalken werden es sein?«, fragte Jason.

»Vermutlich zwei Sterne.«

Lia grinste vergnügt. »Ich bin dabei.«

Praktisch im selben Moment hob Jason seine Hand, genauso wie die VSDK, Raymond Allison, der Com-Guard, der neugierige VCS-Offizier und der junge Außenweltler. Temmler betrachtete die zusammengewürfelte Truppe neugierig. »Ich hoffe, Sie alle wissen, worauf Sie sich da einlassen. Ich hoffe auch, ihre Mechs eignen sich für einen Hinterhalt. Wer übernimmt das Kommando?«

Lias Blick traf sich mit dem des VCS-Offiziers. Der Offizier meinte: »Haben Sie Erfahrung mit Hinterhalten?«

»Ziemlich viel sogar. Aber wenn Sie wollen…«

»Nein, nein. Ich überlasse Ihnen gerne diesen Job.«

Temmler nickte. »In Ordnung, Hauptmann Potter. Ich informiere dann Ihre Einheiten. Sie werden sofort starten. Die Informationen, die Sie benötigen, werden in Ihre Mechs überspielt.«

Lhiannon betrachtete im Licht der wenigen Scheinwerfer ihre neue Truppe. Jason führte einen *Starslayer*, einen relativ neuen BattleMech, Ray einen *Raijin*, ein Typ, der die Reihen der ComGuards nach Tukayyid wieder auffüllen sollte. Die Draconierin steuerte einen *Raptor*, einen der wenigen OmniMechs der Inneren Sphäre. Der VCS-Offizier steuerte einen *Ostroc*, der Außenweltler einen *Kommando* und sie selber einen nagelneuen *Tomahawk*. Ob sie damit eine Chance gegen zwei Sterne haben würde, bezweifelte sie ernsthaft. Andererseits waren es alles fähige und entschlossene Piloten… na ja, auf den Außenweltler musste sie aufpassen. Nach zwei Stunden hatten sie ihre Position erreicht, und Lhiannon wies sie in ihre Positionen ein.

Danach gab es nur noch das Warten auf den Feind. Lhiannon aktivierte ihr Kom-System. »Okay, GAZ voraussichtlich im Morgengrauen, was meint ihr?«

Die Draconierin meldete sich. »Schätze ich auch. Haben bisher immer im Morgengrauen angegriffen.«

»Die haben sicher 'ne Vorliebe für Morgengrauen... Wie heißt du eigentlich?«

»Tomoe Ninjo.«

»Nomen est omen?«, fragte Lia neugierig. Sie hatte in ihrem Leben einige japanische Wörter aufgeschnappt, und ihren Kenntnissen zufolge bedeutete ›Ninjo‹ Mitgefühl.

»Keine Angst. Wenn es gegen die Clans geht, dann kann ich ziemlich gewalttätig sein.«

Lia lächelte leise. »Das glaube ich gerne. Und Sie, Mr. VCS?«

»Heinrich Landser«, meldete sich der VCS-Offizier. »Übrigens, ich würde noch ganz gerne das Ende Ihrer Geschichte hören. Ich bezweifle, dass die Clans die Frequenz unseres Kom-Systems kennen. Das Überraschungsmoment können wir also kaum verlieren.«

Lia seufzte. »Na, von mir aus... also, wo war ich?«

Der Außenweltler schaltete sich ein. »Die Elsies waren gerade mit den 10. Skye Rangers auf Amity gelandet.«

»Ach ja. Also, jetzt begann die Tragödie erst so richtig. Alles, was ich vorher erzählt habe, war nichts im Vergleich zu dem, was uns jetzt erwartete... Nun, der nächste Tag verging ruhig. Wir erholten uns recht gut, und die Stimmung war ziemlich ausgelassen. Bis uns Hauptmann Anderson am Abend zusammenrief...«

6

9. Januar 3033

»Und was bedeutet das?«, fragte Jason Boise.

Jack spießte ihn mit seinen Blicken auf. »Ich dachte, du wolltest kämpfen. Jetzt darfst du gegen echte Experten antreten.«

Anastasia Schmelzer schaltete sich ein. »Wie hoch stehen unsere Chancen, Kommandant?«

»Seit wann fragt ein guter Soldat nach seinen Chancen? Er sollte sie verbessern und nicht akzeptieren, Schütze Schmelzer.«

»Also so schlecht!«, maulte Anastasia und rang Jack damit ein Lächeln ab.

»Na ja, Anastasia, Sie kennen das doch. Wir kommen nur gegen stärkere Trupps zum Einsatz.«

»Ein Wunder, dass ich noch lebe«, flüsterte sie.

Adrian Butcher, der Pilot des *Paladin*, lächelte sie kalt an. »Könnte sich aber schnell ändern.«

Sie wandten sich wieder ihrem Kommandanten zu, der sich räusperte und dann fortfuhr. »In Ordnung, der Schneesturm gibt uns noch einen Tag Verschnaufpause. Dann werden wir die Lage checken. Ich nehme an, dass die LCS versuchen, sich während des Sturmes in eine vernünftige Ausgangslage zu bringen, um uns danach sofort zu überrennen. Unsere Mission ist für die Lanciers überlebenswichtig. Wenn LeFranc nicht sofort Informationen über die Angriffsstruktur der LCS bekommt, können wir Striker und Freewheel gleich räumen. Verstanden?«

Die Anwesenden nickten.

»So wie ich LeFranc heute Morgen verstanden habe, ist Verstärkung bereits auf dem Weg. Er meinte, die

Falken der Silberfalken-Einsatzgruppe würden in zwei Wochen auf Amity landen. Wenn das geschieht, sind wir größtenteils aus dem Schneider, und die LCS wird sich zurückziehen.«

»Warum sind Sie da so sicher?«, fragte Jason.

»Weil der 4. Nachfolgekrieg erst vor vier Jahren beendet worden ist. Die LCS haben hundertprozentig kein Interesse daran, ein größeres Gemetzel zu riskieren. Die müssen wie alle anderen auch zuerst ihre Reihen wieder füllen. Und sollten Sie es nicht wissen: Dieser Grenzkonflikt ist ein reiner Beutezug der Lyraner. Wenn sie so sehr an diesen verdammten Mech-Bauplänen interessiert sind, dass sie vielleicht ein ganzes Regiment schicken, um die Falken zu pulverisieren, dann gibt es hier eine echte Materialschlacht. *Deshalb* bin ich mir so sicher… Aber bevor die Falken eintreffen, wird das hier ein heißer Ritt. Die LCS werden den Sieg wittern und wir müssen versuchen, die Front zu halten.«

»Caramba!«, bestätigte Donna Jacks Worte. Vereinzeltes Lachen. Jack fuhr fort. »Ich habe bereits die Teams für die Scoutmission zusammengestellt: ich und Shedler, Boise und Potter, Barkonoff und Butcher, Anderson und Chokamoto, Trunkmann und Grant, Malaga und Schmelzer. Sind alle einverstanden?«

Auch jetzt nickten alle.

»Okay, wenn es keine weiteren Fragen gibt, übergebe ich euch jetzt die Details, und ihr macht euch an eure Arbeit.«

Am nächsten Tag übernahm Lhiannon Jasons Kurzausbildung. Jason musste feststellen, dass Lhiannon bei weitem nicht so geduldig war wie Karl und wesentlich mehr von ihm forderte. Er musste Missionen ausführen, von denen er nicht geahnt hatte, dass es sie überhaupt gab. Allerdings hatte der Leutnant am

Abend erreicht, was er wollte: Jason hatte seinen ›Crash-Kurs‹ erfolgreich absolviert, und die beiden arbeiteten gut zusammen. Jason war wirklich von der Härte der kleinen, zierlichen MechKriegerin überrascht, und er war absolut sicher, dass sie ein gutes Team abgeben würden.

7

Oxbridge, Amity
Liga Freier Welten

11. Januar 3033

Es war früh am Morgen. Die Sonne war gerade aufgegangen, der blaue Himmel lächelte sie freundlich an,
der Schneesturm hatte sich vollkommen aufgelöst,
und Jacks *Victor* trat als Erster aus dem Hangar. Jason
hätte erwartet, dass ihr Kommandant noch einige ab-
schließende Worte sagen würde. Allerdings wartete
der Neuling vergeblich. Es war alles gesagt, alle Fragen waren geklärt, und jeder wusste, was er zu tun
hatte. Auch Lhiannon erwies sich auf ihrer Mission
als äußerst schweigsam. Jason fand, dass sie heute genauso wenig redete, wie sie normalerweise am Körper trug. Allerdings gab er auch zu, dass es wenig zu
sagen gab. Er musste sich sowieso auf das Steuern seines Mechs konzentrieren. Auch wenn ihn der Simulator bestmöglich auf die widrigen Bedingungen auf
Amity vorbereitet hatte und er nicht das erste Mal
einen BattleMech durch Schneefelder steuerte, war es
überaus anstrengend. Aber das Gefühl der Macht, seinen 55 Tonnen schweren *Derwisch* zu steuern, ent-
schädigte ihn voll.

Der Kontakt zu ihrer Basis und zu anderen Teams
blieb durchgehend aufrecht erhalten. Lhiannon funkte
immer wieder auf einer kodierten Frequenz. Es hatte
noch nirgends Kontakt gegeben…

Sie hatten ihren Sektor fast vollkommen durch-
kämmt, als der Chronometer auf 12 Uhr stand. Es war
kein einziger feindlicher Mech in Sicht – was Jason
auch ganz recht war. Aber Lhiannon schien enttäuscht
zu sein. Sie funkte Jason an. »Schütze, wie weit kann
man wohl in dieser verfluchten Ebene sehen?«

»Na ja... achtzig Kilometer... schätze ich.«

»Achtzig Kilometer... und kein einziger Elsie! Verdammt, wo sind die?«

»Nicht in diesem Sektor.«

»Aber die anderen haben auch keinen Kontakt. Da stimmt was nicht... Schütze, sind Sie schon mal auf einen Berg gestiegen?«

»Nein, wieso fragen Sie, Oberleutnant?«

»Tja, irgendwann ist immer das erste Mal, Schütze. Sehen Sie das Bergmassiv fünf Kilometer rechts von uns?«

»Ja, die Sheridan-Kette.«

»Von da oben muss man einen herrlichen Blick haben, oder?«

Jason stockte der Atem. »Ja, aber die Hänge sind um die Jahreszeit total vereist. Da kommen wir nicht rauf.«

»Stellen Sie sich nicht so an, Schütze. Wir haben einen Auftrag zu erfüllen.«

Jason seufzte. Sie hatte ja Recht. Von den Hochplateaus der Sheridan-Kette konnte man bei guten Wetterbedingungen, so wie heute, ein- bis zweihundert Kilometer weit sehen. Die Frage war nur, ob sie hinaufkommen würden. Mit einem BattleMech einen Berg zu ersteigen war ohnehin schon schwer genug – selbst mit Sprungdüsen –, aber einen Gletscher zu ersteigen würde hundertprozentig zu einer riskanten Rutschpartie werden.

Er funkte Lhiannon an: »Okay, wenn Sie unbedingt wollen, Oberleutnant. Aber ich habe Sie gewarnt!«

Als Antwort bekam er nur ihr spöttisches Lachen zu hören. »Natürlich, Schütze. Folgen Sie mir einfach, und tun Sie genau, was ich tue.«

Sie wendete ihren Mech und erhöhte die Geschwindigkeit. Jason konnte ihr nur mit Mühe folgen, erreichte aber nach zehn Minuten die Ausläufer der Sheridans. Lhiannon hatte etwas vorgelegt und wartete bereits seit zwei Minuten auf Jason. So wie er den Leutnant bisher in ihrem Mech erlebt hatte, erwartete er eine Rüge, da er das Tempo nicht hatte halten können. Doch er täuschte sich.

Lhiannon kommentierte seine Aktion nicht, sondern ihre *Valkyrie* sprang sofort auf einen Felsvorsprung, ungefähr hundert Meter über ihnen. Trotz des Gletschereises landete sie absolut sicher.

Jasons *Derwisch* war nicht ganz so sicher, aber das Springen war hier auch nicht einmal das größte Problem. Das war das Laufen. Und dabei zeigte sogar die *Valkyrie* Unsicherheiten, doch sie erreichten nach einer guten halben Stunde langsamen Gehens mehr oder weniger sturzfrei das Massiv. Dann meldete sich Lhiannon. »Okay, Schütze, von jetzt an setzen wir hauptsächlich die Sprungdüsen ein.«

»Von mir aus. Aber ich bringe mich noch in eine bessere Position...«

Sein *Derwisch* bewegte sich weiter nach vorne. Jason hielt ihre jetzige Position für einen Sprung zu riskant. Er bewegte sich langsam weiter, als Lhiannons Schrei ihn stoppte. »*Halt!!!*«

Er hielt in der Bewegung inne und setzte seinen Fuß wieder zurück. »Warum, was ist, Oberleutnant? Hier können wir nicht springen.«

Lhiannon schnaubte vor Wut. »Verdammt, Schütze, riskieren Sie mal einen Blick auf Ihre tektonischen Sensoren. Das Schneefeld vor Ihnen ist eine Eisbrücke. Wenn Sie da drauftreten, kann ich tausend Meter unter uns nur noch Ihre Überreste aufsammeln.«

Lia hörte keine Reaktion. Sie knurrte ihn an. »Zum Teufel, Schütze, sind Sie vollkommen blöde? Achten Sie gefälligst mehr auf die Kleinigkeiten. Das ist auf Amity wichtiger als die Fähigkeiten als Schütze.«

Jetzt hörte sie ihn murmeln: »Es tut mir Leid, Oberleutnant...«

»Das sollte es auch! Ich werde das Hauptmann Anderson melden müssen. Und jetzt springen Sie!«

»Oberleutnant! Ich habe keine tektonischen Sensoren«, stieß Jason leise hervor. Lhiannon starrte einige Sekunden ungläubig auf ihre Anzeigen. »Wie meinen Sie das, Schütze? Sind Ihre Sensoren inaktiv?«

»Ich hatte nie tektonische Sensoren. Man hat nie solche Sensoren in meinen Mech installiert«, erklärte er.

Lia seufzte. »Und warum erfahre ich das erst *jetzt*?«

»Tektonische Sensoren sind nicht Standard. Ich wusste nicht, dass man sie in dieser Kompanie braucht. Entschuldigung.«

Lia lächelte und sagte etwas milder: »Na, schon gut, Jason. Du bist erst neulich zur Einheit gekommen. Wir werden gleich nach diesem Einsatz einen Sensorensatz einbauen. Aber ich hätte erwartet, dass die Marik-Streitkräfte auf Amity tektonische Sensoren verwenden… Na ja, also springen Sie, Schütze! Ich werde die Bodenabtastung für uns beide machen!«

Nach einer Stunde hatten sie das erste Hochplateau der Sheridan-Kette erreicht. Rechts von ihnen zog sich das ungewöhnliche Gebirge gut fünfhundert Kilometer weit hin. Die Sicht war hervorragend, und Lia hätte nichts lieber getan, als mit ihrem Fernglas jeden einzelnen dieser Gipfel zu betrachten. Dummerweise hatte sie einen Auftrag, und sie wandte sich der weiten, weißen Ebene zu. Dann stieg sie mit ihrem Fernglas und ihrer schützenden Sonnenbrille aus der Cockpitluke, lehnte sich zurück und suchte die Schneesteppe ab. Jason zog sein Cockpit vor. Nach einer halben Stunde lachte Lia grimmig auf, schlüpfte wieder in ihren Mech und kontaktierte Jason. »Schütze, schauen Sie mal in Sektor… warten Sie… Sektor 45.«

Jason orientierte sich an den Anzeigen seines Mechs und blickte in die angezeigte Richtung.

»Sehen Sie es?«, fragte Lia neugierig.

»Ja. Wie viele marschieren da Ihrer Meinung nach, Leutnant?«

»Drei Kompanien... Nein, vier Kompanien. Scheinen schwere FrontMechs zu sein.«

»Ganz Ihrer Meinung. Warum haben wir sie vorher nicht bemerkt?«

»Sie marschieren zu weit im Hinterland. Wir würden diese Gegend normalerweise niemals überprüfen.«

»Aber weshalb kommen sie erst jetzt? LeFranc hat sich inzwischen auf der ganzen Front eingegraben.«

»Ja, aber er hat niemals genug Truppen, einen Sturmangriff von vier schweren lyranischen Kompanien an einem Abschnitt zurückzuschlagen. Der lyranische Kommandant hielt es wohl für besser, später anzugreifen, aber die Gegenseite über seine Absichten im Unklaren zu lassen.«

»Eine interessante Theorie.«

»Ich sende einen Funkspruch an die Basis: Vier Kompanien der LCS im Sektor 45 mit Marschrichtung... Verdammt, Jason, kannst du die Marschrichtung genau bestimmen? Von hier kann ich das ziemlich schlecht sehen.«

»Ich bin mir auch nicht sicher... Warten Sie, es ist Freewheel. Marschrichtung Freewheel.«

Lia verzog skeptisch das Gesicht. »Es könnten auch die Versorgungsdepots beim Lee-Massiv sein.«

»Nein, dazu passt der Winkel nicht. Sie marschieren in einer Kurve auf Freewheel zu.«

»Und wenn sie irgendwann abdrehen?«

»Sie nehmen doch sowieso an, dass wir sie nicht entdecken. Wieso sollten sie dann eine falsche Richtung einschlagen, wenn sie uns nicht täuschen wollen? Nebenbei: Sie wollten eine Marschrichtung – und ich habe Ihnen eine gegeben... Leutnant.«

72

»Von mir aus. Aber wenn wir uns täuschen, häutet uns LeFranc, das ist Ihnen hoffentlich klar.«

»Natürlich, Oberleutnant Potter.«

Lia überhörte den ironischen Unterton. Sie musste mit ihrer letzten Bemerkung irgend etwas angesprochen haben. *Vielleicht*, dachte sie und lächelte, *komme ich heute Nacht hinter dieses kleine Geheimnis…* Sie gab den Funkspruch ab und sah in ihren Augenwinkeln etwas über sich aufblitzen…

Die Raketen schlugen Sekunden später in und um den *Derwisch* ein. Jasons Mech wankte und torkelte gefährlich nahe an dem Abgrund vorbei, aber nur für wenige Augenblicke, dann hatte sich Jason wieder gefangen. Lhiannon erfasste nach einer Schrecksekunde die Situation: Über ihnen flog ein *Chippewa*, ein schwerer LCS-Jäger. Eigentlich war das unmöglich, denn das eiskalte Wetter auf Amity machte zusammen mit den Schneestürmen den Einsatz von Jägern unmöglich. Auf jeden Fall war er da… Er überflog sie und zog eine weite Schleife, um in eine optimale Schusslage zu kommen.

Lhiannon funkte Jason an: »Schütze, springen Sie sofort hier weg.«

»Aber…«

»Zum Teufel, Schütze, ich kenne das Risiko. Aber hier oben sind wir nichts weiter als Übungsziele für ihn.«

Sie blickte dem *Derwisch* nach, der zurück in die Tiefe sprang. Dort unten, in den Hängen der Sheridans, hatten sie zumindest eine kleine Chance. Außerdem bezweifelte sie, dass der *Chippewa* mit seinen langen Tragflächen ihnen in das enge Gebiet folgen konnte. Sie sah wieder etwas aufblitzen… und betätigte die Sprungdüsen. Die Breitseite des Jägers schlug exakt dort ein, wo die *Valkyrie* vorher gestanden hatte. Lias Sprung war alles andere als perfekt, aber sie kam neben Jason zum Stehen. Sie bezweifelte, dass der Pilot des *Chippewa* sie so schnell orten konnte, und gönnte sich eine kleine Verschnaufpause.

Jason meldete sich: »Oberleutnant, wie ist das möglich? Auf Amity sind Jäger nicht einsetzbar.«

»Keine Ahnung«, seufzte sie. »Aber er ist da. Haben Sie irgendeine Idee? Wir müssen den Kerl so schnell wie möglich loswerden.«

»Springen wir weiter ab. Vielleicht gibt er auf.«

»Träum weiter… Nein, aber du hast mich da auf eine Idee gebracht. Wenn wir an einer freistehenden Terrasse vorbeikommen, sende ich ein Signal ab, das der Mistkerl empfängt. Du bringst dich in eine geschützte Position. Ich nehme an, er wird dich vergessen, wenn er mich im Visier hat. Du hast dann alle Zeit der Welt, um ihn vom Himmel zu blasen.«

»Warum spielen Sie die Zielscheibe? Ihre *Valkyrie* ist ziemlich schwach gepanzert. Sie werden nicht einmal die erste Salve überleben.«

»Aber dein *Derwisch* hat die größere Feuerkraft. Und mach dir um mich keine Sorgen.«

Sie wartete Jasons Reaktion nicht ab, sondern sprang sofort weiter. Von dem *Chippewa* war nichts zu sehen und ihre Sensoren zeigten ebenfalls nichts an. Nach einiger Zeit hatten sie einen geeigneten Terrassenpunkt erreicht. Sie wollte Jason gerade in seine Position einweisen, als Lhiannons Sensoren den *Chippewa* orteten.

Jason erfasste ihn ebenfalls und reagierte blitzschnell. Er riss den linken Arm seines Mechs hoch und deckte damit das Cockpit der *Valkyrie*. Er konnte allerdings nicht verhindern, dass der erste S-Laser ihr Cockpit traf.

Irgendwie brachte es Lia noch fertig, im gleichen Moment ihre LSR10 auszurichten und sie dem *Chippewa* entgegenzuschleudern. Der 90-Tonner versuchte auszuweichen, konnte aber angesichts der engen

Schlucht, in der er flog, schlecht manövrieren und streifte mit seinem linken Flügel einen Felsen. Bis hierhin flog der Pilot geradezu bewundernswert. Jetzt geriet er aber in Panik... Er riss seinen *Chippewa* herum und donnerte gegen die rechte Felswand, konnte sich aber dennoch in der Luft halten.

Jason starrte fasziniert auf den Jäger. Er trudelte über ihnen hinweg. Jason bezweifelte, dass er einen weiteren Angriff wagen würde. Lhiannons *Valkyrie* wirbelte herum und Jason konnte das Aufblitzen im rechten Arm der *Valkyrie* sehen. Der M-Laser traf die Unterseite des Jägers. Der Schuss war beileibe nicht tödlich, aber der Pilot verlor durch den Treffer die Kontrolle über seinen *Chippewa*.

Die Explosion, als der *Chippewa* in die Steilwand stürzte, würde Jason sein ganzes Leben lang nicht vergessen. Er würde noch viele Schlachten schlagen und vielen Feinden gegenüberstehen und wahrscheinlich einiges davon wieder vergessen. Aber diese Explosion war einprägsamer als alle anderen, denn sie war die erste echte im Leben des MechKriegers.

Jason stockte der Atem, als er nach einer Verschnaufpause einen beiläufigen Blick auf die *Valkyrie* warf. Der S-Laser hatte den Mech im Cockpit voll erwischt. Die Panzerung war an verschiedenen Stellen total weggeschmolzen. Er hämmerte auf seine Kom-Taste: »Lia! Bist du in Ordnung?« Er redete so schnell, dass er sich vollkommen verhaspelte.

Als Antwort hörte er Lias Kichern: »Klar, Schütze. Was dachtest du denn?«

Jason starrte wütend auf das Kom und knurrte verärgert: »Verdammt, Lia, was ist so lustig daran?«

»Dein Benehmen, Schütze. Du scheinst dir ja wirklich Sorgen um mich zu machen.«

Jason murmelte etwas Unverständliches in das Kom. Lia verzichtete darauf, es zu verstehen. Seine nächste Frage verstand sie allerdings: »Bist du… Sind Sie verletzt, Leutnant?« Die Frage hatte einen sehr kühlen Unterton.

»Ein paar Schrammen, mein linkes Bein fühlt sich ziemlich gebrochen an, einige unwichtige Verbrennungen, und mein Gesicht hat's auch erwischt. – Nicht schlimm, es ist noch alles Wichtige dran, aber es muss ziemlich hässlich aussehen.«

Jason schüttelte fassungslos den Kopf. »Sie sagen das, als wäre überhaupt nichts geschehen.«

»Ich hab schon Schlimmeres mitgemacht.«

»Die *Valkyrie*?«

»So ziemlich alle Sensoren sind ausgefallen und einige Anzeigen«, sagte sie verärgert. »Die Reparaturen werden mindestens zwei Tage dauern. Dein *Derwisch*?«

»Na ja, ich hab etwas Panzerung verloren und der linke Arm muss wahrscheinlich ausgetauscht werden.«

»Okay, wenn man bedenkt, dass wir gegen einen *Chippewa* angetreten sind, dann sind wir noch verteufelt gut weggekommen. Aber jetzt ab nach Hause! Ich führe.«

Jason richtete seinen Mech aus und erwartete, dass Lhiannon sprang. Aber bevor das geschah, meldete sie sich noch ein letztes Mal. »Nebenbei gesagt: Du hast was bei mir gut, Jason. Ohne dich wäre ich jetzt wohl schon ein Häufchen Asche. Danke.«

Jason antwortete nicht. Er betrachtete nur zufrieden die *Valkyrie*, die sich majestätisch in den Himmel hob. Ja, heute hatte er gezeigt, wozu er fähig war, und er hatte sogar einen Vorgesetzten vor dem Tod bewahrt. Wenn er ehrlich war, dann war das ein wirklich gutes Gefühl.

8

Oxbridge, Amity
Liga Freier Welten

11. Januar 3033

Jack hatte bereits geduscht und sich umgezogen, als die *Valkyrie* und der *Derwisch* in die Basis traten. Er stand zusammen mit MedTech Viewman und mit Julian Parkhofer, einem Tech, vor den beiden Mechs und begutachtete sie skeptisch. Im Hintergrund arbeiteten die meisten MechKrieger und Techs der Einheit an den Mechs. Einige zeigten deutliche Zeichen von Gefechten.

Lhiannon ließ sich erwartungsgemäß, trotz ihrer Verletzungen, nicht aus ihrer *Valkyrie* helfen. Als sie auf dem Boden angelangt war, überließ sie sich dem MedTech allerdings widerspruchslos. Daniel Viewman wurde im Laufe der Kurzuntersuchung im MechHangar immer fassungsloser.

Jason hatte sie inzwischen erreicht und hätte sich beinahe übergeben müssen, als er Lhiannon sah. Ihr Gesicht war blutüberströmt. Er war sich absolut sicher, dass es schlimmer aussah als es war, aber Jason wurde in diesem Augenblick klar, dass er das Gesicht des Krieges vor sich hatte. Er würde sich daran gewöhnen müssen…

Bevor Viewman Lhiannon wegbringen konnte, flüsterte Jack ihr noch zu: »Zum Teufel, Mädchen, ich hab dich mit Boise zusammengesteckt, damit du auf ihn aufpasst und nicht er auf dich.«

Lhiannon lächelte schüchtern zurück. »Ich glaube, du hast dich wieder mal in einem Rekruten getäuscht, Jacko.«

Jack fing sich jetzt einen bösen Blick von Viewman ein, der seine Patientin so schnell wie möglich in seine kleine Station bringen wollte. Nachdem sie weggegangen waren, musterte Jack Jason eiskalt. Parkhofer hielt sich jetzt vornehm zurück.

Jason seufzte kopfschüttelnd. Was hatte er jetzt schon wieder falsch gemacht?

Für einige Sekunden Stille. Jacks eiskalter Blick veränderte sich in Sekundenschnelle zu einem freundlichen Lächeln und er meinte entgegenkommend: »Ich habe zwar nicht alles mitbekommen, Schütze Boise, aber so wie ich das bisher sehe, haben Sie heute für die *Mad Jumpin' Jacks* würdig gekämpft. Ich würde gerne die ganze Geschichte hören.«

»Sie werden den Bericht in einer Stunde bekommen, Kommandant«, antwortete Jason verlegen.

Jack schüttelte den Kopf. »Den können Sie morgen immer noch schreiben. Ich würde das jetzt gerne von Ihnen selber hören.«

Jason blickte seinen Kommandanten überrascht an und nickte dann. »In Ordnung, Kommandant, ich gehe nur noch schnell unter die Dusche.«

»Von mir aus. Kommen Sie dann in mein Büro.«

Jason wandte sich noch an Parkhofer. »Sie haben doch meinen Mech drei Tage lang getestet.«

Julian nickte. »Die gesamte Tech-Crew, warum?«

Auch Jack sah Jason neugierig an. Jason fuhr verärgert fort: »Und Ihnen ist nicht aufgefallen, dass in meinen *Derwisch* keine tektonischen Sensoren eingebaut sind?«

Julian starrte ihn perplex an und wollte etwas erwidern, als Jack dazwischenfuhr: »Sie befanden sich auf einer Scoutmission auf Amity *ohne* tektonische Sensoren??«

»Ja. Und es wäre beinahe schief gegangen.«

Jack wandte sich wütend an Parkhofer. »Tech Parkhofer, Sie werden einen Sensorensatz noch heute einbauen. Verstanden?«

Parkhofer nickte und verschwand. Jack zog sich mit einem Lächeln ebenfalls zurück.

Jason war alleine. Er nutzte die Verschnaufpause mit einem müden Seufzer und ließ sich müde auf den Boden fallen. Keine Sekunde war vergangen, da hörte er bereits ein verächtliches Lachen. Es kam von einem der Mechs. Von dem *Panther*. Donna arbeitete dort an einer weggeschmolzenen Panzerplatte.

»Caramba! Soldat, steh auf und lieg hier nicht faul in der Sonne!«

Jason würdigte sie nur eines kurzen, herablassenden Blickes. Donna lachte auf und fragte: »Der erste Einsatz war wohl anstrengend?«

»Worauf du wetten kannst«, rief Jason ihr zu.

»Ich hab schon von dem *Chippewa* gehört. Ihr habt euch richtig gut angestellt. Was hast du zu diesem Erfolg eigentlich beigetragen?«

Jason musterte sie neugierig. Sie schien wirklich interessiert zu sein.

»Na ja…« Jason grinste sie an. »Ich hab ihn abgelenkt, und sie hat den Hund geröstet.«

»Richtiges Teamwork! Du darfst stolz auf dich sein, Soldat.«

»Danke, danke… Was ist mit deinem *Panther* passiert?«

»Ich und Anastasia hatten kurz nach euch Feindkontakt. Wir sind im Sektor 47 auf zwei *Cicadas* gestoßen. Eine haben wir zerlegt, aber die andere hat sich verzogen.«

»Offenbar haben sich die Elsies gewehrt.«

»Caramba! Es ist nicht die Bewaffnung, sondern die Schnelligkeit, die eine *Cicada* so gefährlich macht. Aber wir haben sie trotzdem eingeseift.«

Donna lachte hämisch. Auf einmal erhob sich ein wütender Aufschrei, und Anastasias Stimme war zu hören. »Ja, ja, lach nur, du dumme Gans! Dir haben sie deinen Mech ja auch nicht zerschossen!«

Jason sah sie auf ihrer *Wespe* arbeiten. Offenbar hatte es die *Wespe* wesentlich härter als den *Panther* erwischt. Die Panzerung wies überall schwere Schäden auf. Die *Cicadas* hatten sie wahrscheinlich als das leichtere Ziel betrachtet und sich ganz auf die *Wespe* gestürzt. Jason musste schmunzeln. Anastasia war wirklich sauer. Er grinste Donna noch einmal an. »Hey, Donna, du hast doch diesen langen Namen.«

Donna blähte sich auf. »Ja! Donna Luisa Malaga di Sierra!«

»Wie viel an diesem Namen ist eigentlich wahr?«

Donna starrte Jason perplex an. Anastasia hatte die Frage auch gehört und lachte laut auf. Jetzt erwachte Donna. »Caramba! Was erlaubst du dir, du Grünschnabel? Da, wo ich herkomme, erschießt man Leute für solche Beleidigungen.«

»Zum Glück für mich musst du dich jetzt auf deinen *Panther* konzentrieren…« erwiderte er lächelnd. »Na dann, bis später. Ich hab jetzt noch 'ne Verabredung mit meiner Dusche.«

»Hoffentlich ersäufst du!«, rief ihm Donna hinterher.

Jason lachte und verschwand.

Jason war ziemlich überrascht, als er nach einer Stunde von Jack in die medizinische Abteilung geführt wurde und dort ausnahmslos alle *Jacks* versammelt sah. Jack forderte ihn auf, die Geschichte des Kampfes zu erzählen. Lia, die es sich auf einer Liege gemütlich gemacht hatte – was angesichts der Verbände, die sie am Körper trug, auch ratsam war –, nickte hin und wieder oder fügte eine Kleinigkeit hinzu.

Als Jason geendet hatte, richtete sich Jack auf und erklärte: »Also, Einheit, die LCS haben genug Feuerkraft, um Amity einzuäschern – nur um das klarzustellen. Die Führung der Marikverbände hat dank unserer schnellen Aufklärung den lyranischen Angriff gegen Freewheel zurückschlagen können. Aber die Verluste der Lanciers gehen ins Astronomische: LeFranc hat bei Freewheel alles zum Einsatz gebracht, was auf die Schnelle herzukriegen war. Insgesamt belaufen sich seine Verluste auf 15 BattleMechs, zwei Panzerbataillone, vier Infanteriedivisionen und 80 Prozent aller zur Verfügung stehenden Hilfsgeräte der Mariks. Freewheel selber ist teilweise dem Erdboden gleichgemacht...

Mit anderen Worten: Die LCS haben der Liga ganz schön in den Arsch getreten. Die Verluste der LCS betragen sich auf 18 Mechs, vorwiegend schwere, und fünf Jäger, drei *Chippewas* und zwei *Luzifers*.«

»Auch nicht gerade das, was sich die Elsies erhofft haben«, kommentierte Leutnant Chokamoto.

Jack nickte. »Natürlich. Aber ich möchte Sie daran erinnern, dass die LCS mehr Reserven als die Liga haben. Vor allem nach diesem Massaker. Hinzukommen noch erschwerend die Jäger. Sie alle werden sich natürlich fragen, wie ein Jägereinsatz hier möglich ist. Mich beschäftigte diese Frage ebenfalls brennend, und als ich LeFranc kontaktierte, bot mir der Leutenient-Kolonel eine Lösung: Die Marik-Führung konnte drei lyranische Landungsschiffe der *Union*-Klasse entdecken, die Amity umkreisen. LeFranc geht davon aus, dass die Jäger von diesen Schiffen aus gestartet sind. LeFranc nimmt an, dass sich noch ein Geschwader von schweren Jägern da oben versteckt hält und uns bei der nächsten Gelegenheit plattmachen will.«

»Und wir können gar nichts dagegen machen?«, fragte Jason entsetzt.

»Sieht nicht danach aus. Wir haben selber keine Jäger auf Amity. Sie können uns also ungestraft überfallen. Und die Anzahl der Flak-Anlagen der Liga wurde bei Freewheel praktisch gleich Null gesetzt. Ich rechne aber damit, dass sie maximal noch zweimal angreifen werden.«

»Wieso nur zweimal?«, fragte Jason skeptisch.

»Wenn ihre Jäger wieder auf den Landungsschiffen landen wollen«, erklärte Jack, »müssen sie ziemlich komplizierte Manöver ausführen… Aleisha kann dir das besser erklären. Solche Einsätze sind auf die Dauer zu teuer. Außerdem ist der Verbrauch an Treibstoff viel zu groß. Aber mach dir keine falschen Hoffnungen. Ein Geschwader mit dieser Feuerkraft kann in zwei Einsätzen mühelos ein halbes Bataillon ausradieren. Und nach meinen Berechnungen verfügen die LCS immer noch über ein gut ausgerüstetes MechBataillon, das uns auch ohne Jäger pulverisieren kann.«

Lia mischte sich mit ein. »Wie sieht es bei den Lanciers aus?«

Jack winkte deprimiert ab. »Frag besser gar nicht! LeFranc hat noch verdammte fünf MechLanzen, drei Panzerkompanien und ein bisschen von dem nutzlosen Kleinkram wie Infanterie, Schweber, Senkrechtstarter oder Hilfsfahrzeuge. Dazu kommt noch die planetare Miliz mit weiterem Kleinkram. Alles in allem eine beachtliche Anzahl – aber leider nur halb so viel Feuerkraft wie die LCS.«

Adrian Butcher betrachtete ihn lächelnd. »Wir stecken also wieder mal in der Scheiße?«

Jack musste lachen. »Ja, so könnte man es auch sagen. Obwohl du dich etwas gewählter ausdrücken könntest… Aber kommen wir zu unseren neuen Befehlen: LeFranc hält einen Gegenschlag für angebracht.«

Jason war fassungslos. »Einen *was*? Er sollte lieber seine Linie sichern.«

»Und darauf warten, dass die Lyraner mit einem massiven Angriff seine Verteidigung wieder auseinander nehmen?«, erwiderte Jack. »Schütze, Sie müssen bedenken, selbst wenn LeFranc es schafft, eine wasserdichte Linie gegen die Mechs aufzubauen, wozu auch konventionelle Einheiten durchaus zu gebrauchen sind, werden alleine die Jäger die Hälfte der Verteidigung wegfegen, da die Lanciers momentan keine Flak-Anlagen besitzen. Wenn wir jetzt zumindest die Bodentruppen der LCS schwer anschlagen, wird der feindliche Kommandant vielleicht zögern.«

Jason nickte. Daran hatte er gar nicht gedacht.

Sein Kommandeur fuhr fort: »Wir werden uns morgen in Stellung bei den nördlichen Sheridans bringen und kurz vor Sonnenuntergang ihre linke Flanke angreifen, falls alles glatt geht. Fragen?«

Jason räusperte sich verlegen. »Eh, Kommandant, bei allem Respekt, aber es ist praktisch unmöglich, morgen Abend in den nördlichen Sheridans zu stehen. Ich nehme an, dass wir von da aus die Raumhäfen bei Ruhr angreifen wollen?«

»Ja, natürlich.«

»Das würden wir bei Höchstgeschwindigkeit erst in der morgigen Nacht schaffen.«

Jack lächelte hintergründig. »Schütze, dieser Kompanie stehen Mittel und Wege zur Verfügung, von denen Sie noch gar nichts ahnen… Glauben Sie mir, wir werden rechtzeitig da sein.«

Jason sah ihn verwirrt an, gab sich aber geschlagen. Jack deutete mit einer Handbewegung an, dass die Besprechung zu Ende war, und die *Jacks* verließen den Raum. Unterwegs hielt Jason Jack noch einmal kurz auf. »Kommandant… es ist mir zwar etwas peinlich…«

»Raus damit!«

»Ich habe in Freewheel Verwandte, und als Sie sagten, dass die Stadt auch von den Kämpfen in Mitleidenschaft gezogen wurde, da dachte ich… ich würde gerne wissen, wie es ihnen geht, nur leider verfügt Ihr Büro über das einzige Funkterminal.«

Jack musterte den Schützen neugierig. Ja, er machte

sich wirklich Sorgen. »Das muss Ihnen nicht peinlich sein. Dass man Angst um seine Familie hat, ist das Natürlichste der Welt. Meine Anlage steht ihnen offen. Ich übernehme so lange die Reparaturarbeiten an ihrem *Derwisch*.«

Jason starrte ihn überrascht an. »Wieso denn... Sir?«

»Weil wir morgen eine schwere Mission haben. Ihr Mech muss voll einsatzbereit sein. Außerdem sind wir in derselben Einheit. Da kann man so was schon voneinander erwarten.«

Jason schenkte ihm ein dankbares Lächeln und ging in Jacks Büro. Es war das erste Mal, dass er in diesem Raum alleine war. Wäre er ein feindlicher Spion, wäre es für ihn ein Leichtes gewesen, in das Büro einzudringen. Jack machte sich nie die Mühe, abzusperren oder wichtige Nachrichten zu sichern. Wenn er gewollt hätte... Aber andererseits ergab es auch wenig Sinn. Sie waren in derselben Einheit. Gab es etwas Wichtiges, dann würde Jack es ihnen schon mitteilen. Und das Unwichtige ging Jason nichts an.

Er aktivierte das Funksystem. Er musste etwas warten, bis die Anlage hochgefahren war. Es war schon beinahe eine Schande für die Liga, wenn er sah, welche veraltete Technik fähigen und loyalen Söldnern angedreht wurde. Er loggte sich in das System ein und klickte auf das Icon der Regierung. Die Verbindung bekam er zwar nicht, aber ein rotes Schild mit der Aufschrift ›Verbindung nicht möglich. Verbinde mit Militärführung‹ erschien. Jason schluckte. Wenn die Regierungsanlagen dermaßen beschädigt waren...

Auf dem Monitor erschien ein älterer Wachoffizier. Jason reagierte sofort. »Können Sie mir bitte sagen, wo ich Regierungschef Tores Thornten erreichen kann?«

»Das wollen in letzter Zeit sehr viele«, sagte der Wachmann überheblich. »Der Minister hat im Augenblick keine Zeit.«

»Hören Sie, Mann, es ist sehr dringend.«

»Ja ja, das ist es natürlich. Wer sind Sie überhaupt?«

Jason seufzte. »Jason Boise, Neffe und Adoptivsohn von Tores. ID-Nummer 4-1-5367-9. Würden Sie also bitte die Verbindung herstellen?«

Der Offizier fluchte leise. »Entschuldigung, Mr. Boise. Ich werde sofort verbinden.«

Es dauerte ganze fünf Minuten, bis Tores Thornten kam. Tores ließ seinen Adoptivsohn nicht zu Wort kommen, sondern sagte sofort: »Mein Gott, Jason, ich bin so froh, dass es dir gut geht.«

»Kann ich umgekehrt auch sagen, Tores«, erwiderte Jason lächelnd.

»Ich habe von der Schlacht gehört. Ist es wirklich so schlimm?«

Thornten schnaubte verärgert. »Diese Hunde haben halb Freewheel eingeebnet. Es konnten nur wenige Regierungsangehörige entkommen. Und unter der Bevölkerung muss es Hunderte von Toten gegeben haben.«

»Was ist mit Helen? Ist sie in Ordnung?«

»Deiner Kusine geht es soweit ganz gut. Sie hat zwar einige Schrammen abbekommen, ist aber auf dem Weg der Besserung.«

Jason ließ sich befreit in den Sitz fallen. »Das war es, was ich hören wollte! Wo seid ihr eigentlich? Freewheel werdet ihr nicht mehr benutzen können.«

»Wir sind bei den Lanciers. LeFranc hat mir ein kleines Büro bereitgestellt, von dem aus ich die Verwaltungsangelegenheiten regeln kann.«

Jason nickte. »Ja, das ist das Vernünftigste, das ihr tun konntet. Bei dem alten Raubein seid ihr sicher.«

Tores sah sich kurz um und fragte leise: »Und wie läuft es bei dir, Jason? Wie findest du deine neue Einheit?«

»Die *Jacks*? Genau das, was mir vorschwebte! Glaub

mir, das sind die besten Kämpfer, die momentan auf Amity stehen.«

»Natürlich sind sie das. Wie haben sie dich eigentlich aufgenommen?«

»Na ja, zuerst gab's einige Probleme, aber das hat sich schnell gelegt. Ich glaube, sie respektieren mich jetzt.«

Tores fragte verblüfft: »Jetzt schon? Anderson ist doch ziemlich zurückhaltend, was Rekruten betrifft.«

»Ja, aber nach dieser Scoutmission…«

»Er hat dich schon rausgeschickt??«

»Ja, natürlich.« Jason richtete sich stolz auf. »Ich habe zusammen mit Oberleutnant Potter die Elsies als Erste entdeckt. Ohne uns beide hätten sie leichtes Spiel gehabt.«

»Bist du verletzt?«

»Tores! Ich bin ein voll ausgebildeter MechKrieger. Und ich bin 19. Ich weiß, was ich tue… Nein, ich bin nicht verletzt.«

»Das stimmt sicherlich alles, aber…« Seine Stimme wurde gefährlich leise. »Vielleicht bekommen die *Jacks* in nächster Zeit einige sehr gefährliche Aufträge. Die Skye Ranger sind nicht gerade ungefährlich. Vielleicht kommt es auch zu unvorhergesehenen Grenzsituationen… Ich hoffe, du bist klug genug, um dich auch abzusichern.«

Jason schüttelte verwirrt den Kopf. »Was meinst du damit, Tores? Ich tue das, was mein Kommandant befiehlt. Jack tut schon das Richtige.«

Thornten erklärte lauernd: »Wenn die Zeit kommt, dann wirst du meine Worte schon verstehen. Ich hoffe es zumindest für dich… Aber jetzt muss ich aufhören. Die liebe Arbeit ruft.«

»Okay. Sei vorsichtig, Tores. Und grüße Helen von mir.«

Tores nickte und schaltete ab.

9

Marik-HQ, Amity
Liga Freier Welten

12. Januar 3033

Leutenient-Kolonel LeFranc starrte verärgert aus dem Fenster. Der Blizzard machte seinen gesamten Angriffsplan zunichte. Er hatte vor zehn Minuten angefangen und fegte langsam, aber zerstörerisch über den Kontinent. Manchmal fragte er sich, warum Menschen Planeten wie Amity besiedelt hatten. Er persönlich bevorzugte warme Planeten mit mindestens einer Sonne, viel Strand und verführerisch lauen Nächten. Soweit er wusste, verfügte die gute alte Erde über einige solcher Orte. Ansonsten gab es nur wenige Orte im bekannten Universum, die LeFranc sympathisch waren. Amity gehörte eindeutig nicht dazu. Aber nicht nur wegen des Wetters. Auch Tores Thornten war alles andere als angenehm…

Die Tür öffnete sich quietschend, und Thornten trat ein. LeFranc grinste. Wenn man an den Teufel dachte, dann kam er für gewöhnlich auch…

LeFranc salutierte. »Ich war gerade dabei, den Angriff abzusagen, Mr. Thornten.«

Thornten nickte mit einem maliziösen Lächeln. »Ist Ihnen eigentlich bekannt, dass ich schon gestern von diesem Blizzard gewusst habe?«

LeFranc antwortete nicht. Aber er verspürte auf einmal das dringende Bedürfnis zuzuschlagen. Thornten fuhr in einem gefährlichen Ton fort: »Und wussten Sie auch, dass die Funkverbindung mit den *Mad Jumpin' Jacks* zusammengebrochen ist?«

LeFranc nickte wie versteinert. Er glaubte zu verstehen, was Thornten sagen wollte. Allerdings ging das schon fast über sein Fassungsvermögen. »Die *Jacks* werden also ohne unsere Unterstützung angreifen?«

»Ganz genau.« Seine Augen verrieten Schadenfreude. »Welche Chancen geben Sie ihnen?«

LeFranc schüttelte den Kopf. »Hören Sie, Mr. Thornten, Ihr Sohn ist auch mit dabei. Er wird genauso sterben wie alle anderen.«

»Ich habe ihn bereits gewarnt. Er wird meinen Plan durchschauen und sich retten. Er ist klug.«

»Ja, das ist er … und sehr loyal seinem kommandierenden Offizier gegenüber.«

»Natürlich. Aber er ist immer noch ein Silberfalke. Vergessen Sie das nie. Und Anderson ist lediglich ein Söldner. Jasons Loyalität gilt allein den Silberfalken.«

»Ich hoffe für Sie, dass Sie sich nicht täuschen.«

Thornten zuckte die Achseln. »Nur wer wagt, gewinnt. Merken Sie sich das, LeFranc.«

»Und am Schluss gewinnt das Lyranische Commonwealth. Mit den *Jacks* haben wir eine relativ hohe Chance, bis zum Eintreffen des Falken-Regimentes durchzuhalten. Aber ohne sie sehe ich schwarz. Die LCS werden uns pulverisieren.«

Thornten seufzte lustlos. »Denken Sie doch weiter! Die *Jacks* werden bei den Raumhäfen bei Ruhr atomisiert. Aber bevor sie untergehen, werden Sie noch sehr viele Elsies mit ins Grab nehmen. Ziele gibt es ja genügend. Die Elsies werden also zweifellos Verluste haben und uns nicht angreifen, da unser kleines Himmelfahrtskommando ihnen mächtig eingeheizt hat und sie bezweifeln werden, dass unsere Lage wirklich so aussichtslos ist. Und wir integrieren die Überreste der *Jacks* in unsere Verbände.«

Ein Mann in Uniform betrat das Zimmer. LeFrancs Züge hellten sich etwas auf. »Mr. Thornten, ich darf Ihnen meinen Adjutanten Oberleutenient Gilbert vorstellen.«

»Was gibt es?«, wandte er sich an den Leutenient.

»Wir bekommen keine Verbindung zu unserer Patrouille im Sektor 30. Wir wissen noch nicht, ob die Elsies sie gefressen haben oder ob der Blizzard die Störungen hervorruft.«

»Wer ist auf dieser Patrouille?«

»Kapitan Smith und Kaporal Allison.«

LeFranc verzog das Gesicht. »Es wäre nicht gut für uns, wenn wir die beiden verlören. Andererseits... sie wissen sich schon zu helfen. Es ist sicher nur der Blizzard.«

Gilbert nickte und wollte gehen, als LeFranc ihn zurückhielt. »Leutenient, ich habe hier noch Befehle für die Lanciers.«

Gilbert überflog die Befehle und sah seinen Kommandeur irritiert an. »Und was ist mit den *Jacks*?«

»Die Funkverbindung mit Oxbridge funktioniert leider nicht, Leutenient.«

»Seit wann?«, fragte Gilbert leise.

»Seit es der Regierungschef wünscht.«

Raymond Allison beobachtete gelangweilt seine Anzeigen. Der Patrouillendienst war alles andere als angenehm. In 99 Prozent aller Fälle blieb es ruhig, und wenn sie wirklich auf Gegner trafen, dann war das eigentlich immer die Vorhut eines Großangriffs. Und beide Extreme fand Ray gleichermaßen unerfreulich.

Er blickte auf den *Hermes II* seines Kapitans. Der Mech bewegte sich elegant durch die Schneefelder. Sein eigener *Orion* hingegen stapfte schwerfällig durch die Landschaft. Ray rechnete dies allerdings eher den 75 Tonnen seines Mechs zu als seinen Pilotenfähigkeiten. Hätte er einen leichten *Hermes II*... er würde geradezu auf der Oberfläche schweben. Aber tauschen würde er mit seinem Kapitan deswegen noch lange nicht. Ein *Orion* bot wesentlich mehr Schutz und mehr Feuerkraft als ein *Hermes II*. Es war überhaupt verwunderlich, warum er als einfacher Corporal einen

75-Tonner steuerte und Kapitan Smith als kommandie-render Offizier nur einen 40-Tonner. Aber beide waren in ihren Mech hoffnungslos verliebt und steuerten ihre Typen vor allem sehr effektiv.

Kapitan Smith riss den Kaporal aus seinen Gedanken. »Kaporal, ich bekomme eine Nachricht vom HQ. Wir sollen abbrechen. Da kommt ein Blizzard aus Nordost.«

»Der Tanz mit den Elsies ist abgesagt?«

»LeFranc hat ihn verschoben. Morgen wird die Welt schon wieder ganz anders aussehen.«

»Schaffen wir die Strecke zurück zum Hangar? Ich habe keine Lust, heute Nacht in einem Blizzard fest-zustecken.«

»Gute Frage. Ich funke das HQ an…«

Raymond wartete, bis Smith sich wieder meldete. »Das HQ meldet, dass es knapp werden könnte. Wenn wir schnell sind, erreichen wir den Hangar.«

Ray grunzte verärgert in sein Kom: »Schauen wir mal bei den *Jacks* vorbei. Das schaffen wir auf jeden Fall.«

»Nach Oxbridge?… Wäre eine Idee. Ich bin ohnehin scharf darauf, die Kerle mal kennen zu lernen.«

Smith funkte das Marik-HQ an und meldete die neue Entscheidung der Patrouille. Danach brach der Kontakt mit dem HQ wieder ab.

Die Tech-Crew der *Jacks* saß im Überwachungsraum der Basis. Auch MedTech Viewman hatte sich dazuge-sellt. Die Atmosphäre im Raum war angespannt. Abso-lute Konzentration…

Andrew Potter runzelte zum wiederholten Mal die Stirn und bewegte zögernd die Hand… und spielte die ›Laub 10‹. Cynthia Dupont grinste ihn verschlagen an und legte genüsslich ihr As über die Karte. Jasmine Lambert schüttelte verärgert den Kopf und spießte

Andrew mit ihren Blicken regelrecht auf. »Herrgott, Andy, versuch wenigstens einmal vernünftig Skat zu spielen!«

»Tut mir Leid«, erklärte Andrew verstört. »Aber ich hab dieses dumme Spiel erst vor ein paar Tagen gelernt. Du spielst das schon dein ganzes Leben. Was hältst du von 'ner Pokerrunde?«

Jasmine stöhnte gelangweilt auf. »Junge, vergiss Poker!«

Sie wurden von einem lauten Piepton aus der Diskussion gerissen. Einige irritierte Blicke trafen sich. Jasmine ging zum Funk und betätigte den Schalter. »Ja? Hier ›Springerturm‹. Wer ruft?«

Daniel Viewman zupfte Julian Parkhofer am Ärmel. »Ich dachte, während des Angriffes wird Funkstille gehalten.«

»Das dachte ich auch. Irgendwas muss schief gelaufen sein.«

Am anderen Ende der Leitung meldete sich jemand. Die Antwort war zwar mit Hintergrundrauschen belegt, aber die Notbesatzung der Basis verstand sie. »Hier Marik-Patrouille 4. Habt ihr noch zwei freie Betten?«

Jasmine überhörte den amüsierten Unterton und fragte kühl: »Bitte erklären Sie Ihr Anliegen. Findet der Gegenangriff heute nicht statt?«

Es folgte einige Sekunden Schweigen. Dann meinte die Stimme an der anderen Seite: »Negativ! Angriff wegen aufkommendem Blizzard abgebrochen. Er wird euch in ungefähr zwei Stunden erreicht haben. Wir sind in einer halben Stunde da. Wusstet ihr nichts davon?«

»Nein. Die Verbindung mit Freewheel wurde von den Elsies mit Störsignalen belegt. Warum habt ihr uns keinen Kurier geschickt?«

»Frag LeFranc, Schwester! Sind die Springer schon im Feld?«

»Klar.«

»Sofort zurückrufen!«

Jasmine schaltete auf die Kompaniefrequenz um. Nach einigen Versuchen schaltete sie wieder auf die Patrouille zurück.

»Springerturm an Marik-Patrouille 4: Ich bekomme nur Hintergrundrauschen rein. Die Elsies haben unsere Funkverbindung unterbrochen. Ich versuche es weiterhin. Holt ihr sie raus. Ihr dürftet sie in ungefähr einer Stunde bei den südlichen Ausläufern der Sheridans erwischen. Schafft ihr das?«

»Also, theoretisch ist das kein Problem. Allerdings sind die südlichen Sheridans ziemlich weitläufig. Wo genau sollen wir suchen?«

»Haltet euch nach Nordost. Mehr darf ich euch nicht sagen.«

»Okay. Bis später.«

»Viel Glück, Patrouille.«

Ray stöhnte verärgert auf. »Ich fasse es nicht! LeFranc hat die *Jacks* nicht informiert?«

»Ganz genau. Mir ist das auch schleierhaft. Immerhin kämpfen wir auf derselben Seite.«

»Sollte man annehmen. Aber, Kapitan, wissen Sie, was das Schlimmste an der ganzen Sache ist?«

»Negativ.«

»Ich stecke heute Abend außerdem noch in einem Blizzard fest. Und mein Magen knurrt wie ein ausgehungerter Berglöwe.«

Smith lachte laut auf, wenn auch mit einem etwas anklagenden Unterton. »Einheit, verdammt noch mal! Da draußen läuft eine ganze Kompanie in die Hände der LCS, und Sie haben nur Ihren Magen im Kopf!«

»Jeder ist sich selbst der Nächste, Kapitan«, gab Ray bissig zurück. »Warum können Sie die *Jacks* eigentlich nicht mit Ihrem *Hermes II* anfunken? Soweit ich weiß, haben Sie doch einen recht starken Sender eingebaut.«

»Die Elsies blockieren die Frequenz der *Jacks*. Keine Chance.«

»Können Sie das nicht über einen Zwischensender machen?«

»Sie meinen, ich funke mal schnell die LCS-Landungsschiffe im Orbit an und frage, ob sie mir eine Verbindung geben könnten?«

Ray überhörte den ironischen Unterton. »Einheit noch mal! Da oben wird es doch irgendeinen unserer Satelliten geben, den man dafür gebrauchen könnte.«

»Negativ, Kaporal. Selbst wenn die Elsies nicht jeden unserer Satelliten kontrollieren, brauche ich gut zwei Stunden, um die Nachricht absenden zu können. Wir haben sie aber bereits in einer Stunde eingeholt.«

»Und wenn wir sie nicht finden?«

»Dann komme ich vielleicht auf Ihren Vorschlag zurück. Aber jetzt marschieren Sie los! Oder wollen Sie noch weiter tatenlos dastehen und reden?«

Nach einer halben Stunde stießen sie auf eine einzelne Scoutlanze der LCS. Smith war mit seinem *Hermes II* um einiges vor dem langsameren *Orion* des Kaporals. Er überlegte nicht lange, was er tun sollte, und drehte sofort ab. Die Lanze bestand aus zwei *Heuschrecken*, einer *Wespe* und einem *Attentäter*. Alles in allem kein größeres Problem für die kampferprobte Patrouille. Aber der Kapitan wollte es lieber nicht riskieren, ihnen alleine gegenüberzustehen. Nicht in einem *Hermes II*. Die Scouts hatten ihn entdeckt und griffen an. Aber allzu talentiert schienen sie nicht zu sein. Smith konnte kein Angriffsmuster in ihrem Vormarsch erkennen, sondern enttarnte es als undisziplinierten Sturmangriff. Dann schoss die erste LSR-Salve des *Attentäter* über seinen Kopf. Der LCS-Pilot musste verrückt geworden sein. Er war noch gut eineinhalb Kilometer entfernt. Die Chance, auf diese Entfernung zu treffen, war gleich Null. Aber wenn er gerne Munition verbrauchte... Smith hinderte ihn nicht daran.

Ray hatte die Situation inzwischen erfasst und rückte vor. Der *Hermes II* hatte noch fünfhundert Meter zum *Orion*. Die Sicht war schlecht. Es hätten auch sechshundert Meter sein können. Der Himmel war wolkenverhangen. Dreihundert Meter. Die ersten kleinen Schneepartikel mischten sich unter die Luft und kündigten den Blizzard an. Einhundert Meter. Die Luft war milchig. Trotzdem wusste Smith, dass diese Wetterlage geradezu exquisit gegen das war, was ihnen in ungefähr einer halben Stunde blühte...

Smith nahm Geschwindigkeit herunter, wendete und griff an. Der *Orion* schoss an ihm vorbei. Ihre Gegner nahmen den zweiten Gegner erst jetzt wahr und stoppten jäh. Die *Heuschrecken* waren auf fünfhundert Meter herangekommen. Ray aktivierte seine Raketen-Lafette und visierte einen der beiden leichten Mechs an. Der *Heuschreck* wendete in einer leicht vorhersehbaren Kurve – und Raymond feuerte... Drei Raketen gingen knapp daneben, aber mit den anderen sieben versetzte er dem feindlichen Piloten einen gehörigen Schock. Sie erleichterten den *Heuschreck* um einige Panzerplatten in der rechten Flanke und im Rücken des Mechs.

Ray lachte schadenfroh: »Was glauben Sie? Kommen die zurück?«

»Stark zu bezweifeln... Übrigens ein guter Schuss.«

»Eine von meinen leichtesten Übungen, Kapitan«, erklärte Ray. Die vier Elsies hatten wirklich genug. Nach einigen Minuten waren sie außer Sichtweite. Die beiden Mariks marschierten weiter. Mit Kurs auf die südlichen Sheridans.

Es dauerte ungefähr eine halbe Stunde, bis sie Kontakt aufnahmen. Die *Jacks* waren östlich der empfohlenen Marschrouten. Größere Aktionen waren in diesem Gebiet wegen der tückischen Schnee- und Eislandschaft unmöglich. Ray fragte sich, wie die *Jacks* hier operieren konnten. Der erste Mech, der vor den beiden auftauchte, war der *Derwisch* von Schütze Boise.

Smith aktivierte sein Kom. »Hier Kapitan Smith, Marik-Patrouille 4. Wo sind die anderen *Jacks*?«

»Etwas hinter mir. Was ist los? Wir hatten erwartet, Sie erst wieder vor Ruhr zu sehen.«

»Der Gegenangriff wurde verschoben. Die Lanciers greifen die Raumhäfen bei Ruhr erst bei besserem Wetter an.«

Stille. Dann brach es aus Jason heraus. »Bitte schön – *was??* Seid ihr total ausgeflippt?«

»Aus Richtung Freewheel nähert sich ein Blizzard. Jeder Vormarsch würde im Schnee ersticken…«

»Und warum hat man uns nichts gesagt???«

»Die Funkverbindung ist zusammengebrochen. Warum die Führung keinen Kurier geschickt hat, ist mir auch nicht klar.«

»Also wären wir alleine gegen mehr als ein ganzes Bataillon angetreten?«, murmelte Jason.

»Was meinen Sie, Soldat?«, fragte Smith schnell.

»Ach, nichts, Kapitan. Warten Sie hier. Ich werde dem Hauptmann die neue Lage mitteilen.«

Smith und Allison mussten gut fünf Minuten lang warten, bis sich wieder etwas regte. Dann tauchte ein *Greif* aus der nebligen Suppe vor ihnen auf.

Der fremde MechKrieger aktivierte sein Kom. »Kapitan Smith, Kaporal Allison?«

»Sehen Sie sonst noch jemanden? Wer sind Sie?«

Der Fremde lächelte leicht. »Schütze Anderson.«

»Schütze…?« Smith klang ziemlich verwirrt.

Anderson erklärte lachend: »Hauptmann Jack Anderson ist mein Vater. Ich bin Tomas Anderson, Schütze in der Jagdlanze.«

»Entschuldigen Sie, Schütze.«

»Ach, vergessen Sie's. So ziemlich jeder verwechselt uns beide… Ich glaube, ich habe das Vergnügen, Sie in unsere Basis zu lotsen.«

»Wo ist der Rest von Ihnen?«

»Die Kompanie nimmt einen anderen Kurs zurück. Übrigens lässt der Hauptmann seinen Dank ausrichten. Ohne Sie wären wir erledigt gewesen.«

»Danke, danke. Wäre es möglich, dass Hauptmann Anderson mir diesen Dank persönlich ausspricht? Ich habe ihn noch nie gesehen.«

»Es tut mir Leid, Kapitan. Der Kurs der Einheit ist geheim. Ich darf es Ihnen nicht sagen. Aber Sie werden sich schon noch sehen, dafür sorge ich.«

»Na, von mir aus. Also, lotsen Sie uns nach Hause!«

»Okay. Sobald der Blizzard uns erreicht, entfernen Sie sich bitte maximal fünf Meter von mir und tun genau das, was ich tue. Ich habe im Gegensatz zu Ihnen tektonische Sensoren installiert, die mir auch den Einsatz während eines Blizzards erlauben.«

»Verstanden«, kam die Bestätigung aus beiden Kehlen geschossen.

Tomas fuhr fort: »Wir marschieren mit 60 km/h. Im Blizzard marschieren wir dann mit 25 km/h. Halten Sie sich bitte exakt an diese Vorgabe. Sollte sich die Lage irgendwie ändern, werde ich es Ihnen mitteilen.«

Anderson schaltete ab und setzte sich in Bewegung. Ray hielt die Geschwindigkeiten für sehr riskant. Selbst bei guter Sicht waren 60 km/h auf diesem Untergrund übertrieben. Schütze Anderson wollte offenbar schnell heimkommen.

Kurz bevor der Blizzard sie erreichte – die Sicht war inzwischen miserabel –, empfing der Kapitan ungewöhnliche Signale. Die drei stoppten. Die Salve der Scoutlanze richtete sich gänzlich gegen den *Hermes II*. Sie traf fast vollständig. Soweit Ray sehen konnte, verfehlten nur wenige Raketen und ein Laser ihr Ziel. Der Mech taumelte ohnmächtig zurück und stürzte rauchend in den Boden. Die Elsies kamen aus dem Nebel. Es war die gleiche Lanze wie zuvor. Sie musste ihnen gefolgt sein und ihnen aufgelauert haben.

Tomas erspähte die langsamere *Wespe*, die ungefähr sechzig Meter vor ihm stand. Seine Sensoren schlugen auf den Mech so gut wie gar nicht an. Es war schon ein Verbrechen, was das Wetter des Planeten mit so ziemlich allen Sensorensätzen anstellte. Irgendwie bekam er die *Wespe* in sein Visier und aktivierte die PPK.

Die *Wespe* bewegte sich nicht. Der Pilot wähnte sich noch im Schutz des Nebels. Tomas feuerte. Die PPK durchschlug das linke Bein des Mechs. Er hatte eigentlich auf die Torsomitte gezielt, aber beschweren wollte er sich nicht. Die *Wespe* war ohne Bein absolut hilflos.

Er wandte sich den anderen drei Gegnern zu. Sie waren alle zu nah für die PPK. Er aktivierte die LSR. Die Raketen würden genügend Schaden anrichten, um die Elsies von ihm fern zu halten.

Ray in seinem *Orion* hatte keine solchen Probleme. Die echte Feuerkraft des *Orion* entfaltete sich erst auf mittlere Entfernungen. Er erfasste den *Heuschreck*, den er bereits angeschossen hatte. Diesmal wollte er den Elsie nicht nur warnen. Er aktivierte beide mittelschweren Laser und feuerte.

Im selben Augenblick blitzten um ihn herum die Waffen seiner Gegner auf und trafen ihn. Ein Laser schlug gefährlich nahe an seinem Cockpit ein. Aber selbst diese gebündelte Ladung konnte eine Kriegsmaschine wie einen *Orion* nicht vernichten. Ray wurde zwar kräftig durchgeschüttelt, aber ernsthafte Schäden trugen weder Mech noch Pilot davon. Seine eigene Salve erreichte ihr Ziel dagegen.

Der leicht gepanzerte *Heuschreck* konnte die beiden Lasertreffer nicht genügend kompensieren und stürzte kopfüber in den Boden. Ray setzte mit seiner AK/10 nach. Der Einsatz der großkalibrigen Waffe wäre zwar unnötig gewesen – der *Heuschreck* war bereits besiegt –, aber Ray wollte ihn wirklich vernichten. Die schweren Granaten zerfetzten das Cockpit des Mechs.

Jetzt genehmigte sich der Kaporal einen Blick über das Schlachtfeld. Die Lage hatte sich zu ihren Gunsten gebessert. Nur noch ein *Heuschreck* und der *Attentäter* standen. Das waren insgesamt 60 Tonnen. Der *Greif* und der *Orion* hatten insgesamt 130 Tonnen. Der übrig gebliebene *Heuschreck* drehte sofort ab und flüchtete.

Der *Attentäter* zögerte etwas. Ray feuerte seine Autokanone und zwei M-Laser ab. Tomas betätigte den Feuerknopf für die LSR. Der *Attentäter* stand dazwischen. Die Salve traf voll, verteilte sich aber. Der *Attentäter* stand noch und flüchtete schnell genug, um einer zweiten, tödlichen Breitseite zu entgehen. Tomas erinnerte sich an die *Wespe* und marschierte in ihre Richtung. Der Pilot versuchte immer noch verzweifelt, seinen Mech aufzurichten.

Ray sah schweigend mit an, wie Tomas zu der *Wespe* hinlief und ihr Cockpit zertrat. Ray schauderte. Er konnte es zwar nicht genau sehen, aber das machte es auch nicht besser. Gut, sie waren im Krieg, und Krieg war nun einmal so. Aber einfach zertreten zu werden… Ray musste gegen das schlechte Gefühl in seinem Magen ankämpfen.

Der *Hermes II* regte sich wieder. Ray sah auf und hätte beinahe einen Freudenschrei getan, als er bemerkte, wie sich der totgeglaubte Mech aufrichtete.

Smith aktivierte sein Kom. »Kaporal, gute Arbeit!«

»Kapitan, Einheit noch mal! Sie leben noch?«

»Tun Sie nicht so überrascht. Die Salve hat sich über meinen ganzen Mech verteilt. Der Schaden an der Panzerung ist zwar ziemlich ausgeprägt, aber zu verkraften.«

»Sonst irgendwelche Schäden?«

»Die Sensoren sind im Arsch, der M-Laser und die Autokanone ebenfalls… das Rettungssystem vollkommen zerstört… ansonsten scheint alles halbwegs ganz zu sein.«

»Wie sieht's mit Ihnen aus?«

Smith lachte leise. »Mann, ich war schon in dem Geschäft, als Sie noch gar nicht geplant waren. Man braucht schon mehr, um Alfred Smith zu erledigen… Aber danke der Nachfrage.«

Er funkte Schütze Anderson an, dessen *Greif* langsam zurückgetrottet war und nun geduldig wartete.

»Schütze, marschieren wir bitte weiter. Wenn wir noch länger hier draußen bleiben und einem zweiten Elsie-Trupp begegnen, bin ich tot.«

»Verstanden, Kapitan. Ich werde tun, was sich machen lässt.«

Anderson redete nicht lange weiter, sondern beschleunigte auf 64 km/h. Ray und Smith hatten vorher bemerkt, dass ihr Führer einen halbkreisförmigen Kurs genommen hatte, aber jetzt marschierte er schnurgerade auf die Basis der *Jacks* zu.

Nach ungefähr zwanzig Minuten – keiner von ihnen hatte einen zuverlässigen Chronometer bei sich – erreichte sie der Blizzard. Sie hatten alle drei schon einmal einen solchen Sturm gesehen, und sie alle waren auch schon von einem eingeschneit worden, aber es war immer noch ein eindrucksvolles, ja ein imposantes Meisterwerk der Natur. Auch wenn niemand die Natur für die minus 50 Grad liebte, die während eines Amity-Blizzards herrschten. Der Schneesturm bewegte sich durchschnittlich mit einer Geschwindigkeit von 3 m/s, was einem auf den ersten Blick zwar langsam vorkommen konnte – aber schon viele hatten sich auf Amity verrechnet. Und dieser Blizzard hier war eindeutig schneller. Raymond schätzte die schnellen, vorangehenden Schneewolken auf 30 m/s, dann kam der eigentliche Sturm. Er war nicht so atemberaubend wie seine Ausläufer, sondern bestand nur aus einer weißen, riesigen Wand, die sich – scheinbar behäbig – vorwärts bewegte. Dieser Blizzard brachte es auf 5 m/s. Wenn nicht sogar auf mehr. Als Rays *Orion* in den Blizzard eintauchte, hatte er das Gefühl, von einer großen Bestie verschluckt zu werden. Und da war dieses beklemmende Gefühl, diese offene Frage, ob man je wieder etwas anderes als Weiß sehen würde…

Als Jack Anderson aus seinem Mech ausstieg, konnte Jasmine die Probleme bereits sehen. Die anderen schimpften lautstark oder wünschten der Marik-Führung Dinge an den Hals, die Jasmine besser nicht wiederholte. Aber ihr Kommandeur blieb ruhig. Das war gefährlich. Hunde, die nicht bellten, bissen. Und als Jack den Tech erreichte und lediglich ›Verbindung mit LeFranc‹ forderte, sah Jasmine, dass ihr Chef vor Wut bebte.

Sie tat, was Jack von ihr wollte, und wandte sich dann den Mechs und den Piloten zu. Einer fehlte. Tom fehlte. Aber die Mechs zeigten keine Kampfspuren. Sie schnappte sich Adrian Butcher. »Hey, wo ist Tom?«

»Noch draußen. Er bringt die beiden Mariks her. Sie kommen wahrscheinlich irgendwann in der Nacht.«

»Ihr habt die drei bei dem Blizzard auf der Oberfläche gelassen?«, fragte sie ungläubig.

»Wir können sie wohl kaum mit in die Gletscherspalten nehmen. Das soll noch länger geheim bleiben.«

»Aber sie kämpfen auf unserer Seite, Adrian.«

»Und für LeFranc. Was glaubst du, würde er tun, wenn er erführe, dass wir die Spalten schon seit einem Jahr nutzen, ohne ihm gesagt zu haben, dass sie begehbar sind? Außerdem können die beiden ohne Sprungdüsen gar nicht in die Spalten hinein.«

Jasmine nickte. Natürlich stimmte das, was Adrian gesagt hatte, aber trotzdem – Jasmine hatte ein anderes Verständnis von Vertrauen. Aus den Augenwinkeln bemerkte sie, wie Jason die humpelnde Lhiannon stützte und zur Krankenstation begleitete. Doctor Viewman hatte es als Wahnsinn bezeichnet, dass Lhiannon trotz ihrer Verletzungen an dem Gegenangriff teilnehmen würde. Jasmine musste ihm zustimmen. Aber wie so oft hatte die Meinung von MedTechs und Techs kein Gewicht. Sie wandte sich seufzend wieder ihrer Arbeit zu.

Die Verbindung zum Marik-HQ in den Sherman-Bergen, östlich von Freewheel, stand nach wenigen Minuten. Jack war wütend. Ja, er brodelte wie ein Vulkan, der am Ausbrechen war. Aber das hielt er sich besser für LeFranc auf. Die Funkoffiziere gaben ihm die Verbindung mit dem Leutenient-Kolonel sofort. Dann erschien das Gesicht des MarikOffiziers auf seinem Monitor. Wenn LeFranc überrascht war, dann zeigte er das jedenfalls nicht. Seine Gesichtszüge blieben so undurchsichtig wie immer, aber er lächelte Jack freundlich entgegen.

»Hauptmann Anderson, was kann ich für Sie tun?«

Das war zu viel. Jack holte tief Luft und brüllte: »Was Sie für mich tun können, Sie geistesgestörter…??? Verdammt, LeFranc, Sie haben uns absichtlich alleine rausgeschickt.«

»Also, Hauptmann, beruhig…«

»Nein, ich beruhige mich nicht! Sie Verräter! Ich dachte, Sie seien vertrauenswürdig.« Etwas leiser fuhr er fort: »Aber Ihr Plan ist gescheitert! Es waren Ihre eigenen Leute, die uns gerettet haben. Eine Ihrer Patrouillen hat uns aufgegriffen und gewarnt.«

LeFranc behielt noch immer sein maskenhaftes Gesicht. »Smith und Allison. Ja, man kann stolz auf derart selbstlose MechKrieger sein. Ich werde sie für eine Beförderung vorschlagen.« Er sah Jack entschuldigend an. »Hören Sie, Hauptmann, es tut mir Leid, was geschehen ist. Niemand wollte das. Aber die Funkverbindung war bis vor wenigen Minuten gestört. Wir nehmen an, dass die LCS ein starkes Störfeld über die Gegend gelegt haben, das sie erst jetzt abschalteten. Und unsere Kuriere blieben allesamt im Schnee stecken.«

»Natürlich!«, höhnte Jack. »Aber seien Sie gewarnt, LeFranc. Ich bin es jetzt auf jeden Fall.«

Jack schaltete ab. LeFranc saß blass und still vor dem Monitor. Dann wurde er urplötzlich rot und schlug wütend mit der Faust auf seinen Tisch. »Verdammt!« Er wandte sich an Thornten. »Ihre Rechnung ist doch nicht so richtig aufgegangen.«

Thornten lehnte totenbleich an der Wand. »Lassen Sie den Sarkasmus, LeFranc.«

LeFranc wandte sich an Leutenient Gilbert, den dritten Mann. »Würden Sie uns bitte alleine lassen, Leutenient.«

Der Adjutant nickte und ging. LeFranc richtete seine Aufmerksamkeit wieder auf Thornten. Es war ein Glück, dass er während der Übertragung nicht in Sichtweite des Monitors gestanden hatte.

»Diese beiden Piloten, die den *Jacks* geholfen haben… was werden Sie mit ihnen tun?«, fragte Thornten nachdenklich.

»Smith und Allison? Nun, ich werde ihren Bericht lesen und sie entsprechend belohnen. Wahrscheinlich befördere ich sie wirklich.«

Thornten nickte. »Eine gute Idee. Wann entsorgen wir dann die beiden?«

LeFranc starrte ihn einige Sekunden verdutzt an, dann zischte er feindselig: »Ich habe nicht vor, die beiden *absichtlich* zu entsorgen. Sie haben hervorragende Arbeit geleistet und beide sind ein Vorbild an Kameradschaft, Disziplin, Kompetenz und Moral. Ich nehme an, dass sie die Kämpfe überstehen werden. Und wenn das geschieht, werden beide höhere Ränge bekleiden.«

Thornten wollte etwas erwidern, aber LeFranc schnitt ihm das Wort ab. »Sollten Sie es wagen, diese beiden in irgendeiner Weise zu benachteiligen, zu bestechen oder aus dem Weg zu räumen, dann schwöre ich Ihnen, dass Sie…« LeFranc verkniff sich die nächsten Worte, aber Thornten konnte sie auch so erahnen. Die kalten Augen des Leutenient-Kolonel sprachen eine sehr deutliche Sprache.

Thornten schluckte und brauchte eine Weile, um sich zu sammeln. »Was die *Jacks* und die nicht entsendeten Kuriere betrifft, habe ich schon eine Lösung…«

»Ich höre.« LeFranc wirkte neugierig.

»Ich gehe zu ihnen und entschuldige mich für Ihr inkompetentes Verhalten.«

Stille.

LeFranc brach in schallendes Gelächter aus.

Der Regierungschef sah ihn verwirrt an. »Warum lachen Sie? Es hat doch niemand meinen Namen erwähnt.«

LeFranc wirbelte herum, packte Thornten am Hals, riss ihn hoch und warf ihn gegen die Wand. LeFranc lachte jetzt nicht mehr, sondern fauchte seinen Vorgesetzten an: »Von mir aus. Tun Sie, was Sie wollen, Sie schmieriger Parasit. Aber verschwinden Sie aus meinem HQ. Wenn ich Sie heute noch ein einziges Mal sehe, dann lasse ich Sie auf der Stelle erschießen.«

Thornten richtete sich mit einem arroganten Lächeln auf. LeFranc schätzte, dass er diese Arroganz benötigte, um seine Angst zu überspielen. Thornten zog sich lächelnd aus dem Zimmer zurück und flüsterte: »Wie Sie wünschen, Leutenient-Kolonel.«

10

Oxbridge, Amity
Liga Freier Welten

12. Januar 3033

Jack saß noch lange in seinem kleinen Büro vor dem ausgeschalteten Monitor. Als er hereingestürmt war, hatte er nur die unbefriedigende Tischlampe eingeschaltet. Er musste zugeben, im Halbdunkel konnte man gut nachdenken. Aber dachte er wirklich nach? Da war so eine Leere in seinem Kopf. Fühlte er sich etwa müde? Er dachte dabei nicht an die gewöhnliche Müdigkeit, sondern an die Art von Müdigkeit, die jeder Mensch am Ende seines Lebens fühlte… Nein, er verwarf den Gedanken wieder. War es die Aufregung? Nein, das war es sicherlich auch nicht. Irgendwie war ihm im Moment alles egal.

Er beschloss, nicht mehr daran zu denken, und konzentrierte sich auf die Wand vor sich. Er vergaß die Zweifel und seine Gedanken schossen von einer Situation zur Nächsten, bis er sich völlig in die Wand vertieft hatte. Er wusste nicht, wie lange er so dagesessen hatte, aber es musste etliche Zeit gedauert haben. Die Tür öffnete sich leise. Auch ohne hinzusehen, erkannte Jack die Person an den Geräuschen, die sie machte. Jack lächelte freundlich und zufrieden. »Tom, ich dachte nicht, dass du so früh kommst.«

»Na ja, ich hatte Hunger.«

»Auf Jasmine?«

Tom sah überrascht auf, musste dann aber lachen. »Ja, unter anderem auch… Vor allem auf Jasmine. Ich wusste gar nicht, dass du davon weißt.«

»Das ist meine Einheit, Tom. Du denkst doch nicht, dass mir so was entgeht. Aber ihr habt es ziemlich lange geheim gehalten. Ich habe meine Bettgenossinnen nie so lange verstecken können.«

»Und du hast nichts dagegen?«, fragte Tom vorsichtig.

Jack lachte leise. »Wie sollte ich? Liebe ist wichtig, sie gibt einem Hoffnung, und wenn man draußen im Feld gegen eine feindliche Übermacht steht, kann sie ungemein motivieren. Außerdem will ich irgendwann Großvater werden, Tom.«

Tomas setzte sich jetzt vor seinen Vater. »Etwas anderes… Wir hatten Schwierigkeiten auf dem Weg. Eine Scoutlanze der LCS hat uns aufgestöbert.«

»Und?«

»Smiths *Hermes II* ist bereit für die Schrottverwertung. Wir haben sie nicht gesehen und ihre erste Salve hat sich auf ihn konzentriert. Danach haben wir den Spieß umgedreht. Sie haben einen *Heuschreck* und eine *Wespe* verloren, einen *Attentäter* haben wir mit einigen Volltreffern heimgeschickt.«

»Ich bekomme dann deinen Bericht.«

»Geht klar. Oben wartet übrigens Smith. Er will dich unbedingt kennen lernen.«

»Ich komme schon«, antwortete Jack geistesabwesend. Als Tom nicht ging, fragte er: »Ist noch irgend etwas?«

»Wenn du mich so direkt fragst… Was hat LeFranc gesagt?«

Jack fluchte leise. »Er sagte, die Kuriere seien im Schnee stecken geblieben. Natürlich lügt er. Es hat nie Kuriere gegeben. Er wollte uns loswerden. Verdammt! Ich verstehe das nicht. Wir sind doch lebend viel wertvoller für ihn.«

Tom nickte nachdenklich. »Die Störfelder hätten auch von Mariksendern kommen können.«

»Natürlich waren das Mariksender. Diese Ausrede mit den lyranischen Sendern ist ziemlich schwach. Die

LCS haben so etwas noch nie im kleineren Stil gemacht.«

»Woher willst du eigentlich wissen, dass LeFranc den Befehl gab?«

»Wer denn sonst?... Thornten???«

»Wer sonst? Ich für meinen Teil traue LeFranc zumindest mehr als Thornten.«

»Weshalb?«

Tomas zuckte mit den Achseln. »Intuition, Menschenkenntnis, ein sechster Sinn, wie man so was eben nennt.«

»Tom, als Kommandeur darf ich mich nicht auf Gefühle verlassen, sondern nur auf Fakten.«

»Aber du könntest es zumindest in Erwägung ziehen.«

»Darauf kannst du wetten. Aber der Hauptverdächtige ist LeFranc.«

Tom grunzte zufrieden. Zumindest zum Nachdenken hatte er seinen Vater anregen können, das war schon ein kleiner Teilerfolg. Jetzt wechselte er zu einem anderen Thema. »Hast du Aleisha schon angefunkt?«

»Warum sollte ich? Sie würde sich nur unnötige Sorgen machen«, erklärte Jack.

Tom schüttelte verzweifelt den Kopf. Manchmal war Jack wirklich kurzsichtig. »Überleg doch mal. Wenn Sie uns schon als ersetzbar betrachten, dann wird Aleisha erst recht in Gefahr sein.«

»Aber Aleisha hat doch nichts mit uns zu tun.«

»Außer, dass ihr Ladungsschiff zufälligerweise zu unserer Einheit gehört. Die *Esmeralda* ist unsere einzige echte Fluchtmöglichkeit.«

Jacks Gesicht verlor an Farbe, und er aktivierte das Kom.

Tomas lächelte nachsichtig. Es war einfach nicht der Tag seines Vaters. Tomas trat leise aus dem Raum und ging nach oben. Er hatte seit gut einer Woche nicht mehr mit Jasmine geschlafen. Heute sollte sich das allerdings ändern…

Smith und Allison standen ehrfurchtsvoll vor dem *Victor* des Kommandanten. Es war wirklich eine beeindruckende Kriegsmaschine. Schon der Anstrich des Mechs schien großartig. Die *Jacks* verwendeten auf Amity einen weißen Tarnanstrich, verschiedene helle Weißtöne wechselten sich ohne ein sichtbares Muster ab. Auf Extremreichweiten war es auf diese Art beinahe unmöglich, die *Jacks* anzuvisieren. Jack hatte seinem Mech etwas mehr Farbe gegönnt. Neben dem Einheitszeichen, das auf dem rechten Torso zu sehen war, trug der *Victor* eine Schwarz-Rot-Gold-Flagge, die auf dem zentralen Torso wunderschön verziert war. Darunter, und das übersahen die meisten, hatte er eine Totenkopf-Flagge aufgezeichnet. Smith konnte seinen Blick nicht von den gefährlichen, blutroten Augen des Totenkopfes und der lächelnden Fratze wenden. Wenn der Pilot dieses Mechs auch nur halb so tödlich war, wie der *Victor* wirkte, dann musste Jack einmalig sein.

Jemand kam auf sie zu. Tomas war gleich nach dem Einsatz zu seinem Vater gegangen und einige Mech-Krieger und Techs arbeiteten an den Mechs. Die beiden Mariks waren vorerst ignoriert worden. Es war Jason Boise. Er winkte den beiden zu. Ray grinste ihn an und salutierte gekünstelt. »Hey, Jason, alter Hund! Schön, dich zu sehen.«

Jason salutierte vor dem Kapitan korrekt, wandte sich dann aber Raymond zu. »Das Vergnügen ist ganz auf meiner Seite. Gehen wir in die Messe?«

Ray nickte. Smith folgte ihnen ebenfalls.

Die Messe war kaum wert, so genannt zu werden. Vier hässliche, kleine Tische und einige Stühle standen in dem länglichen, funktionalen Raum. Gegessen wurden ausnahmslos die Militärrationen, die jeder selbst mitbrachte. Der Raum war für seinen eigentlichen Zweck eigentlich viel zu klein und zu eng, aber die *Jacks* kamen gerne hierher. Es war der einzige Ort in der Basis, an dem man nach einem harten Tag zusammensitzen und sich entspannen konnte. Ungefähr zehn Personen befanden sich in dem Raum, die angeregt miteinander diskutierten.

Als die drei eintraten, bot man ihnen drei freie Stühle an. Smith fand es interessant und faszinierend, dass sie sofort in die Gespräche eingebunden wurden. Er betrachtete kurz Jason. Der Schütze war einen Monat lang in seiner Lanze gewesen, bevor LeFranc ihn zu den *Jacks* abkommandiert hatte. Smith kannte den Piloten inzwischen recht gut und er wollte ihn zurückhaben. Dann wanderte sein Blick zu Ray. Jason und Ray waren seit ihrer Kindheit Freunde. Er hielt Ray zwar für den besseren MechKrieger, aber Jason hatte später mit seiner Ausbildung angefangen und konnte Ray noch leicht überrunden. Auf jeden Fall benahmen sich die beiden fast wie Brüder. Wer würde früher sterben? Smith wusste es nicht.

Jason wartete, bis Ray und Smith in die Gespräche integriert waren, und verschwand dann leise. Er hatte noch eine Verabredung auf der Krankenstation. Auf dem Weg begegnete ihm Tomas. Jason lächelte und sagte: »Jasmine ist im Überwachungsraum.«

Tomas nickte. »Gehst du noch zu Lia?«

»Worauf du wetten kannst.«

Jason ging weiter. Tomas war ihm unsympathisch. Er respektierte ihn, aber er mochte ihn nicht. Weshalb das so war, wusste er eigentlich selber nicht. Aber er wusste, dass die unbegründete Antipathie auf Gegenseitigkeit beruhte. Er betrat die Krankenstation.

Lhiannon lag auf einem der vier Stationsbetten. Sie war so in die Kampfberichte vertieft, dass sie Jason zuerst gar nicht bemerkte. Dann sah sie auf und lächelte. »Hey, Jason, weißt du, dass unsere Lage gar nicht so schlecht ist, wie uns alle glauben lassen?«

Jason zuckte die Achseln. »Also besteht noch ein Fünkchen Hoffnung?«

»Es hat schon andere Situationen gegeben, die hoffnungsloser waren als diese – und ich bin immer noch da.«

»Ja, du kannst kämpfen«, meinte Jason nachdenklich. »Wo hast du das eigentlich gelernt?«

Lia musterte Jason ernst. »Wenn du willst, dann erzähle ich es dir. Aber es ist keine lustige Geschichte.«

»Ich würde das gerne hören«, sagte Jason.

»Die Geschichte ist eigentlich ziemlich kurz: Ich bin auf einem unwichtigen Grenzplaneten der Vereinigten Sonnen aufgewachsen, Glenmora, wenn dir der Name was sagt… Die VSDK haben immer wieder mal angegriffen. Das Leben war schon so schwer genug, aber die Draconier hielten uns noch zusätzlich auf Trab. Dann kam irgendwann ein Großangriff. Die Schlangen haben vor nichts Halt gemacht. Davion musste ein ganzes Bataillon schicken, um sie zurückzuschlagen. Das Schlachten dauerte ein ganzes Jahr an und fraß dank Verstärkungen auf beiden Seiten ungeheure Mengen Soldaten und Material. Ab einem gewissen Zeitpunkt achtete keine Seite mehr auf die Zivilbevölkerung.

Meine Eltern halfen einem befreundeten Ehepaar beim Packen, als die Kämpfe um meine Heimatstadt losbrachen. Ich vermute, dass verirrte Schüsse sie erwischt haben. Ich habe sie nie wieder gesehen. Ich selber war bereits mit meinem Bruder in einem kleinen Dorf außerhalb. Mein Bruder suchte nach ihnen, aber die Kämpfe dauerten noch an, und eines Abends wartete ich vergebens auf ihn. Ich war damals noch ein kleines Mädchen. Seit jener Zeit habe ich gelernt, mich alleine durchzuschlagen. Dass ich ihn zwei Jahre später auf Robinson wieder getroffen habe, war reiner Zufall.«

Jason starrte sie betroffen an. »Was hast du dann gemacht?«

»Alles mögliche, vor allem die Drecksarbeit. Man konnte zumindest davon leben. Irgendwann habe ich mich dann entschlossen, nach Robinson zu gehen. Dort habe ich nach zwei weiteren Jahren Drecksarbeit eine Stelle als AgroMechPilotin gefunden, und danach hat mich Jack gefunden.«

»Wie hast du dir den Flug nach Robinson eigentlich leisten können? Bei deinem Lohn und den astronomischen Flugpreisen?«, fragte Jason neugierig.

Lhiannon lächelte bitter. »Ich habe die Erfahrung gemacht, dass viele Männer unglaubliche Preise zahlen, wenn man bedingungslos tut, was sie wollen.«

Jason sah sie fassungslos an und stammelte: »Du… warst eine… Hure?«

Lhiannon blickte weg. »Ich bevorzuge die Bezeichnung ›Prostituierte‹… Ich hatte damals keine andere Wahl. Du kannst dir nicht vorstellen, wie das ist. Ich weiß ja nicht viel von dir, aber nach deinem Verhalten zu urteilen, bist du ein Sohn von reichen und gebildeten Eltern.«

Peinliches Schweigen folgte. Dann fügte Lhiannon hinzu: »Ich nehme an, du bist auch hierher gekommen, um mich zu fragen, ob ich mit dir schlafe.«

Jason schluckte. Lias offener Art war er immer noch nicht gewachsen.

»Und nach dem, was du jetzt gehört hast, willst du nicht so taktlos sein und danach fragen«, erklärte Lia.

»Woher weißt du das jetzt schon wieder?«, fragte Jason.

Lhiannon lachte leise. »Ihr Männer seid alle gleich… Aber ich mag euch so.«

»Hättest du Lust?«, fragte Jason leise.

»Gib mir noch zwei Tage, dann bin ich wieder fit. Und diese Nacht wirst du dann nicht mehr so schnell aus deinem Kopf bringen, das verspreche ich dir.«

Irgendwann tauchte Jack in der Messe auf. Nur noch einige wenige waren da. Die beiden Mariks gehörten zu diesen wenigen. Rays Reaktion auf das Eintreten des Hauptmanns war gelassen. Wie jeder andere salutierte natürlich auch er, aber er wandte sich sehr schnell wieder Cynthia Dupont zu. Smith hingegen sprang auf und streckte Jack die Hand entgegen, die Jack geistesabwesend annahm.

Smith sagte freundlich: »Ich darf mich vorstellen: Kapitan Alfred Smith, 4. Kompanie, 2. Bataillon, 1. Sirianische Lanciers.«

»Freut mich, Kapitan. Mich kennen Sie ja.«

»Ja, Ihr Ruf eilt Ihnen voraus. Ich fühle mich geehrt, dass Sie sich zu uns setzen.«

Jack erklärte ernst: »Das ist doch eine Selbstverständlichkeit. Nachdem Sie uns vor der Vernichtung gerettet haben.«

»Jeder anständige Soldat würde so handeln.«

Jack musterte Smith ernst. »Ich würde darüber noch gerne mit Ihnen reden... gehen wir in den Mech-Hangar.«

Der Kapitan verstand den Wunsch nach einem Ortswechsel. Das war kein Thema, das man vor versammelter Mannschaft anschnitt. Und es arbeitete niemand mehr im Hangar. Jack lehnte sich lässig gegen seinen *Victor*. »Was glauben Sie? Hat uns LeFranc absichtlich alleine geschickt?«

Smith runzelte nachdenklich die Stirn. »Was Sie da sagen, ist alles andere als freundlich.«

»Ich bin nur meiner Einheit gegenüber freundlich gesinnt, Kapitan.«

»Natürlich, Hauptmann. Das ist jeder gute Offizier. Aber LeFranc ist auch ein guter Offizier. Er genießt unter seinen Soldaten einen makellosen Ruf. Er würde niemals wagen, eine ganze Kompanie zu verheizen.«

»Wie lange dienen Sie unter ihm?«

»Drei Jahre. Er ist einer der besten.«

Jack nickte verstehend und legte eine längere Pause ein. Dann erklärte er: »Aber Sie müssen auch meinen Standpunkt sehen. Ich bin für eine ganze Kompanie verantwortlich. Sogar für noch mehr. Insgesamt habe ich den Befehl über ungefähr 30 Personen, wenn ich alles zusammenzähle. Und durch irgendeinen blöden Zufall läuft das Kernstück dieser Einheit direkt in die Hände des Gegners. Durch einen anderen Zufall wird dieses Kernstück dann gerade noch gerettet. Sie werden verstehen, wenn ich Antworten suche.«

»Natürlich, Hauptmann. Und ich habe leider keine.«

»Irgendeine Ahnung? Eine Idee?«

»Also, die Funkverbindung war wirklich gestört. Warum keine Kuriere da waren, weiß ich nicht.«

»LeFranc meinte, die seien im Schnee stecken geblieben.«

Smith überlegte kurz. »Kann möglich sein. Das ist uns schon ein paarmal passiert.«

»Was mich betrifft, halte ich diese Erklärung für ziemlich fadenscheinig.«

»Nein, es stimmt. Wenn Sie selbst über konventionelle Fahrzeuge verfügen würden, dann würden Sie dieses Problem kennen.«

»Und die Funkstörungen… Könnte LeFranc die Verbindungen nicht absichtlich gestört haben?«

»Selbst wenn er wollte, könnte er das nicht machen. Das globale Kom-Netz wird von der Regierung verwaltet. Die haben zwar Störsender, aber kein Soldat der Lanciers verfügt über die nötige Fachkenntnis. Außerdem würde LeFranc niemals die Erlaubnis von Thornten bekommen.«

Jack betrachtete Smith hellhörig. »Apropos Thornten. Nehmen wir an, Sie haben Recht und LeFranc hat damit nichts zu tun… nur noch Thornten hat die Macht, uns auszuschalten.«

Smith schüttelte heftig den Kopf. »Nein, er ist der Letzte, der Ihnen das antäte.«

»Sagen Sie das nicht, Thornten kann mich nicht ausstehen. Außerdem ist er ein verdammter Politiker. Sie wissen doch, wie die sind.«

»Ja, natürlich, aber…« Er brach erstaunt ab und fragte: »Wissen Sie das gar nicht?«

Jack betrachtete Smith verwirrt. »*Was* wissen?«

»Jason Boise ist Thorntens Sohn.«

Jack starrte ihn mit offenem Mund an. Smith fuhr fort: »Jason ist eigentlich sein Neffe. Vor einigen Jahren starb Thorntens Bruder und er hat den Jungen adoptiert.«

Langsam fand Jack wieder zu sich und fragte immer noch etwas verblüfft: »Weshalb hat Jason seinen Namen behalten?«

»Vermutlich aus irgendwelchen sentimentalen Gründen.«

Stille.

Dann presste Jack verärgert hervor: »Und warum erfahre ich das erst jetzt???«

»Thornten hat wohl angenommen, dass Jason es Ihnen sagt, und Jason redet nicht gerne darüber. Er denkt, man würde ihn nicht richtig ernst nehmen oder respektieren, wenn jeder es weiß. Deswegen wird das Thema immer totgeschwiegen, wenn er in der Nähe ist… Glauben Sie mir, ich habe da schon Sachen erlebt… Einmal hat ihn jemand damit richtig aufgezogen, und Jason schien an diesem Tag keinen Spaß zu verstehen. Ich kam fünf Minuten später dazu, und für einen kurzen Augenblick habe ich wirklich befürchtet, dass Jason seinen Gegner umbringen würde. Seitdem redet ihn niemand mehr auf diese Art an.«

Jack grinste breit. »Ja, der Junge hat einige verborgene Talente, die erst im Kampf zum Vorschein kommen.«

»Hören Sie, Thornten würde doch niemals eine Einheit nur aus Rachegelüsten in den Tod schicken, in der sein eigener Sohn dient. Er hat Jason zwar nur adoptiert, aber er liebt ihn deswegen nicht weniger als seine leibliche Tochter Helen.«

»Wirklich?«, fragte Jack skeptisch.

»Glauben Sie mir. Jason war drei Monate lang in meiner Lanze. Ich weiß, von was ich rede. Thornten hat fast täglich nach Jason gefragt. Also, wenn das nicht väterliche Fürsorge ist, was dann?«

Jack nickte nachdenklich. »Thornten fällt also auch aus der Liste. Wer bleibt noch übrig? Wer würde die *Jacks* noch gerne tot sehen und hat die Mittel dazu?«

»Auf Amity gibt es nur noch eine einzige Person, die das könnte: Präzentor Farrell Akerfelds.«

»ComStar?? Wieso ComStar?«

»Ich weiß nicht. Aber vergessen Sie nicht, dass die Politik von ComStar neuerdings darauf abzielt, Söldner aus dem Weg zu räumen. Als die VSDK *Wolfs Dragoner* fast vernichtet hätten, wurde gemunkelt, dass ComStar dabei die Finger im Spiel hatte.«

»Zum Teufel, *Wolfs Dragoner* waren fünf Regimenter und somit ein unberechenbarer und wechselnder Machtfaktor. Die *Jacks* sind nur eine Kompanie.«

»Wenn Sie meinen. Ich an Ihrer Stelle würde zumindest auch auf Akerfelds ein Auge werfen.«

Jack blickte wieder zu seinem *Victor* hoch, auf die Flagge – und sagte: »Sehen Sie, früher war das einfacher. Früher wusste ich, wer mein Freund war und wen ich bekämpfen musste. Manchmal sehne ich mich dahin zurück.«

»Ja, es ist nicht leicht mitzuhalten. Da gebe ich Ihnen Recht. Alles geht so schnell. Die Zeiten ändern sich viel zu schnell. Es ist manchmal Angst einflößend.«

11

Oxbridge, Amity
Liga Freier Welten

13. Januar 3033

Der Blizzard war inzwischen weitergezogen. Über den wenigen subarktischen Zonen des Planeten regierten wieder die kalte Sonne und ein stahlblauer Himmel. Jack stand draußen und sog die wohltuende Luft ein. Er hatte die Einheit auf Jasons Herkunft noch nicht angesprochen, aber das würde ohnehin früh genug kommen. Wenn Thornten seinen Sohn als Spitzel eingeschleust hatte, dann war Jason entweder sehr schlau oder er führte seine Befehle nicht aus. Jason war inzwischen fester Bestandteil der Truppe, und alle vertrauten ihm.

Oder missbrauchte Thornten den Jungen? Wusste Jason, dass er ein Spion war? Aber, andererseits, Thornten hätte Jason niemals den *Jacks* zugeteilt, würde er ihnen nicht vertrauen. Oder gehörte das zum Plan? Jason wusste davon und würde im letzten Augenblick abspringen. Und Smith, der dankbare und ehrbare Mech-Krieger, dem er Zuflucht gewährt hatte, war auch nur eine Figur auf dem Schachbrett und gehörte ebenfalls zu dem teuflischen Netz, das seine *Jacks* vernichten sollte... Pläne und Gegenpläne...

Jack wurde es leid, darüber nachzudenken. Die Realität schien einfach: Thornten würde es nicht riskieren, seinen Sohn zu verlieren. Thornten zu verdächtigen war also Unsinn. Vielleicht war der Politiker sogar der einzige Mann auf Amity, dem er trauen konnte.

Robert Shedler trat aus dem riesigen Tor des Mech-Hangars. Shedlers Augen musterten Jack sorgfältig, und er meinte nach einiger Zeit: »Da kommen Schwierigkeiten auf uns zu. Ziemlich große sogar. Oder?«

»Könnte sein, Robert.«

»Wir werden kämpfen müssen«, erklärte Shedler ernst.

Jack lächelte knapp. Die Logik seines Lanzenkameraden war einfach – und zutreffend. Er nickte. »Ja, wir werden kämpfen… bis zum Ende.«

Keiner sagte ein Wort. Die entstandene Stille hatte beinahe etwas Heiliges. Jack erinnerte sich an Tharkad. Wie er an einem ähnlichen Tag Sandra kennen gelernt hatte. Und Jahre später hatte er auch an so einem Tag auf demselben Planeten Aleisha kennen gelernt. Jack liebte solche Tage.

Unten in der Ebene regte sich etwas. Ein Transporter fuhr auf sie zu. Es musste ein außerplanmäßiger Transporter sein. Jack dachte kurz nach. Vielleicht hatten die LCS einen zivilen Transporter gekapert. Man würde den Verlust kaum bemerken. Jack kannte diese effiziente Überfalltaktik noch aus seiner Dienstzeit im Commonwealth.

Er wandte sich an Robert. »Ruf alle zusammen und mach die Verteidigungsanlagen klar.«

Robert blickte ihn erstaunt an. »Ein ›Trojanisches Pferd‹?«

»Könnte sein.«

Robert schüttelte verzweifelt den Kopf. »Einheit noch mal, Jack! Was ist so unglaubwürdig an einem außerplanmäßigen Transport?«

»Hier kommt so was sehr selten vor.«

»Jack, du leidest an Paranoia.«

Jack grinste breit. »Das muss ich in meinem Beruf. Würdest du also bitte meine Befehle ausführen?«

Robert seufzte und ging.

Minuten später glich die Basis einem Hühnerhaufen. Jack war inzwischen in aller Ruhe zurückgegangen und hatte sich seine Maschinenpistole umgehängt. Er betrachtete die automatische Waffe kurz. Es gab eindeutig bessere Handfeuerwaffen, aber keine hatte diese breitfächrige Wirkung. Das war einer der wenigen Vorzüge, die eine Projektilwaffe aufzuweisen hatte. Jack legte sich in den Hinterhalt und wartete, bis die Soldaten aus dem Transporter stürmten.

Gegen Panzerung – auch wenn sie noch so leicht war – würde die MP nichts ausrichten können, aber ungedeckte Soldaten würden in dem Kugelhagel nicht lange überleben. Der Transporter kam näher. Alles war bereit, alle Soldaten befanden sich in Position. Der Transporter bremste. Jack hielt gespannt den Atem an...

Tores Thornten stieg aus dem Wagen. Donnas zorniges ›Caramba‹ musste innerhalb von Kilometern zu hören gewesen sein. Wutentbrannt tauchte sie aus ihrer sicheren Deckung auf und marschierte in die Basis zurück.

Jack schoss hoch und brüllte: »Donna, was soll das?«

Donna drehte sich langsam um und sah ihm wütend in die Augen. »Ich gehe zurück in mein Bett, Capitan, aus dem mich irgendein verrückter, durchgeknallter Spinner gejagt hat! Buenos noches, Capitan!«

Jacks Gesicht wurde aschfahl vor lauter Ärger. Seine Hand zuckte kurz auf und wollte die MP greifen. Jemanden von hinten zu erschießen war zwar nicht Jacks Art, aber das hier war Befehlsverweigerung und Bloßstellung. Seine Hand umschloss die Waffe. Jemand packte ihn und riss ihn herum: Lhiannon. Der Leutnant starrte seinen Kommandanten aufgebracht an. »Wenn du Donna erschießt, dann töte ich dich, verstanden?«

Jack verstand und ließ die Pistole stecken. Aber es würde Konsequenzen haben, für beide Frauen, das schwor er sich in diesem Augenblick. Er wandte sich seinen Gästen zu. Es waren Thornten, seine beiden Leibwächter und eine junge Frau. Jack versuchte, sich wieder zu fassen. Es gelang ihm nicht ganz.

Thornten betrachtete ihn skeptisch. »Was war das gerade eben?«

»Eine… Übung. Wir machen so was öfter. Nichts Besonderes.«

»Natürlich«, erwiderte Thornten mit einem Hauch von Spott. Er schob die Frau sanft vor. »Ich darf Ihnen meine Tochter Helen vorstellen.«

Jack nickte der langhaarigen Blondine zu. Thornten fuhr mit einem schadenfrohen Gesicht fort. »Meinen Sohn kennen Sie ja bereits.«

Wahrscheinlich hatte der Regierungschef eine verblüffte Reaktion erwartet. Jack stahl ihm die Schau. »Ja, Jason Boise. Er hat bei uns hervorragende Arbeit geleistet, und ich fühle mich geehrt, dass Ihr Sohn uns zugeteilt wurde.«

Dieses Mal war Thornten verblüfft – genauso wie die MechKrieger und Techs der *Jacks*, die hinter Jack alles mitbekommen hatten. Jason wäre am liebsten im Erdboden versunken. Einige seiner Kameraden warfen ihm schiefe Blicke zu. Heute würde über viel geredet werden müssen.

Thornten fing sich schnell. »Und als Vater möchte ich mich dafür bedanken, dass Sie ihn bisher so gut beschützt haben.«

»Bedanken Sie sich bei diesen beiden MechKriegern.« Er deutete auf Smith und Allison, die das Geschehen aus einiger Entfernung beobachteten.

Thornten grinste. »Keine Angst. Zu den beiden komme ich schon noch.«

Jacks geübtes Auge glaubte kurzzeitig etwas Bösartiges in Thorntens Grinsen zu sehen, aber er verwarf den Gedanken wieder. Was brachte ihm dieses Misstrauen Thornten gegenüber?

»Und weiterhin will ich mich offiziell für das Fehlverhalten von Leutenient-Kolonel LeFranc entschuldigen«, fuhr der Politiker fort. »Es erfüllt mich mit Schrecken, wenn ich überlege, wie amateurhaft der Leutenient-Kolonel reagiert hat. Und als er seinen Fehler erkannte, waren unsere konventionellen Scouts bereits auf anderen Missionen.«

Jack musterte ihn. Einen Politiker durchschauen zu wollen war eine pure Unmöglichkeit. Jack gab es auf. Thornten und er kämpften auf derselben Seite. Sie hatten zwar verschiedene Ansichten, aber das war im Augenblick unwichtig. Jack würde ihm vertrauen müssen. Er sagte: »Ich nehme Ihre Entschuldigung an… Wollen Sie noch in meine Basis kommen?«

Thornten lächelte freundschaftlich: »Also, von mir aus. Wenn Sie mich schon einladen.«

Adrian hatte nur noch Augen für Helen. Als er die hübsche Frau vor wenigen Minuten zum ersten Mal gesehen hatte, war es blitzschnell gegangen. Es gab sie also doch: Liebe auf den ersten Blick. Jetzt starrte er sie unentwegt an. Er konnte nichts dagegen tun. Er wusste, dass er sich vollkommen blamieren würde, aber das war ihm egal.

Helen sprach gerade angeregt mit Jason. Dann lachte sie. Es war ein angenehmes, warmes und wunderschönes Lachen – fand zumindest Adrian. Jason lachte kurz mit, dann verabschiedete er sich und ging zu seinem Vater, Tores Thornten. Adrian störte das nicht sonderlich.

Natürlich hätte Jason seine Herkunft eigentlich nicht verheimlichen dürfen, doch wenn er nicht über seinen Adoptivvater reden wollte, dann verstand Adrian das. Und es gab noch einen anderen Grund, warum er Jason nicht böse sein durfte: Er war der Bruder dieses blonden, 1,90 Meter großen, attraktiven Traums. Jason konnte vielleicht ein wertvoller Verbündeter werden…

Sie kam auf ihn zu. Adrian betrachtete sie kritisch.

Er brachte kein Wort heraus. Dann lachte sie und fragte: »Du bist Adrian?«

»Ich… ähh… ja.«

»Ich bin Helen.« Sie streckte ihm die Hand entgegen.

Er nahm sie nervös und sagte: »Also… ich… ich meine, du…«

Helen brach in schallendes Gelächter aus. Adrian lief rot an. Das Lachen war nicht bösartig oder gehässig. Es hatte etwas Warmes und Freundliches. Dann meinte sie: »Weißt du was? Zeig mir mal eure Mechs.«

Adrian gehorchte, nahm sie am Arm – er hatte erwartet, dass sie ihn sanft wegdrücken würde, aber sie schien es zu genießen. In den folgenden zwei Stunden redete Adrian über sein Lieblingsthema: die Battle-Mechs der Einheit. Er war seit fünf Jahren dabei und kannte ziemlich viele Geschichten.

Er klärte Helen über einige Schrammen an den Mechs auf, erklärte, warum es dazu gekommen war und ergänzte das Ganze durch ausführlich geschilderte technische Details.

Helen hörte fasziniert zu. Wie alt war sie? 18? 20? War sie selbst MechKriegerin? Er hatte nicht den Mut zu fragen. Dann blieb nur noch ein Mech übrig. Adrian plusterte sich stolz auf. »Und dieser *Paladin* gehört mir.«

Er machte eine kleine Kunstpause, um seine Worte wirken zu lassen. Helen betrachtete den Mech ehrfurchtsvoll. »Hat er einen Namen?«

»*Julia.*«

»*Julia*? Das passt doch gar nicht!«, protestierte Helen.

Adrian blickte gedankenverloren auf seinen Mech und sagte leise: »Meine Schwester hieß so. Die Schlangen haben sie vor zehn Jahren getötet.«

Helen sah ihn überrascht an und sagte entschuldigend: »Tut mir Leid, ich…«

»Nein, lass nur«, fuhr Adrian dazwischen. Dann atmete er tief durch und lächelte wieder. »Also, ich finde, der Name trifft zu. Der *Paladin* ist nämlich genau wie sie: ziemlich unberechenbar. Deswegen habe ich ihn ja so getauft. Weißt du, dieses Baby hier bringt ganze 60 Tonnen auf die Waage... Nicht dass Julia ebenso schwer gewesen wäre... Davon 8 Tonnen Panzerung. Die Höchstgeschwindigkeit liegt bei 66 km/h. Die Sprungweite beträgt 150 Meter.«

Helen überlegte kurz und meinte: »Es gibt bessere Mechs.«

Adrian lächelte. »Natürlich. Aber einen *Paladin* kannst du für alles außer Langstreckengefechte einsetzen. Das ist 'n echter Allrounder.«

»Bewaffnung?«

»Eine LSR10, eine KSR4, vier M-Laser, davon sind zwei rückwärts ausgerichtet, plus zwei voll benutzbare Hände.«

»Wärmetauscher?«

»Ganze 13. Und das ist das Schöne an dem Mech. Ich könnte ohne weiteres eine volle Salve abgeben und trotzdem problemlos weiterkämpfen. Andere Mechs brennen nach einer Breitseite dank der Wärmeentwicklung aus. Ein *Paladin* könnte das gar nicht, selbst wenn er wollte.«

»Ja, ganz nett. Wie viele Abschüsse hast du schon?«

Adrian dachte kurz nach. »Sie-, nein, acht. Mein Rekord waren zwei leichte Mechs an einem Tag.«

Helen sah ihn erstaunt an. »Acht?? Im Marikmilitär ist man mit sechs Abschüssen schon ein As.«

»Bei den *Jacks* haben wir nur Asse.«

Sie pfiff anerkennend. Adrian sammelte seine Mutreserven. »Du bist keine MechKriegerin?«

Sie schüttelte heftig den Kopf. »Nein, ich interessiere mich zwar für Mechs, aber ich arbeite in der Verwaltung.«

Adrian sah sie entgeistert an. »Politik???«

Helen blickte ihn kampfbereit an. »Warum denn nicht? Es gibt Schlimmeres.«

»Zum Beispiel Menschen töten«, flüsterte Adrian und blickte auf seinen Mech.

Peinliche Stille. Helen ergriff als Erste wieder das Wort. »Welcher Religion gehörst du an?«

»Ich… bin Atheist«, erwiderte Adrian zögernd und erklärte noch unsicherer: »Früher war ich Christ, aber… im 4. Nachfolgekrieg vor einigen Jahren… ich war ein junger Rekrut… auf den Schlachtfeldern verliert man schnell seinen Glauben. Man fragt nach dem Sinn und findet keinen, weil die ganze Welt über einem zusammenbricht und in einem riesengroßen Feuerball explodiert. Wie kann jemand, der den Tod so häufig gesehen hat, noch an Gott oder an das Paradies glauben… oder an christliche Nächstenliebe?«

Stille.

Helen zwang sich zu einem kleinen Lächeln. »Schade. Ich dachte, ich könnte dich zu einem Gottesdienst einladen. Ich glaube, die Kirche in Striker steht noch.«

Jetzt lächelte auch Adrian. »Wenn die Kämpfe vorbei sind, kannst du mich jederzeit einladen. Es muss ja nicht gerade ein Gottesdienst sein. Vielleicht mal ein Picknick im Sommer, wenn der Schnee weg ist.«

Helen lächelte. »Adrian, wir haben im Augenblick Sommer, sogar einen der wärmsten, an den ich mich erinnern kann!«

Nachdem die vier Gäste wieder gegangen waren, brauchte Jack einige Zeit Ruhe. Er hatte Thornten um einen Gefallen gebeten. Thornten sollte jeden Befehl, den LeFranc gab, überprüfen. Jack würde keinen direkten Befehl seines vorgesetzten Leutenient-Kolonel mehr befolgen, wenn die Bestätigung von Thornten fehlte. Aber die Zweifel blieben. Er hoffte für die *Jacks*, dass er die richtige Entscheidung getroffen hatte.

Momentan stand eine weitere Sache aus: die Bestrafung von Donna und Lhiannon. Jack ließ sich Zeit. Er lag auf seinem Feldbett und dachte nach. Dachte er zu viel für seinen Beruf? War er zu alt? Er musste nur noch einige Jahre durchhalten, bis Tom die Einheit übernehmen konnte. Das Kommando sollte weiterhin einem Anderson gehören.

Komisch, dachte er, *seit LeFrancs Verrat bin ich so zerstreut. Ich stehe neben mir.* Dann verscheuchte er den Gedanken und griff zu einem seiner Lieblingsbücher.

12

Oxbridge, Amity
Liga Freier Welten

13. Januar 3033

Es war Mittag. Jack betrat die Messe. Die Einheitsmitglieder waren so gut wie vollzählig versammelt. Die Stimmung wurde eisig. Der Kommandeur legte seine Ration auf den Tisch und richtete seinen Blick auf die Anwesenden. Dann blickte er Donna an. »Sergeant Malaga, Ihnen wird Befehlsverweigerung vorgeworfen. Wie lautet Ihr Kommentar dazu?«

»Ich fühle mich absolut unschuldig, Capitan.«

»Natürlich«, sagte Jack grimmig. »Wie hätte es auch anders sein können? Also, was haben Sie zu Ihrer Verteidigung zu sagen?«

Schweigen.

»Gut«, sagte Jack. »Ich glaube, ich habe mir die richtige Strafe für Sie ausgedacht. Ihr Sold für die nächsten drei Monate wird hiermit gestrichen. Und wenn ich noch irgendeinen Muckser von Ihnen höre, dann verlieren Sie die Anteile an Ihrem Mech ebenfalls. Ist das klar?«

Donna nickte wie versteinert.

Jack brüllte sie urplötzlich an: »Ist das KLAR? Ich höre nichts, Sergeant?«

»Ja, es ist klar, Kommandant«, kam die deprimierte Antwort.

Jack wandte sich an Lhiannon. »Oberleutnant Potter, Ihnen wird angedrohte Meuterei vorgeworfen. Ihre Meinung?«

Lhiannon stand auf und blickte ihn scharf an. »Ich bin mir meines Vergehens bewusst, Kommandant, und ich bin bereit, die Verantwortung dafür zu tragen.«

»Brav, Oberleutnant. Aber das mildert Ihre Bestrafung nicht… Doch Sie haben Glück. Eigentlich wollte ich Sie für mindestens ein Jahr Ihres Kommandos über Ihre Lanze beheben. Dummerweise brauche ich Sie als Lanzenkommandeur, da Ihre Begabung einiges wettmacht… Hiermit verlieren Sie alle Anteile an Ihrem Mech. Offiziell gehört er ab jetzt wieder demjenigen, der ihn gekauft hat: mir.«

Lhiannon schluckte. »Ja, Sir.«

Jemand riss die Tür auf. Jasmine Lambert kam hereingestürzt. Jack giftete sie an: »ChefTech Lambert, was soll das? Sie stören.«

Jasmine hielt ihm ein Papier unter die Nase. Jack riss es ihr verärgert aus der Hand. Seine Miene veränderte sich. Er wandte sich sofort an die *Jacks*. »Eine Nachricht von LeFranc. Die LCS starten einen weiteren Großangriff gegen Freewheel und einen gegen die Versorgungsdepots am Lee-Massiv. Macht die Mechs zum Ausrücken fertig! In zwanzig Minuten müssen wir draußen sein.«

Er reichte die Nachricht Trunkmann und begab sich in sein Büro. Der konventionelle Funkkanal zum Marik-HQ war hoffnungslos überlastet, aber Jack hatte noch den Notkanal direkt zu LeFranc. Es war das erste Mal, dass er ihn betätigte.

Ein genervter LeFranc erschien auf Jacks Monitor. Jack grinste: »Viel zu tun, Leutenient-Kolonel?«

LeFranc spießte ihn mit seinen Blicken auf. »Gut, dass Sie sich von selbst melden. Hören Sie, Hauptmann, zwei schwere MechKompanien marschieren auf Freewheel zu, zwei mittelschwere haben Kurs auf unsere Versorgungsdepots genommen – besser gesagt, auf das, was noch davon übrig ist.«

Jack runzelte die Stirn. »Würden Sie das bitte erklären.«

»Es waren die Jäger. Sie haben mit ihrem Geschwader die Depots zu 40 Prozent zerstört. Als wir uns dann gewehrt haben, waren sie schon wieder weg. Das ganze Debakel hat vor zehn Minuten stattgefunden.«

»Wo sind die Jäger jetzt?«

»In ihren Landungsschiffen. Ich vermute, dass sie wieder zurückkommen und Begleitschutz fliegen werden.«

Jack nickte. »Unsere Befehle?«

»Rücken Sie zu den Depots aus. Smith und Allison nehmen Sie dorthin mit. Die beiden sollen nach der Schlacht zu unseren Linien durchstoßen.«

»Warum sollen wir die Depots decken?«, fragte Jack lauernd.

LeFranc betrachtete ihn entgeistert. »Einheit noch mal! Weil die Depots für uns wichtiger als jede Verteidigungslinie sind. Freewheel würden Sie sowieso nicht mehr vor den Lyranern erreichen.«

Jack betrachtete ihn neugierig. »Thornten ist zufälligerweise nicht da?«

LeFranc wurde weiß vor Wut. »Hauptmann, ich verstehe nicht, was Thornten mit Ihren Befehlen zu tun hat. Außerdem ist es sowieso schon knapp. Würden Sie Ihren Hintern also bitte in Bewegung setzen?«

»Ist Thornten da?« Jack blieb hart.

Jemand trat von hinten an den Monitor. Thornten. Er schob LeFranc aus dem Stuhl und setzte sich.

»Ja, Hauptmann? Was kann ich für Sie tun?«

»Stimmt das, was LeFranc gerade gesagt hat?«

Thornten lächelte. »Ja, es ist korrekt.«

Jack nickte erleichtert. »Gut. Ich erwarte dann Ihre Informationen über den Schlachtverlauf.«

Lächelnd schaltete Thornten ab.

LeFranc starrte Thornten verdutzt an und stammelte: »Der Idiot frisst Ihnen wirklich aus der Hand.«

»Ja. Es ist nicht zu fassen, was?… Hören Sie, LeFranc, ich habe noch einmal über die *Jacks* nachgedacht. Also, wir brauchen sie nicht wirklich.«

»Mr. Thornten, ohne die *Jacks* frittieren uns die El-sies«, erwiderte LeFranc.

»Das würde ich nicht sagen. Amity hat viele versteckte Höhlen… Seien wir doch ehrlich. Die Elsies haben einfach zu viel Material hier. Wenn wir jetzt evakuieren, dann haben wir eine relativ hohe Chance. Wir ziehen uns auf die Bergpässe und Bunkeranlagen zurück. Diese Pässe könnte sogar ein *Heuschreck* gegen einen *Atlas* halten.«

LeFranc stammelte betroffen: »Mr. Thornten, es ist unser Planet. Es ist *Ihr* Planet. Ich weigere mich, mich auf einem Planeten der Liga vor lyranischen Truppen zu verstecken.«

Thornten zuckte mit den Achseln. »Etwas anderes wird Ihnen nicht übrig bleiben. Denken Sie doch nach, in ungefähr zwei Wochen entlastet uns das Falken-Regiment. Die *Jacks* sind absolut entbehrlich.«

»Und wie wollen Sie die *Jacks* loswerden? Das letzte Mal ging Ihr Plan ja ziemlich in die Hose.«

»Reden wir nicht mehr davon… Hören Sie, falls die lyranischen Jäger noch einmal angreifen, dann wäre es doch möglich, dass sie die Depots angreifen. Sollte das geschehen, müssen die *Jacks* nicht unbedingt wissen, dass die Jäger sie angreifen.«

LeFranc schüttelte den Kopf. »Das wäre ihr Ende. Weshalb wollen Sie diese Einheit eigentlich vernichten, wenn man fragen darf?«

»Anderson hat mich in aller Öffentlichkeit blamiert.«

LeFranc schwieg fassungslos. Dann flüsterte er: »Sie sind verrückt, Thornten. Da mache ich nicht mit.«

LeFranc stand auf und taumelte zur Tür.

Thornten grinste und rief ihm nach: »Und ich hatte gehofft, ich würde Sie freiwillig zur Zusammenarbeit bewegen können.«

Der Leutenient-Kolonel wirbelte herum und sagte

feindselig: »Treiben Sie's nicht zu weit. Ein Befehl von mir, und Sie landen im Bau, verstanden?«

»Ach, warum gleich so brutal... Kennen Sie diese Person?« Thornten legte ein Foto auf den Tisch.

LeFranc wollte ihn zwar ignorieren, aber die Neugier war doch stärker. Als er das Foto sah, erstarrte er. Eine junge Frau. Lächelnd, in MechKrieger-Uniform. »Woher haben Sie dieses Foto, Sie Mistkerl?«

»Das ist unwichtig. Aber ich liege doch richtig, wenn ich diese Schönheit als Ihre Geliebte identifiziere, oder?«

LeFranc nickte.

Thornten fuhr fort: »Im 4. Nachfolgekrieg wurde sie von lyranischen Truppen gefangen genommen. Sie lieben sie noch immer?«

»Lassen Sie das, Thornten!«, fauchte LeFranc.

»Müssen Sie eigentlich. Ich habe mich ein wenig umgehört. Sie haben sogar einige Gnadengesuche an den Archon geschrieben, aber Ihre Bemühungen waren fruchtlos. Nun, ich kenne zufälligerweise einen gewissen Lyraner. Er hat eine recht einflussreiche Position, und ich habe noch eine Kleinigkeit bei ihm gut. Ich könnte Ihre Geliebte ohne weiteres freikaufen. Sie wäre schon nächste Woche im Ligaraum. Natürlich müssen Sie dafür einen kleinen Preis zahlen.«

»Die *Jacks* vernichten...« stammelte LeFranc niedergeschlagen. Dann musterte er Thornten. »Woher weiß ich, dass Sie es ernst meinen?«

Thornten warf ihm eine Kette hinüber. LeFranc kannte die Kette. Er hatte sie ihr wenige Tage vor ihrer Gefangennahme gekauft, und seitdem hatte sie das Kettchen nicht mehr abgelegt. Diesmal konnte man Thornten glauben.

LeFranc nickte. »Der Deal steht. In mindestens zwei Wochen will ich das erste Signal von ihr. Sollten Sie mich bescheißen, dann töte ich Sie.«

Der Politiker schüttelte ihm zum Abschied noch die Hand und verließ den Raum.

LeFranc war alleine. Nicht lange. Gilbert trat ein. Der junge Leutenient war eine der wenigen Personen, denen LeFranc traute. Außerdem waren seine Vorschläge in der Regel überlegenswert. Gilbert betrachtete ihn besorgt und erklärte: »Leutenient-Kolonel, Sie machen einen großen Fehler.«

LeFranc schüttelte verwirrt den Kopf. »Was meinen Sie, Gilbert?«

Gilbert erklärte verlegen: »Der... Kanal zu Ihrem Büro war offen... und ich konnte es mir einfach nicht verkneifen.«

»Sie haben gelauscht?«, fragte LeFranc entsetzt.

»Nun, ich bin nun mal neugierig, und es hat sich gerade so schön angeboten.«

LeFranc nickte. Für den Leutenient musste es wie Verrat aussehen. »Was soll ich Ihrer Meinung nach tun, Gilbert?«

Der junge Mann zögerte. »Also, ich verstehe Ihre Lage. Aber denken Sie doch bitte nach. Wir opfern die *Jacks*, eine ganze Kompanie und bekommen dafür eine einzige Person... entschuldigen Sie meine Herzlosigkeit, aber ist das militärisch sinnvoll?«

Sein Vorgesetzter blickte auf den schwarzen Monitor. Seine Augen verloren sich in der Leere. »Gilbert, Sie kannten Andrea nicht. Sie war so... liebenswert, so lebendig. Ich hatte mich bereits damit abgefunden, sie nie mehr wiederzusehen. Und dann macht mir dieser verdammte Parasit dieses Angebot. Ich verlange nicht von Ihnen, dass Sie es tolerieren oder akzeptieren, aber versuchen Sie bitte, mich zu verstehen.«

»Wir sind beide nur Menschen, Kommandant. Sie können Fehler machen, und ich kann vergessen.«

Die *Jacks* marschierten mit 50 km/h direkt auf die Depots zu. Es war eine gute Geschwindigkeit. LeFranc hätte zwar bemängelt, dass sie auch mit 60 km/h hätten marschieren können, aber das hätte viel Konzentration für eine so simple Sache wie das Marschieren bedeutet, und es warteten heute noch ganz andere Aufgaben auf die MechKrieger. Und jeder gute Soldat sparte mit seiner Energie, wo es nur ging. Die Ankunftszeit datierte Jack auf eine halbe Stunde, und Feindkontakt erwartete er in vierzig Minuten. Es blieb also noch genug Zeit, um eine idiotensichere Verteidigungslinie aufzubauen.

Sie bewegten sich in einer Halbmond-Formation. Jack hatte diese Formation selbst ausgetüftelt. Sie hatte ihn noch nie enttäuscht. Smith und Allison marschierten im Rücken der Einheit. Nach 31 Minuten hatten sie die Depots erreicht.

Die Anlage bot ein Bild der Verwüstung. Die Hallen lagen zerstört und rauchend vor ihnen, in einigen Gebäuden brannte es noch. Die Spezialfeuerwehr, die hier ihren Dienst tat, kämpfte verzweifelt gegen die Flammen an. Manchmal gewann sie. Aber entweder waren es Pyrrhussiege oder zwecklose Bemühungen, denn wo sie einen Flammenherd niederkämpfen konnte, da entstanden sofort zwei neue. Jack bewunderte die Männer und Frauen, die hier arbeiteten.

Eine Explosion. Das Feuer hatte eine weitere Halle erreicht und die leicht entzündbare Munition zur Detonation gebracht. Die Feuerwehr, die zwei Hallen weiter im Großeinsatz war, wurde von der Explosion gepackt. Jack bezweifelte, dass jemand überlebt hatte. Vierzig Prozent? LeFranc hatte gesagt, dass 40 Prozent zerstört worden waren. Das war eine realistische Schätzung. Natürlich sahen diese Verwüstungen eher nach 90 Prozent aus, aber Jack wusste, dass die Kernstücke des Depots im Inneren des Lee-Massivs versteckt lagen.

Nur absolut exakte Treffer mit schweren Waffen würden diese Lagerhallen zur Detonation bringen. Allerdings würde dem Lee-Massiv nach einem solchen Treffer wahrscheinlich ein ganzer Berg fehlen.

Besser nicht darauf ankommen lassen, beschloss Jack. Er verscheuchte seine Gedanken und begutachtete die Gegend ein zweites Mal. Waren Verteidiger da? Ja, er konnte welche ausmachen. Einige Schlammhüpfer mit KSR-Werfern und anderen schwerkalibrigen Waffensystemen hatten sich in den ausgebrannten Ruinen vergraben. Außerdem bemerkte er einige Schweber mit leichten Lasern, zwei Panzer, soweit er sehen konnte, zwei *Galleons*. Und da waren zwei Mechs. Ein *Kampfschütze* und ein *Clint*. Perfekte Freunde für Smith und Allison. Es schien Jack fast so, als winkten die Verteidiger ihnen zu. Verstecke konnte Jack in den Felsen und Ruinen auch ausmachen. O ja, sie würden der LCS die Suppe kräftig versalzen...

Nach fünf Minuten kamen die LCS. Voran marschierte ein schwerer *Donnerkeil*. Dann folgten zwei *Vollstrecker* und ein *Greif*. Die übrigen Lyraner marschierten in ehrfurchtsvollem Abstand hinter ihnen. Lhiannon konnte allerdings sehen, dass die LCS mehr als doppelt so viel Tonnage wie ihre Gegner zu bieten hatten. Andererseits hatten die Verteidiger die eindeutig bessere Position. Die anderen Lyraner schlossen auf. Wenn der lyranische Kommandant so klug war, auf eine Entfernung von vielleicht dreihundert Metern ein Langstreckenbombardement zu starten, dann wäre das für die Lyraner bereits die halbe Miete. Aber es gab wenige kluge lyranische Kommandanten, das war eine feststehende Gleichung der Inneren Sphäre. Und dieser hier wollte sich auch nur im Nahkampf betätigen.

Lhiannon grinste. Sollten sie nur kommen. Dann sah sie, warum der Lyraner so auf den direkten Kampf versessen war: Eine neue Lanze schoss aus dem Schutz der schwereren Mechs heraus: drei *Tomahawk* und ein *Jenner*. *Das* waren echte Nahkampfgegner.

Lhiannon würde also endlich eine vernünftige Herausforderung bekommen. Die übrigen Mechs blieben etwas zurück und bildeten eine weit auseinander gezogene Linie. Jack hatte gesagt, wenn sie in eine gute Situation kämen, sollten sie ohne Befehl feuern. Lias Lanze war den Lyranern am nächsten. Die Lyraner rochen die Falle nicht.

Donna war die Erste. Das Aktivieren der PPK und das Anvisieren geschahen so schnell, dass die Lyraner nicht reagieren konnten. Die PPK schlug dem *Jenner* direkt durch die Torsopanzerung. Ihr *Panther* beschleunigte und sie schaltete schnell auf die Raketen-Lafette um. Der *Jenner* torkelte angeschlagen zurück, stand aber noch. Wahrscheinlich hatte Donna die Hälfte der lebensnotwendigen Hardware des Mechs zerstört, aber Mechs waren sehr widerstandsfähig. Der *Jenner* stand still.

Donna stoppte. Sie war auf zwanzig Meter herangekommen. Sie feuerte. Die vier Raketen trafen exakt in der Torsomitte und zerstörten den letzten Rest Überlebenschance, den der *Jenner* hatte.

Jetzt geschah alles blitzschnell. Die Lyraner, aber auch die anderen Verteidiger eröffneten sofort das Feuer. Donna wäre in dem Kugelhagel zweifellos getötet worden, aber das gehörte zu ihrem Plan. Sie aktivierte die Sprungdüsen und sprang nach hinten. Sprünge zurück blieben riskant, aber Donnas Pilotenfähigkeiten waren exzellent.

Die Lyraner kannten die feindlichen Positionen nicht und deckten das gesamte Feld vor ihnen mit ihren Salven ein. Und dieses Flächenbombardement wirkte. Die schwach gepanzerten konventionellen Truppen wurden vollkommen pulverisiert. Vereinzelter Widerstand blieb zwar, aber entscheidend war er nicht mehr.

Auch die Mechs wurden getroffen. Smith' *Hermes II* ging in einer riesigen Feuersäule unter. Die Treffer der Verteidiger waren natürlich exakter, und nach der Salve lagen auch einer der drei *Tomahawk* und ein *Feuerfalke* vernichtet am Boden. Der *Tomahawk* wies überall schwere Schäden auf. Welcher zu seiner Zerstörung geführt hatte, konnte man nur noch erahnen. Dem *Feuerfalken* hatte ein gut gezielter Schuss den Kopf von den Schultern gefegt. Wahrscheinlich war das Tom gewesen.

Die Verteidiger gaben ihre sicheren Positionen auf und griffen an. Lhiannon sprang aus voller Deckung neben einen *Tomahawk*. Der Lyraner war nicht so überrascht, wie Lia gehofft hatte, und holte mit seinem rechten Arm zum tödlichen Schlag aus. Lia hatte die Waffe, die einen *Tomahawk* im Nahkampf so gefährlich machte, schon einmal in Aktion gesehen und hatte echten Respekt davor: dem Kriegsbeil in seiner rechten Hand. Lia wehrte den Schlag mit ihrem Arm ab und begann den Gegenangriff. Kritiker behaupteten zwar, die *Valkyrie* sei alles andere als ein NahkampfMech, aber Lia war das eigentlich egal. Ihre Bilanz sprach gegen alle Kritiker.

Sie holte mit ihrem linken Bein aus und trat dem *Tomahawk* gegen sein rechtes Kniegelenk, das zersplitterte. Der *Tomahawk* stürzte. Lia richtete ihren Laser aus und feuerte. Das Cockpit hielt aus irgendeinem unerfindlichen Grund den Treffer aus. Der Lyraner schlug zurück. Beide M-Laser brannten sich in das rechte Bein. Bevor sie zusammenknickte, feuerte sie noch einmal auf das Cockpit – und zerstörte es.

Jacks Schlachtlanze vervollständigte die Falle. Der *Victor*, der *Grashüpfer*, der *Greif* und der *Derwisch* traten im Rücken der Lyraner aus den Felsformationen und eröffneten ohne jede Vorwarnung das Feuer. Jason hatte diese Idee als Wahnsinn bezeichnet: Sie waren abgeschnitten von der übrigen Truppe und hatten zwei

Kompanien als Gegner vor sich. Aber Jack musste wissen, was er tat.

Seine Rechnung schien aufzugehen. Drei lyranische Mechs gingen vernichtet zu Boden. Allerdings brach bei den Lyranern jetzt nicht das große Chaos aus, wie Jack erhofft hatte.

Der feindliche Kommandant erfasste die Situation augenblicklich, und urplötzlich sahen sich die *Jacks* einer Übermacht gegenüber. Der *Donnerkeil* freundete sich schnell mit Jasons *Derwisch* an und schickte als Willkommensgruß alle drei M-Laser und den schweren Laser. Der *Derwisch* wurde über den ganzen Torso getroffen. Die schwerste lyranische Maschine, ein *Marodeur*, erfasste aus sicherer Distanz den *Greif* und feuerte beide PPKs ab.

Der *Greif* schwankte. Ein *Ostroc* setzte nach und traf mit beiden S-Lasern die offen gelegte Torsostruktur. Leutnant Juri Barkonoff war nicht mehr.

Jack reagierte. Sein Befehl war eindeutig: »Springt zur Truppe.«

Die drei Überlebenden der Schlachtlanze erhoben sich majestätisch in die Höhe und entgingen der Vernichtung. Als sie aufsetzten, deckten die drei Mariks ihre Landung.

Rays *Orion* war überall mit tiefen Scharten übersät. Der lyranische *Marodeur* wendete und erfasste den *Clint*. Die AK/5 verfehlte seinen Kopf um Haaresbreite, die PPK schlug im rechten Arm des *Clint* ein. Der Pilot des bemitleidenswerten Mechs musste tatenlos mit ansehen, wie der Arm in hohem Bogen davonflog.

Die Antwort folgte sofort. Jack beschleunigte und griff den *Marodeur* an. Wahrscheinlich hatte er den Kommandanten gegen sich. Ein guter Bursche, dieser Kommandant. Der *Marodeur* erfasste ihn und machte die M-Laser fertig. Für die PPKs war die Abwärme wahrscheinlich zu hoch. Der wirkliche Angriff kam von links. Shedlers *Grashüpfer* feuerte sein ganzes Energiearsenal ab – einen schweren Laser und vier mittelschwere Laser. Der *Marodeur* wankte. Shedler war auf Nahkampfreichweite herangekommen und verpasste dem Lyraner einen Schlag gegen seine PPK. Dann sprang er aus dem Kampfgebiet…

Der *Victor* stand vielleicht zwanzig Meter vor dem schwer angeschlagenen *Marodeur* und feuerte mit seiner AK20. Der *Marodeur* brach zusammen. Kein Mech konnte einen dermaßen erfolgreichen Angriff überleben. Aber der Kommandeur lebte noch. Jack fand es interessant, wie schnell jemand aus einem engen Cockpit flüchten konnte, wenn es um sein Leben ging. Jack hatte den Lyraner im Fadenkreuz, entschied sich aber, ihn leben zu lassen. Der Mann war ganz gut und Jack wollte keinen guten Soldaten so ehrlos töten.

Der Kampf ging weiter. Die Lyraner hatten die Verteidiger langsam und unter Verlusten zurückgedrängt. Beachtete man jedoch, dass ihre schweren Mechs bisher kaum in den Kampf eingegriffen hatten, sah es schlecht für die Verteidiger aus.

Aber jetzt kam der erwartete Einbruch. Ihr Kommandant war besiegt, und jede Armee zeigt in einer solcher Phase eine Schwächephase. Das Problem der Lyraner war, dass jetzt drei Kommandeure vorhanden waren. Einer zog sich zurück – inklusive der schweren Mechs. Der andere griff an – er hoffte wahrscheinlich auf die Schützenhilfe der Reserve –, und der Letzte grub sich ein. Es dauerte nur noch einige Minuten. Die Schlacht war eigentlich nur noch Formsache für die kampferfahrenen *Jacks*.

Einige Mechs entkamen ihnen. Aber am Schluss konnten sie eine ganz gute Bilanz aufweisen: Die Lyraner hatten zehn Mechs verloren, die Verteidiger zwei Mechs. Natürlich waren die konventionellen Einheiten fast vollständig zerstört worden, und die zwölf Mechs, die noch auf den Beinen standen, taten dies mehr schlecht als recht – aber wer fragte schon danach?

Der Kampf um Freewheel war nicht ganz so positiv ausgefallen. Trotz aller Verteidigungsmaßnahmen hatten die LCS die Stadt eingenommen. Natürlich hatten die Lyraner bluten müssen, aber die Marik-Führung hatte zehn Mechs verloren, von den konventionellen Einheiten ganz zu schweigen. Und das 2. Bataillon der 1. Sirianischen Lanciers besaß nur noch neun Mechs. LeFranc hatte evakuieren lassen.

Die Lyraner waren vor allem mit schweren Mechs gegen Freewheel gezogen. LeFranc hatte die *Jacks* in seiner letzten Nachricht noch einmal eindringlich vor einer Lanze gewarnt, die aus einem *Atlas*, einem *Kampftitan* und zwei *Todesboten* bestand. Diese Lanze war der eigentliche Grund, warum Freewheel den Besitzer gewechselt hatte.

Die *Jacks* bekamen einen einfachen Befehl: den Rückzug zum Grant-Massiv zu decken. Thorntens Bestätigung kam jedes Mal. Jack fühlte sich sicher. Die Jäger waren nicht zu sehen. Thornten hatte erklärt, dass sie in den Kampf um Freewheel eingegriffen hatten. Sie würden kein weiteres Mal mehr über der Oberfläche Amitys erscheinen, das wusste Jack jetzt.

Die Rückzugsmeldung hatte auch die Basis der *Jacks* erreicht. Es würde ungefähr zwei Stunden dauern, bis sie weg waren. Jack verfluchte sich dafür. Er hasste Rückzüge. Als Lyraner griff er lieber an, auch wenn das meistens alles andere als sinnvoll war. Glücklicherweise lag Striker und somit der Raumhafen jenseits der Bergpässe. Aleisha war dorthin gestartet, um die *Esmeralda* in Sicherheit zu bringen.

Es tat gut, wenn man wusste, dass Aleisha in Sicherheit war, dachte Jack. Er bezweifelte, dass die LCS seine Basis oder Freewheel angreifen würden. Nein, das Problem waren die Depots. Die LCS wollten sie haben, und LeFranc wollte möglichst viel Material herausbekommen. Jack postierte seine lädierte Truppe um die Depots.

Lhiannon entdeckte sie als Erste. Punkte am Himmel, die schnell näher kamen.

Jack ignorierte ihre Befürchtungen. »Nein, die Jäger greifen nicht mehr an. Negativ, Oberleutnant.«

Lia schnaubte verärgert. Dann sah sie genauer hin – die Jäger waren weg, sie musste sich getäuscht haben. Konnte schließlich mal passieren. Aber aus irgendeinem Grund sagte ihr Gefühl, dass es besser war, die Waffen zu aktivieren. Dann rebellierten ihre Langstreckensensoren. Auf ihrem Schirm machte sie schnell näher kommende Ziele aus. Die Frage war allerdings, wer das Ziel war.

Lhiannon war die Einzige, die sofort reagierte. Sie lief in den Schutz der Felsen. Ihre Warnung, die sie über das Kom an die Einheit brüllte, riss die übrigen aus der Lethargie.

Die *Jacks* stoben wie aufgescheuchte Hühner auseinander. Nur der *Clint* war zu langsam. Die Breitseite eines *Chippewas* riss ihn sprichwörtlich auseinander.

Die Jäger stoben über ihnen hinweg. Jack blieb ruhig. Keine Befehle. Lhiannon verfluchte ihn und trat aus ihrer Deckung. Ob sie eine Chance gegen Jäger haben würde, war ernsthaft zu bezweifeln, aber besser kämpfen als tatenlos zusehen. Außerdem hatte sie noch das ein oder andere Manöver auf Lager. Diese arroganten, selbstsicheren Fritzen da oben würden sich noch wundern…

Ein *Chippewa* wendete und griff sie an. Sie beschleunigte auf Höchstgeschwindigkeit. Alles musste passen, dann hatte sie eine Chance. Sie aktivierte die Waffensysteme und das Zielerfassungssystem.

Der Jäger feuerte seine LSR-Lafetten ab. Lhiannon

wartete kurz. Er durfte sie nur nicht in ihrem beschädigten Bein treffen. Die Panzerung war dort so gut wie abgefackelt.

Lia aktivierte ihre Sprungdüsen. Das Manöver glückte. Die *Valkyrie* stieg schnell in die Höhe, die LSR schlugen im Boden ein. Lhiannon richtete ihre Raketen und den M-Laser blitzschnell aus und feuerte. Lhiannon hatte die Erfahrung gemacht, dass jeder Gegner zu schlagen war, wenn man ihn auf gleicher Höhe hatte – wie den *Chippewa*.

Sie traf den Rumpf des Jägers. Während der Mech sicher auf den Boden zurückkam, trudelte der Jäger und explodierte noch in der Luft. Lhiannon musste einen Glückstreffer gelandet haben. Vielleicht hatte sie irgendein sensibles Gerät beschädigt, das zu der Explosion geführt hatte.

Der *Orion* und der *Kampfschütze* traten aus der Deckung. Beide Mechs waren mit einem effektiven Zielerfassungssystem ausgestattet, das sie für die Flugzeugjagd prädestinierte. Manche Soldaten bezeichneten den *Kampfschütze* als ›Jägerkiller‹, was zweifellos stimmte.

Ein *Luzifer* tauchte vor ihnen auf. Die beiden Mechs erfassten ihn schnell und feuerten. Der *Luzifer* reagierte und gab eine eigene Breitseite ab. Die Treffer der Mechs waren allerdings präziser und rissen dem Jäger die linke Tragfläche vom Rumpf. Die Salve des *Luzifer* konzentrierte sich vollständig auf den *Kampfschütze* und löste die Panzerung des Mechs an verschiedenen Stellen vollkommen auf.

Aus dem Rücken des zerstörten *Luzifers*, der sich in die Erde bohrte und explodierte, tauchte ein *Chippewa* auf und feuerte. Die Breitseite aus beiden LSR-Lafetten und zwei S-Lasern verschlang die letzte Panzerung des *Kampfschütze* und fraß sich bis zur internen Struktur weiter. Der Mech stürzte vernichtet zu Boden.

Zwei weitere *Chippewas* tauchten auf und griffen die

Mechs in der Felsenformation im Tiefflug an. Es schien eine perfekte Falle zu sein, doch es wurde zum unrühmlichen Ende der lyranischen Luftherrschaft. Die Mechs sprangen aus der Deckung.

Nur Trunkmann entschied sich gegen die Düsen und versuchte, laufend zu entkommen. Ein Fehler, wie sich herausstellte. Die Angreifer konzentrierten ihr Feuer auf den *Feuerfalken*. Die acht schweren Laser trafen alle. Trunkmann spürte es zumindest nicht mehr, das war klar.

Ein *Chippewa* zog hoch, an der Felswand vorbei. Edward Grants *Speerschleuder* wartete geduldig. Es trafen zwar nicht alle Kurzstreckenraketen, aber der Jäger wurde aus seiner Flugbahn geworfen und stürzte in die Felswand.

Der andere *Chippewa* drehte seitlich ab und kam Tomas Anderson direkt vor die Rohre. Der exzellente Schütze aktivierte die PPK und feuerte. Der Pilot des *Chippewa* reagierte blitzschnell und zog an dem azurblauen Energiestrahl vorbei – und kollidierte mit einem angreifenden *Luzifer*.

Die restlichen drei Jäger zogen sich zurück. Es war unfassbar – zwölf demolierte Mechs hatten acht schwere Jäger in die Flucht geschlagen.

Aber die Lyraner gaben nicht auf. Fast im gleichen Moment, als die Jäger abdrehten, brüllte Grant in sein Kom: »Feindliche Mechs in Sicht!«

Grant hatte die beste Sicht auf dem Felsvorsprung. Lhiannon reagierte mit einem Sprung und landete neben Grant. Jack reagierte nicht.

Lhiannon bestätigte ihn: »Einheit noch mal! Das sind unsere Freunde von vorhin. Wenn wir Pech haben, schicken sie ihre Jäger noch mal zurück und nehmen uns dann richtig schön in die Zange. Kommandant? Ihre Befehle?«

Jack atmete tief durch und fragte: »Die vierzehn

Mechs, die sich vorhin zurückgezogen haben, greifen wieder an?«

»Ganz genau, Kommandant. Und dieses Mal werden wir sie nicht zurückschlagen können.«

In Jacks Kopf drehte sich alles. Man hatte ihn wieder verraten. Thornten hatte ihn verraten. Aber das ergab keinen Sinn. Jason war sein Sohn. Warum wollte Thornten seinen Sohn tot sehen.

Jack flüsterte: »Rückzug.«

»Was machen wir mit dem Depot?«, wollte Lhiannon wissen.

»Sprengen. Diese Hunde dürfen es nicht in die Hände bekommen.«

Lhiannon nickte. Die Marik-Führung würde ausrasten, aber das war der einzig vernünftige Zug. Ob sich jemand in den Depots befand, wollte Lhiannon gar nicht wissen. Ihr Beruf machte ein Gewissen unmöglich.

Tom erklärte sich dazu bereit. Während die anderen in sicherer Entfernung warteten, entlud Tom seine PPK. Das Depot detonierte nicht auf den ersten Schuss, aber der zweite saß. Zuerst nur ein dumpfer Ton, dann schossen dem *Greif* urplötzlich die Felstrümmer entgegen. Dann war es vorbei. Das lebenswichtige Depot war zerstört.

Die *Jacks* rückten ab.

ZWISCHENSPIEL

Tomans
Vereinigtes Commonwealth

8. April 3054

Sie kamen wirklich im Morgengrauen. Der Pass eignete sich hervorragend für einen Hinterhalt. Hoffentlich fielen die Clans darauf herein. Die Sensorentechnik der Clans war um Längen besser als die der Inneren Sphäre. Es war durchaus möglich, dass die Jadefalken sie bereits Kilometer im Voraus auf ihren Schirmen hatten und dann... gute Nacht.

Sie kamen wirklich mit zwei Sternen. Lia konnte nicht genau erkennen, was für Gegner sie gegen sich hatte. Beachtete man aber die Flexibilität von OmniMechs, dann war dieses Vorwissen ohnehin uninteressant.

Der Trick gelang. Lhiannon hatte ihrer Truppe befohlen, möglichst in einer guten Situation mit dem Gefecht zu beginnen. Die Clans waren zwar unumstritten die besten MechKrieger, denen man im Kampf begegnen konnte, aber sie waren auch naiv und einfältig – manchmal sogar unvorsichtig. Die ClanMechs achteten nicht im Geringsten auf die dunklen Felsvorsprünge.

Lhiannon eröffnete das Gefecht. Sie stürzte aus der Deckung. Ihr Kriegsbeil blitzte auf. Einer *Turkina*, einem 95-Tonner, schlug sie das Cockpit ein. Als Nächstes schlugen der *Raijin* und der *Starslayer* zu und beglückten einen überraschten *Katamaran* mit ihren vernichtenden Kurzstreckenwaffen.

Irgendwie war es schon seltsam. Jason und Ray hatten sich die letzten zwölf Jahre nicht mehr gesehen, aber beide wussten, wo der andere sein Feuer konzentrieren würde. Das linke Bein des *Katamaran* brach gleich an mehreren Stellen. Der *Starslayer* setzte schnell mit einem Tritt gegen das Cockpit des ClanMechs nach.

Der *Raptor* und der *Kommando* griffen einen *Kingfisher* frontal an. Der überschwere Mech reagierte mit dem Ausrichten seiner Waffen und wartete genüsslich… bis der *Ostroc* in seinem Rücken erschien und eine vollständige Salve abfeuerte.

Die Panzerung des *Kingfisher* hielt. Der Claner wendete behäbig und feuerte. Irgendwie überlebte der *Ostroc* das Kurzstreckenbombardement, doch er stürzte zu Boden.

Der *Raptor* und der *Kommando* kamen wieder zum Zug und pumpten den 90-Tonner mit ihren KSR voll. Von den 28 Kurzstreckenraketen trafen fast alle. Das war das Ende des *Kingfisher*.

Der *Tomahawk* hatte sich inzwischen einen *Masakari* angelacht. Lhiannon dankte Gott – wenn es einen gab – dafür, dass der gewaltige ClanMech seine Bewaffnung in dem engen Pass nicht einsetzen konnte. Sie hatte schon mehrmals miterlebt, wie der *Masakari* mit seinen Gegnern verfuhr, und in 99 Prozent aller Fälle war die erste Bekanntschaft mit seinen tödlichen Langstreckenwaffen auch die letzte, die man machte. Sie verzichtete auf den Waffeneinsatz, sie liebte den Nahkampf – und sie liebte ihr Kriegsbeil.

Der Pilot des *Masakari* war reaktionsschnell und drehte seinen Torso. Das Beil schlug in den Panzerplatten der Schulter ein. Der *Tomahawk* befand sich in der Schusslinie der zweiten *Turkina*. Das Beil steckte fest. Sie riss noch einmal fest daran und bekam es frei, aber das genügte dem Claner.

Lhiannon wusste in dem Augenblick sofort, was zu tun war, wollte sie nicht gegrillt werden – und hämmerte auf den Knopf für das Rettungssystem. Der *Tomahawk* besaß keinen gewöhnlichen Schleudersitz wie andere Mechs. Dem *Tomahawk* wurde der ganze Kopf weggeschleudert.

Lhiannon landete mit ihrer Kapsel in einer dunklen Ecke. Die Entscheidung war richtig gewesen. Allein die AK/20 der *Turkina* riss ein gewaltiges Loch in den Torso des *Tomahawk*.

Lhiannon atmete tief durch, als sie schweißgebadet und zittrig in dem abgestoßenen Cockpit saß. Das war es immer gewesen, was sie ausgezeichnet hatte: in einem Sekundenbruchteil die richtige Entscheidung zu treffen.

Die Sprengung des Cockpits und die Landung waren nicht ganz schmerzfrei verlaufen. Sie hatte sich einige Stauchungen und blaue Flecken geholt und ihr Arm blutete – aber das war zweitrangig. Zuerst musste sie hier rauskommen und weiter in den Schutz der Felsen flüchten. Die Clans besaßen zwar einen Ehrencodex, der das Töten eines bereits besiegten Gegners untersagte, aber wer wusste schon, was den Clans noch alles einfiel?

Lhiannon verschwand hinter einem dunklen Felsvorsprung und beobachtete den Kampf. Das Überraschungsmoment war aufgebraucht, jetzt würden die Chancen ihrer Truppe auf den Nullpunkt sinken.

Jason übernahm nach einer Schrecksekunde das Kommando. Landser hatte zwar den höheren Rang, aber ein Zögern würde ihr Ende sein, vor allem bei solchen Gegnern.

Der *Masakari* zog sich unter dem Schutz der *Turkina* zurück. Vor ihnen hörten sie das charakteristische Dröhnen von Sprungdüsen. Es waren drei *Quasimodo IIC*, die angriffen. Jason durfte keinen einzigen dieser Mechs zu einem Schuss kommen lassen. Die Piloten der *Quasimodo IICs* waren berüchtigt.

Ein schneller Befehl, und Landser hatte mit seinem *Ostroc* einen ClanMech umgangen und feuerte beide

S-Laser ab. Die Energiewaffen fraßen sich in den schwach gepanzerten Rückentorso des Mechs.

Der Mech fiel.

Der Faustschlag eines anderen *Quasimodo IIC* riss den VCS-Offizier aus seiner Siegesfreude. Der *Ostroc* stürzte. Der Claner richtete seine Waffen für den tödlichen Stoß aus…

Die Blitz-KSR2 und die drei mittelschweren Impulslaser des *Raijin* brannten sich in den Torso des Claners. Eine Explosion – und der Mech war vernichtet. Wahrscheinlich hatte Ray die AK-Munition getroffen.

Die Antwort folgte sofort. Ein neuer Mech betrat die Bildfläche: ein *Black Lanner*. Die Salve konzentrierte sich auf das rechte Bein des *Raijin* und zerfetzte es. Die *Turkina* gab jetzt einen gut gezielten Schuss mit ihren schweren Impulslasern auf das Cockpit ab – Raymond Allison starb schnell und im Kampf.

Jason schrie wütend auf. Der *Black Lanner* wandte sich ihm zu. Die Mechs standen für eine Sekunde still, dann drückte Jason den Feuerknopf. Die Breitseite überlastete fast seine Wärmetauscher, aber das war ihm jetzt egal. Dafür zerstörte sie den *Black Lanner*.

Jason betätigte schnell die Sprungdüsen und entkam der Salve des *Black Lanner*, der wenige Augenblicke nach Jason gefeuert hatte. Er sprang nach vorne, mitten unter die Clans. Jason wollte die *Turkina*…

Tomoe riss ihren *Raptor* herum und stand dem letzten *Quasimodo IIC* gegenüber. Der *Kommando* war links von ihr. Tomoe wusste, dass sie tot war, und feuerte eine volle Salve ab. Die erste AK/20 des *Quasimodo IIC* feuerte im selben Moment. Während die drei KSR-Lafetten und der leichte ER-Laser die feindliche Panzerung an manchen Stellen nahezu auflösten, riss die Autokanone den Torso des *Raptor* von dessen Beinen.

Der Außenweltler manövrierte sich hinter den Claner und schlug mit voller Wucht auf den Kopf des *Quasimodo IIC* ein. Das Cockpit des ClanMechs wurde in Sekundenschnelle zerquetscht. Dann blickte der junge MechKrieger nach rechts. Der *Ostroc* stand wieder.

Jason hieb mit seinem linken Arm auf den Torso der *Turkina* ein. Der Claner torkelte zurück. Jason feuerte eine weitere Breitseite. Auf die Entfernung von zwei Metern eine volle Salve abzufeuern gehört zu den verzweifeltsten oder fanatischsten Taten, die ein Mech-Krieger überhaupt nur vollbringen konnte.

Jason erreichte sein Ziel nicht ganz. Die *Turkina* hielt dem konzentrierten Bombardement stand, aber ein Arm wurde abgetrennt. Jasons angeschlagener *Starslayer* hingegen bekam auch etwas von der Salve ab. Ein weiterer Schuss auf diese Distanz – und beide Mechs waren vermutlich zerstört.

Jason aktivierte eine weitere Salve. Er sah aus dem Augenwinkel heraus einen Schatten und… bemerkte den *Fire Falcon,* den letzten Mech der Clans, den sie zurückgehalten hatten.

Die 8 Raketen des *Fire Falcon* detonierten im Torso des *Starslayer*. Der *Starslayer* wankte und fiel. Ray war nicht alleine, wo immer er sich auch jetzt befand…

Nur noch der *Ostroc* und der *Kommando* standen. Beide Piloten warteten auf ihr Ende. Alleine die *Turkina* konnte sie schon in den großen MechKriegerhimmel schicken. Die drei ClanMechs griffen aber nicht an. Irgend etwas hielt sie zurück. Wahrscheinlich hatten sie auf diesem Pass zu viel Material verloren, um ihre Mission erfolgreich zu erfüllen.

Als der *Masakari* und die *Turkina* im Schutz des *Fire Falcon* abzogen, drehte sich der 25-Tonner zum letzten Mal zu ihnen um und verneigte sich.

Landser schluckte. Er musste zugeben, die Clans waren ehrenhafte und würdige Gegner, die man achten musste. Dieser Claner verneigte sich vor den Fähigkeiten einer Truppe, die zwei Sternen hinterhältig aufgelauert hatte.

Landser verneigte sich ebenfalls.

Einige Minuten Stille. Dann stürzte Lhiannon aus ihrer Deckung und rannte zu dem *Starslayer*. Der Außenweltler und Landser stiegen aus ihren Mechs. Beide blieben stumm.

Lhiannon riss die Rettungsluke des Mechs auf und robbte in das Cockpit. Es dauerte etwas, bis sie Jason herausgezogen hatte.

Landser glaubte zu träumen, als sie seinen blutüberströmten Körper in den Armen hielt und lachend rief: »Verdammt noch mal, er lebt!«

Der junge Außenweltler starrte die beiden verwirrt an.

Der VCS-Offizier glitt schnell in sein Cockpit zurück und aktivierte sein Kom. »Hier Freiwilligentrupp ›Firepass‹ an Kommando. Bitte kommen.«

Jemand meldete sich. »Hier HQ, Generalhauptmann Temmler. Ich hatte nicht erwartet, von euch noch ein Lebenszeichen zu hören.«

»Hauptmann Potter hat uns sehr gut postiert. Sie werden's nicht glauben, Generalhauptmann, aber wir konnten sie zurückschlagen. Haben allerdings schwere Verluste zu beklagen.«

»Akzeptabel, Hauptmann Landser. Ich erwarte dann Ihren Bericht.«

Landser zögerte. »Hören Sie, Generalhauptmann… Leutnant Boise ist schwer verletzt. Wir benötigen umgehend einen Rettungshubschrauber.«

Landser hörte, wie Temmler kurz mit jemandem redete, dann sagte er über Kom: »Warten Sie bitte. Es kann etwas dauern. Unsere Helis sind momentan total ausgelastet. Aber wir vergessen euch nicht, das verspreche ich.«

»In Ordnung, Generalhauptmann. Wir bleiben solange hier. Landser Ende.«

Der Hauptmann schaltete ab, schnappte sich den MedPack und eilte zu Jason.

Der Leutnant war schon so gut wie tot. Die Spritzen halfen ein bisschen, aber jeder wusste, dass ihn nur sofortige medizinische Hilfe retten konnte. Doch er konnte noch reden.

Lhiannon hatte es ihm bequem gemacht. Sein Kopf lag zufrieden in ihrem Schoß und irgendwann sagte er: »Weißt du, Lia, das erinnert mich an unsere erste gemeinsame Nacht.« Er brachte die Worte nur mühsam heraus.

Lhiannon lächelte unsicher.

Dann fragte Jason: »Warum erzählst du die Geschichte nicht weiter?«

Der Außenweltler betrachtete ihn überrascht. »Zum Teufel, niemandem hier ist nach einer Geschichte zumute.«

Jason lachte. »Mir schon. Tu mir den Gefallen, Lia. Ich habe sie immer so gerne gehört.«

Lhiannon wechselte einen kurzen Blick mit Landser. Der nickte fast unmerklich. Und der Außenweltler... er besaß genügend Taktgefühl, aber Lhiannon konnte seine Neugier sehen.

Lhiannon schluckte und fuhr zögernd mit ihrer Geschichte fort. »Also, von mir aus. Aber jetzt kommt der traurige Teil... Wir waren also auf dem Rückzug zu den Bergpässen des Grant-Massivs...«

Grant-Massiv, Amity
Liga Freier Welten

13. Januar 3033

LeFranc betrachtete still die Felshänge des Massivs.
Die Gebirge auf Amity besaßen eine unvergleichliche
Schönheit. Die Schlacht war verloren, Freewheel war
verloren, aber das sagte gar nichts aus. Ihre Position in
den Pässen war ohne extreme Luftunterstützung nicht
zu nehmen. Der Krieg blieb weiterhin unentschieden.

Und dann waren da noch die Siege der *Jacks*. Es waren zwar keine überwältigenden Siegesmeldungen, die
sie brachten, aber es war mehr, als LeFranc erwartet
hatte. Wenn er ehrlich war, dann hatte er ihren Tod erwartet. Er hatte ihn sogar herbeigehofft. Die Vernichtung der *Jacks* im Gefecht durch überlegene LCS-Verbände wäre ein ehrenhafter Tod gewesen, man hätte
nach dem Rückzug der Lyraner eine große Zeremonie
veranstaltet, große Reden geschwungen, und sie alle
wären als Kriegshelden in die Geschichte des Planeten
eingegangen. Aber so…

LeFranc würde seinen guten Namen mit Verrat beschmutzen, die *Jacks* würden ehrlos im Feld verrecken,
es würde kein Begräbnis für die gefallenen Helden
geben, keinen Ruhm, den man ernten konnte… aber
Thornten würde zufrieden sein. Und wofür? Für eine
Frau!

LeFranc betrachtete melancholisch die zauberhaften
Hänge des Massivs. Er hatte vor einigen Monaten
einen Mann in einer kleinen Kneipe in Freewheel getroffen, der ihn und seinen ganzen Stab die Nacht lang
mit Geschichten über Amity gefesselt hatte. Eine Geschichte – der Mann hatte starrköpfig behauptet, es sei
eine wahre Geschichte, während LeFranc sie für eine

Legende hielt, in der viel Phantasie, aber auch viel Wahrheit steckte – handelte von diesen Bergen. Le-Franc konnte sich nicht mehr genau daran erinnern.

Es ging darin um zwei verfeindete Parteien, die vor einigen hundert Jahren nicht mehr in der Lage gewesen waren, ihre Probleme auf zivilisierte Weise zu regeln, und einen furchtbaren Krieg heraufbeschworen hatten. Ein Massaker war auf das andere gefolgt. Obwohl die Kriegsmittel damals nicht so entwickelt gewesen waren wie in LeFrancs Tagen, hatten sich die Menschen gegenseitig in Massen abgeschlachtet. Es waren damals kulti-viertere Zeiten gewesen, doch die Dinge waren außer Kontrolle geraten, und niemand kümmerte sich um den Planeten. Die Siedler auf Amity waren mit ihrem Elend alleine gewesen. Man hatte sie vergessen und so konn-ten sie sich nach Belieben abschlachten. Man traf sich schließlich zur Entscheidungsschlacht am Fuß des Grant-Massivs. Aber obwohl die Bereitschaft zum Töten dagewesen war, fand der Kampf nicht statt.

Jetzt setzte die Legende ein. Das Grant-Massiv war von den ersten Siedlern, die fanatische Christen ge-wesen waren, als heilig verehrt worden. Nachdem der erste Schuss gefallen war, wurde Gott wütend, weil man diesen heiligen Ort entehrt hatte, und strafte die Menschen mit seiner ganzen Kraft. Gottes Zorn sollte so wie in biblischen Zeiten bei Sodom und Gomorrha gewesen sein. Der ›Mount Franklin‹, der höchste und eindrucksvollste Berg der Kette, war daraufhin wie eine Seifenblase zerplatzt und hatte die Kämpfer unter sich begraben. Überlebende hatte es keine gegeben, aber zwei Kinder hatten die Schlacht verfolgt, und ihnen offenbarte sich Gott. Seine Botschaft war einfach: Der Krieg missfiel Gott, besonders jener am Grant-Massiv.

Viele von LeFrancs Stabsoffizieren hatten über die Geschichte gelächelt und sie als Produkt von Märchenerzählern abgetan, aber es gab viele historische Tatsachen: der Krieg, die ungeklärte Explosion des ›Mount Franklin‹ und die darauf folgende Friedenspause, die 300 Jahre lang währte. Die Bewohner von Amity hatten sich dieses Ereignis von Generation auf Generation erzählt und unterließen es, Kriege zu führen… bis die Nachfolgekriege mit einem gnadenlosen Orbitalbombardement hereingebrochen waren und zum Ende der kultivierten Epoche führten.

Die Botschaft der alten Legende war genauso verloren gegangen wie die Friedfertigkeit von Amity. Vielleicht war es jetzt wieder Zeit. Vielleicht war der Zorn Gottes wieder da, wenn sie die *Jacks* auf dem Pass des Grant-Massivs bekämpften. LeFranc hoffte es.

Aber bevor ihn Gottes Zorn träfe, kam Jack Andersons Zorn. Man hatte ihn verraten. Er würde wie ein verletztes Raubtier sein: aggressiv und kampfbereit. Kein leichter Gegner…

LeFranc verlor sich noch einmal in der Schönheit des Gebirges. Der Himmel wurde langsam dunkel und in der Atmosphäre waren die ersten schwachen Nordlichter zu sehen: lange goldene Blitze. Die Nordlichter spiegelten sich verführerisch im Eis der Gletscher des Massivs, und die untergehende Sonne gab dem Ganzen noch das besondere Extra. LeFranc vergaß für einen Moment sogar die Kälte. Er konnte verstehen, warum der ehemals christlichen Bevölkerung das Massiv heilig gewesen war. Er war zwar Jude, aber um diesem Ort heilige Kräfte zusprechen zu können, musste man kein Christ sein…

Leutenient Gilbert trat leise an ihn heran. LeFranc seufzte, verfluchte in Gedanken die Störung und fragte verärgert: »Ja, Gilbert? Was ist?«

»Unsere Langstreckensensoren haben die *Jacks* ausgemacht. Sie werden in zehn Minuten hier sein.«

LeFranc nickte geistesabwesend. Thornten hatte irgend etwas von einem Plan erzählt. »Informieren Sie Thornten«, sagte er. »Ich komme in fünf Minuten nach.«

Gilbert nickte und ging. Fünf Minuten Zeit für Entspannung, fünf verdammte Minuten…

Jack stieg langsam aus seinem *Victor*. Er wusste nicht, ob er wütend werden oder weinen sollte. Er wusste nur eines: Wenn LeFranc oder Thornten oder einer aus dieser verfluchten Marik-Führung auch nur ein falsches Wort sagen würde, dann würde er töten.

Die *Jacks* versammelten sich um den Fuß des *Victor* und warteten auf ihren Kommandeur. Jack ließ sie gar nicht zu Wort kommen, sondern erklärte fest entschlossen: »Ich gehe jetzt zu diesen beiden Idioten und kläre die Angelegenheit ein für alle Mal.«

Lhiannon musterte ihn mild. »Brauchst du Rückendeckung, Jack?«

Jack überlegte kurz, dann schüttelte er den Kopf. »Danke für dein Angebot, Lia, aber ich muss das alleine machen.«

Dann ging er weg.

Tom fühlte einen Schmerz. Eine böse Vorahnung. Söhne hatten für so was manchmal einen sechsten Sinn…

LeFranc, Thornten und Aleisha Seytzmann warteten bereits. Als Jack Aleisha sah, wurde er neugierig. Hatten Sie auf ihn gewartet? Ein abgekartetes Spiel? Welche Rolle spielte Aleisha?

Thornten wandte sich an ihn. »Sie haben uns ja ganz schön lange warten lassen, Hauptmann.«

Jack ignorierte seine Begrüßung und sagte kühl: »Als ich meinen Kontrakt mit Janos Marik aushandelte, stand nirgendwo geschrieben, dass man uns strategisch wichtige Informationen vorenthalten darf. Ich verlange eine Erklärung.«

»Sie wollen eine Erklärung?«, fragte Thornten zynisch. »Machen Sie sich nicht lächerlich, Hauptmann. Sie sind der Letzte, der etwas fordern kann. Ihre Vergehen gegen die Liga sind zu extrem.«

»Welche Vergehen?«, fragte Jack verblüfft.

Thornten lachte laut auf. »Ich bitte Sie! Sogar Kapitän Seytzmann, Ihre eigene Landungsschiffkapitänin, kennt ihre Inkompetenz.«

Jack sah Aleisha überrascht an. Hatte sich alles gegen ihn verschworen?

Aleisha blickte ihn kühl an. Thornten musste ihr irgendeine Lüge aufgetischt haben.

Thornten fuhr fort: »Die Vernichtung des Depots am Lee-Massiv war unverantwortlich. Nach gültigem Kriegsrecht hätte der Leutenient-Kolonel die Erlaubnis, Sie exekutieren zu lassen.«

»Also bitte, Thornten«, erwiderte Jack wütend, »hätten Sie es lieber gehabt, wenn es in lyranische Hände gefallen wäre?«

»Sie hätten es halten müssen!«

»Wenn ich es gehalten hätte, dann hätte keiner meiner Leute überlebt. Inklusive Ihres Sohnes. Wissen Sie, Thornten, ich habe nicht ein einziges Vergehen gegen die Liga begangen. Die einzigen Verbrecher hier sind Sie und LeFranc. Sie haben meine Einheit verraten. Sie haben Ihren Sohn für Ihre Zwecke missbraucht und wären auch über seine Leiche gegangen.«

Thornten ignorierte Jacks Beschuldigungen. »Ein Rückzug war keine Option. Aber ich konnte LeFranc davon überzeugen, dass Sie lebend wertvoller für uns sind. Sie werden lediglich das Kommando über Ihre Einheit für den Rest der Kämpfe an einen unserer Offiziere abgeben. Wir werden Sie solange in Arrest stecken.«

Jack sah ihn sprachlos an.

Thornten hielt dem Hauptmann eine Urkunde hin. »Ich brauche nur Ihren Fingerabdruck auf dem roten

Feld. Sie bestätigen damit alles, was ich gerade gesagt habe.«

Jacks Wut kehrte zurück. »Was bilden Sie sich eigentlich ein, Sie verfluchter…?«

Thornten grinste, schloss die schwere Eisentür und lehnte sich dagegen. »Ich hatte gehofft, dass Sie mein Angebot annehmen, aber es ist schließlich Ihre Sache.«

LeFranc übernahm das Wort. »In einem hat Mr. Thornten Recht: Die Zerstörung des Depots war…«

Ein unerwarteter Schuss unterbrach ihn. Thornten hielt den *Mini-Nadler* noch in der Hand.

Jack zuckte zusammen, blickte auf das kleine Loch in seiner Brust, taumelte zurück und fiel.

Aleisha starrte Thornten einen Moment lang bestürzt an, stürzte zu Jack hin und sah ihm in die Augen. Als er zu atmen aufgehört hatte, drückte sie sie langsam und sanft zu.

Stille.

»War das nötig?«, fragte sie tonlos. »Sie hätten ihn auch einsperren können.«

Thornten schüttelte den Kopf. »Nein. Es wäre nicht dasselbe gewesen.«

LeFranc starrte auf die Leiche und kam erst jetzt wieder zu sich. Er brüllte Thornten an: »Verdammt, was sollte *das*??«

Thornten wandte sich zu ihm um. »Das war eine gute Möglichkeit, dieses ›Problem‹ endlich aus der Welt zu schaffen.«

Thornten beachtete ihn nicht weiter und drückte Jacks Daumen auf die Urkunde.

LeFranc fand wieder zu sich und fragte sarkastisch: »Und? Fühlen Sie sich jetzt besser? Nachdem Sie einen guten Offizier hinterrücks erschossen haben?«

Thornten lachte bitter. »Mein lieber Leutenient-Kolonel, Sie wissen doch: eine schlechte Tat am Tag!«

LeFranc wandte sich an Aleisha und fragte fassungslos: »Und Sie? Ich dachte, Sie waren seine Frau?«

Aleisha blickte weg. »Irgendwann wäre der Tag sowieso gekommen, an dem ich seine Leiche hätte sehen müssen.«

»*Das* ist alles, was Sie dazu zu sagen haben???«

Thornten schaltete sich ein. »Na los, Aleisha! Erzähl ihm von unserer Abmachung.«

Aleisha schluckte. »Es ist ganz einfach: Die *Esmeralda* und das Leben ihrer Crew, inklusive meinem, gegen einen Kontrakt mit Thornten.«

LeFranc ließ sich in den Sessel fallen. »Sie haben sich ja gut abgesichert. Aber das eine sage ich Ihnen: Wenn Sie Andrea nicht herbringen, dann ziehe ich Ihnen bei lebendigem Leib die Haut ab.«

»Natürlich.« Thornten lächelte. Er drehte sich zu Aleisha um. »Ich danke Ihnen. Sie stehen dann in Striker bereit. Aber jetzt gehen Sie bitte.«

Aleisha nickte und ging.

Thornten blickte ihr kurz nach. »Eine interessante Persönlichkeit, diese Aleisha. Richtig kaltschnäuzig. Was meinen Sie? Sie würde doch gut zu mir passen… Na ja, lassen wir das. Ich habe vor, die *Jacks* als planetare Miliz zu behalten. Wir haben jetzt sogar Jacks Fingerabdrücke.«

»Sie werden Jack sprechen wollen.«

»Wir erklären, dass er gerade verhört wird.«

LeFranc schüttelte den Kopf. »Das funktioniert nicht.«

»Wenn sie es nicht glauben, dann erklären wir sie zu Verbrechern und Feinden der Liga, und Sie werden sie jagen und vernichten.«

»Ich glaube, der Plan hat einen kleinen Schwachpunkt: Ich habe kaum genug Truppen, um den Pass zu halten. Wie sollte ich eine Einheit jagen, die bisher die meisten militärischen Erfolge für uns verbucht hat?«

»Da habe ich doch glatt die richtige Lösung: eine

ganze Kompanie BattleMechs! Alles frische und kampfeshungrige Kopfgeldjäger.«

»Sie hatten die ganze Zeit eine zusätzliche Kompanie in der Rückhand?«, flüsterte LeFranc ungläubig.

»Natürlich. Das ist meine persönliche Privatarmee. Aber machen Sie sich keine unnötigen Hoffnungen: Ich lasse sie nur dann gegen die LCS ausrücken, wenn die Lanciers diesen Pass hier verloren haben.«

»Natürlich. Etwas anderes hätte ich von Ihnen auch gar nicht erwartet.«

»Ach ja… da wäre noch etwas. Jason werden Sie wieder abkommandieren. Er soll endlich wieder für die Liga kämpfen.«

Die *Jacks* waren alles andere als begeistert. Lhiannon glaubte der ganzen Sache nicht und wollte Jack sehen. Shedler und Tom schlossen sich ihr an.

Jason bezeichnete LeFranc als inkompetent und seinen Vater als Vollidioten. Als er den Befehl seiner neuerlichen Abkommandierung bekam, verlangte er, sofort mit seinem Vater zu sprechen. Natürlich wartete er nicht auf die Bestätigung, sondern suchte ihn selber. Adrian Butcher begleitete ihn. Es war ja möglich, dass bei Tores Thornten auch Helen Thornten zu finden war.

Jason fand seinen Vater im Verwaltungsbüro. Adrian sah Helen im Hintergrund, hielt sich aber zunächst kampfbereit hinter Jason auf. Der Schütze nickte Adrian kurz zu und machte deutlich, dass er alleine mit seinem Vater reden wollte.

Wenn Adrian es recht überlegte, dann war es unrealistisch, dass Thornten seinem Sohn schaden wollte. Helen winkte Jason ebenfalls aus dem Zimmer. Sie wirkte besorgt. Jasons Blicke hatten genug gesagt. Es würde Ärger geben. Aber zumindest traf sie so Adrian auf dem Gang wieder.

Jason wartete, bis Adrian und Helen gegangen waren und die schalldichte Tür geschlossen hatten. Er ließ Thornten nicht zu Wort kommen, sondern brüllte: »Verdammt, Tores! Was soll das alles? Warum sperrst du Jack ein? Warum kommandierst du mich ab?«

»Jason, woher hast du das schon wieder? Das waren LeFrancs Beschlüsse. Ich finde es ja auch sinnlos, aber LeFranc lässt nicht mit sich reden.«

Jason lachte ärgerlich. »Ach komm, Tores. Einen anderen kannst du täuschen. Ich kenne dich. Ich kenne deine Macht auf Amity. Das war einer von deinen Winkelzügen.«

Thornten musterte ihn eiskalt. »Ja, du hast Recht. Es waren meine Befehle. Du weißt ja gar nicht, wie leicht es war, LeFranc unter Kontrolle zu bekommen.«

»Und warum?«, fragte Jason.

»Jack Anderson ist ein Verbrecher und Unruhestifter. Er mag vielleicht ein militärisches Genie sein, aber deswegen darf er sich nicht über unsere Regeln hinwegsetzen.«

»Welches Gesetz hat er denn gebrochen?«

»Er hat mehrmals Befehle missachtet und wertvolles Material zerstört. Jack glaubte, es sei besser, das Depot zu zerstören, als es den Lyranern zu überlassen… vielleicht hatte er Recht. Aber damit hat er eindeutig gegen das Kriegsrecht der Liga verstoßen.«

»Also, Tores, dieses Kriegsrecht kann man bestenfalls als Richtlinie benutzen. Man darf es auf keinen Fall so direkt auslegen.«

»Das ist deine Meinung, aber ich habe eine andere. Und die zählt.«

»Und warum hast du mich zurückgeschickt?«

»Nur zu deinem Besten, Jason. Die *Jacks* sind eine Ansammlung von Versagern. Das ist keine Umgebung für dich.«

Jason lächelte überlegen. »Jeder von diesen Versagern hat mehr Abschüsse als irgendein regulärer Soldat der Liga auf Amity.«

»Gut, sie können vielleicht kämpfen, aber mehr nicht.«

»Das musst du mir beweisen.«

Thornten drückte einige Tasten auf seinem Computer und las vor: »Jack Anderson wurde dreimal wegen Befehlsverweigerung degradiert. Robert Shedler ganze fünfmal wegen übertriebener Härte. Juri Barkonoffs Vergangenheit ist ungeklärt. Jack gabelte ihn vor sechs Jahren an der Peripherie auf. Wahrscheinlich ist er früher Pirat gewesen. Karl Trunkmann wurde aus den LCS wegen eines schweren Drogendeliktes unehrenhaft entlassen. Takiro Chokamoto wurde wegen Disziplinlosigkeit und Feigheit vor dem Feind aus den VSDK geprügelt, wollte dann zu *Wolfs Dragoner*, wurde allerdings abgelehnt. Jack fand ihn in irgendeiner heruntergekommenen Kneipe auf Solaris. Lhiannon Potter war früher auf unzähligen Planeten als bekannte Hure verschrien. Anastasia Schmelzer stammt aus einer angesehenen Familie auf Terra, wollte ComStar beitreten, wurde allerdings wegen Illoyalität nicht aufgenommen und hat den abschließenden Test, der ihr die MechKriegerkarriere ermöglichte, nur durch Betrug bestanden. Willst du noch mehr hören?«

Jason imitierte ein Gähnen. »Nein, ich bin schon gelangweilt genug. Weißt du, Tores, es spielt keine Rolle, was sie früher getan haben. Für mich zählt nur der Augenblick. Und ehrlich gesagt gefällt mir jeder einzelne *Jack* momentan besser als du. Auf die kann man sich nämlich verlassen.«

»Natürlich. Aber das ändert nichts an deinen Befehlen. Du wirst dich spätestens morgen bei deiner alten Einheit melden. Ist das klar, Schütze?«

Jason salutierte und trat wortlos weg.

Adrian und Helen gingen ziellos in der Verwaltung herum. Helen redete wie ein Wasserfall. Adrian freute sich, dass sie beide in der gleichen Basis arbeiteten. Irgendwann musste sie Luft holen. Adrian nutzte die Gelegenheit und fragte, was sie an diesem Abend vorhabe.

Helen lächelte schelmisch und erwiderte: »Ich lerne dich genauer kennen.«

»Wie genau?«, wollte Adrian wissen.

»So genau wie du willst«, gab sie zurück.

Als Adrian zurückkam, saßen seine Kameraden beisammen und sprachen leise miteinander. Sie waren alle da. Nur Jack fehlte. Die Mechs der anderen standen immer noch nicht im Hangar. Adrian wunderte sich. Er hatte damit gerechnet, der Letzte zu sein, der seinen Mech wegräumte. Er hatte sich sogar schon auf Jacks Anschiss vorbereitet.

Lhiannon empfing ihn schlecht gelaunt. »Einheit noch mal, Adrian, wo warst du so lange?«

Adrian überlegte kurz. Ach, was sollte es, wenn alle zuhörten. Auf kurz oder lang würden sie es sowieso herausbekommen. »Lia, ich war bei Helen. Ich bin heute Nacht bei ihr.« Er blickte vorsichtig zu Jason. Der versuchte, tolerant zu lächeln. »Ich parke meinen Mech im Hangar und verschwinde dann wieder. Leg bei Jack bitte ein gutes Wort für mich ein.«

Lhiannon erwiderte ernst: »Jack ist tot.«

Adrian stoppte in seiner Bewegung und starrte sie ungläubig an. »*Was*?«

»Aleisha war da. Ich glaube, die Lage hat sich etwas verändert. Wir müssen reden.«

14

Striker, Amity
Liga Freier Welten

13. Januar 3033

Aleisha Seytzmann hatte kaum Zeit. Man würde bald herausbekommen, dass sie die *Jacks* informiert hatte. Thornten würde befehlen, die Crew der *Esmeralda* zu töten und das Schiff unter Marikbefehl zu stellen. Sie hatte Lhiannon gebeten, zwei Stunden zu warten, bis sie etwas unternahm. Aleisha benötigte neunzig Minuten nach Striker, zehn, um zur *Esmeralda* zu kommen und eine Viertelstunde, um zu starten – wenn alles gut ging. Wohin sie startete, wusste sie auch schon.

Ihre Gedanken kreisten um Jack. Sie hatte ihn verraten, sie hatte es tun müssen. Aber der Lohn für den Verrat war das Leben ihrer Crew gewesen. Jack hätte es sicher verstanden. Ja, der Tag, an dem sie seine Leiche hätte sehen müssen, wäre ohnehin gekommen. Der einzige Unterschied war, dass sie sich jetzt mitschuldig gemacht hatte. Sie hoffte nur, dass sie die Leben der übrigen MechKrieger und Techs ebenfalls hatte retten können. Unter dem Befehl von Thornten wären die *Jacks* auf jeden Fall untergegangen. So hatten sie eine Chance.

Der Schweber erreichte Striker. Aleisha betrat ihr Landungsschiff fünf Minuten später. Ihr Navigator, Ross Sorkowsky, empfing sie überrascht. Er hatte sie nicht vor morgen mittag erwartet.

Aleisha verschob die Erklärungen und sagte: »Schmeiß die Jungs aus ihren Betten, wir starten in zwanzig Minuten.«

Ross musterte sie ernst. »Was ist los, Aly?«

»Keine langen Ausführungen, Ross. Die bekommt ihr später. Jetzt führst du meine Befehle aus… Ach, und bitte keine Nachricht an den Tower. Je später die merken, dass wir starten, desto besser.«

»Aye, Sir«, bestätigte der Navigator und betätigte den Knopf für den schiffsinternen Alarm. Dann fuhr er die Waffensysteme hoch und aktivierte die Zielerfassung.

Aleisha dankte Gott, dass sie einen Mann hatte, der auch ohne Erklärungen wusste, worum es ging. Aleisha ließ die Triebwerke langsam heißlaufen.

Jetzt hieß es warten. Bevor die Triebwerke nicht ihre volle Leistung erreicht hatten, war ein Start unmöglich.

Zwei Minuten später erreichten die übrigen Crewmitglieder der *Esmeralda* die Brücke. Erklärungen waren auch diesmal nicht nötig. Das kleine Wörtchen ›Fluchtstart‹ genügte allen. Natürlich waren sie verwirrt, aber Aleisha war ihre Kapitänin, und jeder wusste, dass ihre Loyalität dem Schiff und der Crew galt. Aleisha war der Kapitän. Und der Kapitän wusste schon, was er tat…

Nach zehn Minuten meldete sich der Tower. Aleisha nahm das Gespräch auf dem Hauptmonitor entgegen.

»Hier Hafenkontrolle. Was geht bei ihnen vor? Wir empfangen erhöhte Energiewerte von ihnen.«

»Eine reine Routinesache, Tower. Wir säubern unsere Triebwerke.«

»Ich habe hier keine Genehmigung vorliegen.«

Aleisha wandte sich verärgert an Sorkowsky. »Navigator, ich hatte Ihnen doch befohlen, den Tower zu informieren.«

Sorkowsky blickte sie reumütig an. »Entschuldigen Sie, Kapitän, ich muss es wohl vergessen haben.«

Aleisha wandte sich wieder an den Wachmann auf dem Monitor. »Es tut mir Leid, aber mein Navigator neigt in letzter Zeit etwas zur Vergesslichkeit. Hören Sie, in fünf Minuten sind wir fertig. Tun Sie uns den Gefallen und lassen Sie es uns noch zu Ende bringen.«

Die Wache verzog das Gesicht. »Also, ohne Genehmigung...«

»Bitte! Ich lade Sie morgen auch zum Essen ein. Mögen Sie Italienisch?«

Der Wachmann musste lachen. »Na, von mir aus. Aber in fünf Minuten sind Sie fertig.«

Aleisha schaltete ab und atmete tief durch. Sorkowsky grinste sie breit an.

Nur noch zwei Minuten. Der Tower meldete sich wieder. Sie hatten die Frist überzogen. Aleisha ignorierte ihn und sagte zu Sorkowsky: »Los, Blitzstart!«

Sorkowsky protestierte. »Ein Blitzstart, und die Hälfte aller Systeme brennt uns durch! Die Tech-Crew wird dich in der Luft zerfetzen. Nur noch zwei Minuten.«

Sorkowsky sah Aleisha fragend an. Aleisha nickte. »Gut, wir warten.« Sie wandte sich an ihren Bordschützen. »Wenn sich da draußen was rührt, schieß darauf, egal was es ist.«

Noch eine halbe Minute. Jetzt konnten sie es riskieren. Aleisha gab einen schnellen Befehl, und die *Esmeralda* hob sich langsam in die Lüfte.

Sorkowsky fragte: »Welcher Kurs?«

»Nach Ruhr.«

»Aber...«

»...Ich weiß, Ross. Vertrau mir einfach.«

Ein Schuss fiel. Wahrscheinlich irgendeine schwere Waffe, die das Schiff gestreift hatte. Der Bordschütze erfasste das feindliche Geschütz und feuerte mit einer Backbordsalve zurück. Dann erfasste er auch den Tower und feuerte eine PPK ab. Die Hafenkontrolle stob wie ein Kartenhäuschen auseinander.

Die *Esmeralda* gewann schnell an Höhe. Sorkowsky gab den Kurs ein und sie nahmen Geschwindigkeit auf. Als sie das Grant-Massiv überquerten, musste Aleisha an die *Jacks* denken.

Die Erklärung war nach einigen Minuten beendet. Alle teilten Aleishas Gefühle. Vor allem teilten sie ihre Meinung über Thornten. Vielleicht hätte er die ersten Tage Wort gehalten, aber mit der Zeit hätte er seine Versprechen gebrochen. Sie waren in Thorntens Machtbereich nicht mehr sicher. Aleishas Plan, was die Zukunft der *Esmeralda* betraf, fand ebenfalls allgemeine Zustimmung.

Nach einer halben Stunde antwortete das lyranische HQ in Ruhr endlich auf Aleishas Rufe. »Hier ist Oberst Forster von den 10. Skye Rangers, LCS.«

»Es ist mir eine Freude, Oberst. Ich bin Kapitän Aleisha Seytzmann, Landungsschiff *Esmeralda*, Angehörige der Söldnereinheit *Mad Jumpin' Jacks*. Hätten Sie Interesse an unseren Diensten?«

Das Erscheinen der *Esmeralda* war das vereinbarte Zeichen. Lhiannon sah das vorüberfliegende Landungsschiff und gab ihren Befehl. Die Techs und MedTech Viewman waren bereits vor zehn Minuten weggefahren. Nach Lamberts Meinung war ihre alte Basis noch immer brauchbar. Vor allem hatten die Techs nicht die Möglichkeit gehabt, alles wegzuschaffen. Das, was sie fortgebracht hatten, befand sich noch auf den Schwebern der Techs. Die Basis war immer noch voll gestopft mit Reparaturmaterial.

Anastasia steuerte Jacks *Victor*. Ihre eigene *Wespe* war schwer angeschlagen, und den *Victor* wollte Lhiannon LeFranc unter keinen Umständen überlassen. Anastasia zerstörte ihre *Wespe* selbst. Die Mariks hatten den *Jacks* den Krieg erklärt. Als die beiden M-Laser abgekühlt waren, verschwand Anastasia in der Nacht.

Die Basis lag still vor ihnen. Keine Regung in der eiskalten Nacht. Lhiannons Außenthermometer zeigte minus 50° Celsius an. Glücklicherweise erzeugte der Fusionsreaktor der Mechs genügend Abwärme.

Lhiannon gab das abgemachte Zeichen. Die Hangartore öffneten sich ächzend und die neun Mechs marschierten hinein. Sollten die MechKrieger gefürchtet haben, dass Lamberts Crew sich lediglich zu einer kleinen Skatrunde versammelt hatte, sahen sie sich getäuscht. Die Techs hatten alles vorbereitet und standen wartend an den Roboterkonsolen. Lhiannon verdonnerte ihre Einheit zur Mithilfe. Je schneller sie die Mechs wieder halbwegs fronttauglich hatten, konnte es losgehen.

Viewman behandelte die Blessuren der MechKrieger die ganze Nacht hindurch. Lhiannons Bein war immer noch nicht richtig ausgeheilt, obwohl die Aufbautherapie wirkte. Vielleicht dauerte es noch zwei Tage, bis der Knochen wieder ausgeheilt war. Aber die Schmerzen würden noch eine Woche lang andauern. Viewman hatte sie eindringlich gebeten, sich zu schonen, dann würde der Heilungsprozess noch schneller vonstatten gehen, aber er stieß auf taube Ohren. Sie hatten die ganze Nacht durchgearbeitet. Die Mechs waren wieder kampffähig.

Lia gönnte sich und den anderen vier Stunden Schlaf. Die Sensoren der Basis überwachten die Außenwelt. Diesmal hatten sie Glück. Niemand kam. Weder die Lyraner noch die Mariks ließen sich blicken. Warum auch? Die Lanciers mussten noch ihre Wunden lecken und ihre Position sichern und die Lyraner suchten wahrscheinlich in den Trümmern von Freewheel nach den MechBauplänen. Diese verfluchten Baupläne! Sie waren der Grund, warum Hunderte guter Männer und Frauen hatten sterben müssen.

Lia hatte sich in der Vergangenheit oft heimlich gewünscht, dass die Lyraner sie durch einen Zufallstreffer in die Hände bekommen hätten. Die LCS wären abgezogen und es wäre Frieden eingezogen… Vermutlich…

Die Mitglieder der Einheit fanden sich nach fünf Stunden in der Messe ein. Lhiannons Befehl. Lhiannon erklärte nach einer Weile ernst: »Jack ist tot.«

Pause.

»So tragisch das ist, wir müssen uns auf einen weiteren Angriff vorbereiten. Dieser Angriff könnte von jeder Seite kommen. Wir liegen hier in einem offenem Gelände. Sowohl die LCS als auch die Lanciers können uns selbst mit unterlegenen Truppen die Hölle heiß machen.«

»Tatsache!«, bestärkte Robert.

»Unsere Verluste sind erheblich. Vor allem in der Kommandostruktur. Ich schlage vor, dass Anastasia vorläufig das Kommando über die Schlachtlanze erhält, Takiro über die Kampflanze. Ich behalte die Nahkampflanze.«

Einstimmiges Nicken.

Jasmine übernahm zögernd das Wort. »Nichts für ungut, Lia, die Entschlüsse sind brauchbar, aber... wieso befiehlst du eigentlich?«

»Weil Jack und Karl tot sind. Ich bin die Nächste.«

»Also, du befehligst zwar eine Lanze, aber soweit ich weiß, hat das Takiro auch schon getan. Und soweit ich weiß, habt ihr beide den gleichen Rang. Und Tom würde ich auch nicht vergessen.«

Lhiannon zog verwirrt die Augenbrauen hoch: »Tomas Anderson?« Sie wandte sich an Tom, der still dasaß und zuhörte. »Tut mir Leid, Tom, aber dafür bist du noch nicht geeignet. Du bist ein hervorragender Mech-Krieger, aber zu einem Kommandeur gehört mehr.«

Sie wandte sich wieder an Jasmine. »Wie kommst du auf den Gedanken?«

»Es wäre vielleicht gut, wenn wieder ein Anderson den Befehl hätte. Immerhin hat sein Vater die Einheit gegründet und nur darauf gewartet, dass Tom sie übernimmt.«

»Natürlich. Aber er hat noch nicht die nötige Qualifikation. Ich überlasse diese Kompanie keinem gewöhnlichen Soldaten, der nur seinen Mech im Kopf hat.«

»Okay, von mir aus, aber was ist mit Takiro?«

Chokamoto übernahm das Wort. »Ich halte das für keine gute Idee, Jasmine.«

»Weshalb? Ich dachte, ihr MechFritzen tut nichts lieber als zu befehlen.«

»Mein letztes Kommando über eine Kompanie verlief alles andere als wünschenswert. Außerdem beneide ich Lhiannon keineswegs um dieses Kommando.«

Jasmine schüttelte verwirrt den Kopf. »Also, in Ordnung, Lia hat ja schon gezeigt, dass sie was von Taktik versteht.«

Alle Augen richteten sich wieder auf Lhiannon. Diese wandte sich an Jason. »Bevor wir weitere Einzelheiten besprechen… Jason?«

»Ja, was ist?«

»Es ist dir sicherlich niemand böse, wenn du jetzt gehst und zu den Lanciers wechselst.«

Jason lachte laut auf. »Ein guter Witz, Lia. Ich bleibe hier.«

»Du müsstest gegen alte Freunde kämpfen, gegen deinen Vater, gegen deine Schwester.«

Jason wurde ernst. »Ich habe mir das auch schon überlegt. Zum Teufel mit meinen so genannten Freunden und mit Tores Thornten! Und gegen Helen muss ich schließlich nicht im Feld kämpfen.«

»Das bedeutet, dass du von Marik geächtet wirst und nur noch zu uns gehörst.«

»Das Risiko gehe ich ein.«

Lia lächelte ihn warm an. Sie hatte es gewusst! »Gut, dann an die Arbeit.«

»Was hat Aleisha eigentlich getan?«, fragte Anastasia.

»Ich glaube, sie ist zu den LCS übergelaufen.«

»Gute Idee.«

»Nein, nicht gut. Wir sind beiden Seiten ein Dorn im Auge. Und den LCS nützen wir gar nichts. Wenn wir überlaufen, dann stecken die uns höchstens in ein Kriegsgefangenenlager. Vergiss es.«

»Und Aleisha?«

»Gute Landungsschiffe und qualifizierte Piloten braucht jeder. Aleisha wird sicherlich einen guten Preis aushandeln.«

»Was tun wir also?«

»Halten uns aus dieser ganzen Sache heraus. Bis die Falken eintreffen, führen wir nur Defensivaufgaben aus. Keine Angriffe. Sobald die Lyraner gemerkt haben, dass wir uns raushalten, werden sie uns in Ruhe lassen. Die Lanciers sind für einen entscheidenden Angriff ohnehin viel zu schwach.«

Leutenient Gilbert betrat LeFrancs Büro.

Der Kommandeur nickte. »Schon alle versammelt?«

»Alle Lanciers und Milizsoldaten warten auf Ihre Ansprache, Sir.«

LeFranc seufzte und trat schweigend aus dem Zimmer. Gilbert begleitete ihn und nahm eine verteidigende Position hinter seinem Vorgesetzten ein. Seine Adleraugen würden jedes Problem erspähen – und die Laserpistole in seinem Halfter würde es beseitigen.

LeFranc war erstaunt, wie viele Soldaten noch unter seinem Befehl standen. Natürlich, die konventionellen Einheiten hatten nicht ganz so gelitten wie die Battle-Mechs.

LeFranc stellte sich vor seine Soldaten. »Die Lage hat sich gewandelt. In den letzten Tagen hat sich die Beziehung zu den *Mad Jumpin' Jacks* verschlechtert. Hauptmann Anderson hatte in einigen wichtigen Punkten andere Meinungen und hat direkte Befehle missachtet. Die Lage eskalierte vor ungefähr drei Stunden. In einem Handgemenge wurde Hauptmann Anderson getötet. Die *Jacks* sind ohne Befehl abmarschiert. Wir müssen sie als Feinde der Liga betrachten. Jeder, der einen *Jack* vor die Rohre bekommt, feuert also ohne Vorwarnung.«

Bestürztes Schweigen. Niemand hatte etwas geahnt.

LeFranc fuhr fort. »Ich... weiß, dass viele hier die *Jacks* geradezu verehren. Bis zu einem gewissen Grad tue ich das selber auch. Und mir widerstrebt es auch, sie zu bekämpfen. Leider lässt die Situation nichts anderes zu. Natürlich werde ich keinen Soldaten, der hier vor mir steht, gegen sie ausrücken lassen. Wenn sie so dumm sind und uns angreifen, dann werden wir uns verteidigen, aber ich werde keine offensiven Aktionen gegen eine Einheit unternehmen, bei der wir alle tief in der Schuld stehen. Auch wenn sie nur bezahlte Soldaten sind, ihre Loyalität war immer unumstritten...

Es werden andere MechKrieger sein, die gegen sie kämpfen. Die Regierung hat Kopfgeldjäger angeheuert, die diese Drecksarbeit für uns übernehmen werden. Wir werden diese MechKrieger durch unsere Posten lassen, aber ob ihr den *Jacks* oder unseren neuen Freunden den Sieg gönnt, das soll jeder für sich entscheiden.«

LeFranc trat mit Gilbert, der schweigend folgte, weg.

Die Lanciers brauchten einige Zeit, um das Gehörte zu verarbeiten. Dann folgten die Gespräche. Einige beschimpften LeFranc und Thornten, murrten tatenlos und gingen zurück. Die Theoretiker.

Andere erklärten die Marik-Führung für inkompetent und wollten entweder LeFrancs Kopf auf einem Tablett serviert bekommen oder zu den *Jacks* überlaufen. Die Praktiker.

Sie wurden von der dritten Art gestoppt. Diejenigen, die die Situation zumindest teilweise verstanden – oder so taten – und LeFrancs Ankündigung zwar verdammten, aber klarstellten, dass LeFranc ein fähiger und loyaler Kommandant war, der Gesetzen unterworfen blieb, auch wenn sie ihm selber nicht passten. Und sie bestätigten, dass sie Jahre lang unter LeFrancs Befehl gestanden hatten und niemals einen Nachteil daraus gezogen hatten. Die Erfahrenen.

Sie überzeugten die anderen schließlich.

Der Leutenient-Kolonel riss die Tür zu seinem Büro auf. Er war in wirklich *schlechter* Laune. Er hätte es verstanden, wenn seine Leute ihn hängen würden. Warum taten sie es nicht?

Natürlich: Sie waren loyale Lanciers. Als er dieses Kommando vor Jahren übernommen hatte, war es seine Absicht gewesen, aus einem unkameradschaftlichen Haufen eine eingeschworene Truppe zu formen. Er war als Reformer bekannt geworden. Nicht jeder hatte seine Visionen für gut befunden. Er hatte viel Kritik und Spott geerntet. Aber das alles war unwichtig. Er hatte etwas, das kein Kommandeur sonst in der Liga besaß. Ihm stand eine loyale Armee zur Verfügung, die jeden Befehl widerspruchslos befolgte, selbst wenn er sie offensichtlich zur Schlachtbank führte. Heute wünschte er, seine Soldaten würden ihm das Kommando abnehmen und ihn einsperren.

Thornten wartete im Zimmer. LeFranc spießte ihn mit seinen Blicken auf. Thornten erklärte tonlos: »Eine wirklich eindrucksvolle Rede, Leutenient-Kolonel.«

»Was wollen Sie?«

»Die Lanciers werden also nicht gegen die *Jacks* marschieren?«

»Genau.«

»Das finde ich gar nicht gut. Ihre Frau wird da gleicher Meinung sein.«

»Treiben Sie's nicht zu weit, Thornten. Ich habe schon genug getan.«

»Und ich habe noch gar nicht einmal angefangen«, erklärte Thornten.

LeFranc zog schnell seine Pistole und richtete sie auf Thornten.

Stille.

LeFranc konnte für wenige Sekunden blanke Angst im Gesicht des Politikers sehen. Dann kehrte seine Gelassenheit zurück. »Was würden Sie damit erreichen? Die Lyraner sind überlegen, die Schandtaten schon ausgeführt, Ihre Truppen geschlagen. Sicherlich, Sie könnten vielleicht eine Aussöhnung mit den *Jacks* zustande bringen, aber das ist alles. LeFranc, die Toten kann man nicht wieder lebendig machen. Auch nicht durch Mord. Mein Tod würde nur Fragen aufwerfen. Ihre Karriere wäre zu Ende. Ihre geliebte Frau würde nicht zurückkommen. Und Befriedigung erhalten Sie auch nicht, das weiß ich.«

LeFranc erwiderte kalt: »Hat irgend jemand behauptet, dass ich Sie töten will?«

»Ich verstehe nicht.« Thornten wirkte verwirrt.

»Sie haben selbst gesagt, dass man die Toten nicht mehr zurückholen kann. Aber man kann zu einem gewissen Grad den Tod weiterer Opfer verhindern… Wenn die Lanciers gegen die *Jacks* ausrücken, dann lasse ich Helen exekutieren.«

Thornten wurde blass.

LeFranc fuhr fort: »Ich glaube nicht, dass Helen Ihnen so wenig bedeutet wie Jason. Ihn haben Sie schließlich nur adoptiert, aber Helen ist Ihre richtige, leibliche Tochter. Sie sind zwar skrupellos, aber ich glaube, der Preis, den Sie zahlen müssen, ist Ihnen für diese Kleinigkeit zu hoch.«

Thornten schluckte und nickte dann. »Also gut, der Punkt geht an Sie.«

Helen stand auf einmal in der Tür. Sie starrte die beiden entgeistert an.

LeFranc fragte geistesgegenwärtig: »Miss Thornten, wie viel haben Sie mitbekommen?«

»Genug«, erwiderte Helen kühl und wandte sich an Tores. »Ist das die hohe Kunst der Politik? Über das Lebensrecht eines Menschen zu verhandeln, während das Opfer gar nicht dabei ist?«

Tores schwieg.

»In der Regel tut man das so, Miss«, sagte LeFranc. »Wenn Sie wüssten, wie viele Soldaten und Zivilisten am Frühstückstisch hochrangiger Generäle zum Verrecken verurteilt wurden...«

Helen wechselte das Thema. »Ich kann es mir vorstellen. Aber darüber spreche ich mit meinem Vater noch eingehender. Ich bin wegen etwas anderem hier. Wegen Jason.«

»Ich höre, Miss.«

»Was geschieht mit ihm? Er ist offiziell immer noch ein Ligasoldat.«

»Ich sehe da zwei Möglichkeiten: Entweder hat er sich im Nachhinein für die Liga entschieden und wurde deswegen von den *Jacks* schon getötet, oder er kämpft als *Jack* gegen uns.«

»Nehmen wir an, er kämpft gegen die Lanciers und wird gefangen – oder kehrt aus freien Stücken zurück.«

»Dann wird er wegen Fahnenflucht erschossen.«

Helen schwieg. Dann wandte sie sich an Tores. »Verdammt, tu was. Steh nicht so untätig rum. Er gehört schließlich zur Familie.«

Tores zuckte mit den Achseln. »Er hat sich selber da reingeritten. Er ist jetzt unser Feind.«

Helen wurde weiß vor Zorn und schrie: »Vielleicht deiner, aber nicht meiner.«

Sie stürmte davon.

Tores rief ihr hinterher: »Mach bloß keine Dummheiten. Es reicht schon, wenn ich einen von euch beiden verliere.«

LeFranc lächelte nachsichtig. »Ich glaube, wir beide haben nichts mehr bei ihr gut. Immerhin sind wir die Bösen, die ihren Bruder und ihren Freund töten wollen.«

»Freund?« Thornten wurde hellhörig.

»Ja, haben Sie das nicht bemerkt? Dieser… Adrian. Da genügte doch schon ein Blick, um das zu sehen… Ich kann es ihr nicht einmal verübeln, dass sie uns hasst.«

Helen brach in Tränen aus. Verdammt, Jason hatte nichts getan. LeFranc hatte ihn zu den *Jacks* abkommandiert, er war in die ganze Sache hineingezogen worden. Es war nicht fair.

Gilbert fand sie auf der Treppe und setzte sich wortlos zu ihr. Er ahnte, was sie bedrückte – eigentlich dachte er ja genauso. Ob es etwas nützte, wenn er einfach nur dasaß, bezweifelte er selbst. Vielleicht war es ein Anfang.

Helen murmelte nach einer Weile schluchzend: »Verdammt, es ist nicht fair. Er hat nie etwas Falsches getan.«

Gilbert meinte sanft: »Natürlich hat er das nicht. Und glauben Sie mir, wir werden das nicht vergessen.«

Helen sah ihn erstaunt an. Sie weinte noch immer. »Wie meinen Sie das?«

»Kein einziger Lancier wird im Ernstfall das Feuer auf ihn eröffnen. Wir werden uns wehren – aber wir achten darauf, dass so wenig Schaden wie möglich entsteht.«

»Und wenn er gefangen wird?«

»Das wird er nicht, das verspreche ich.«

Helen lächelte wieder. Ein sehr zaghaftes Lachen. Mit den Tränen in dem Gesicht wirkte es irgendwie paradox.

»Es haben mich schon mehrere auf Jason angesprochen«, sagte Gilbert. »Sie sind nicht der Erste.«

»Ray?«

»Unter anderem. Offiziell hat LeFranc zwar den Befehl herausgegeben, die *Jacks* als Feinde zu betrachten, aber sein richtiger Befehl an die Lanciers lautete etwas anders. Alle Lanciers kennen diesen richtigen Befehl und werden ihn ausführen. Jason hat noch viele Freunde hier.«

»Was ist eigentlich mit LeFranc los? Es lief doch so gut die letzten Monate. Und jetzt spielt er verrückt. Eine Fehlentscheidung folgt der anderen.«

Gilbert nickte ernst. »Ich weiß. Sehen Sie, Helen, es haben sich da einige komplizierte Konstellationen ergeben. Leider darf ich Ihnen nichts Genaueres darüber sagen, aber glauben Sie mir: Der Leutenient-Kolonel holt aus der Angelegenheit heraus, was möglich ist. Er trägt nur eine kleine Teilschuld an der momentanen Katastrophe.«

»Hm… Wenn Sie meinen.«

Dann folgte Schweigen. Helen sortiere ihre Gedanken. Gilbert hatte ihr viel gesagt. Wahrscheinlich mehr als er durfte, aber dennoch zu wenig, um Helen einen Überblick zu verschaffen. Doch sie wusste jetzt, dass Jason sicher war. Und Adrian… das war wieder eine vollkommen andere Geschichte.

Sie wischte sich die letzten Tränen aus dem Gesicht und stahl sich davon. Sie musste… sie wusste es nicht. Vielleicht einfach nur darüber schlafen.

Gilbert rief ihr hinterher: »Helen?«

»Ja, Leutenient?« Sie drehte sich zu ihm um.

»Sie lieben ihn, oder?«

»Natürlich. Er ist mein Bruder.«

Gilbert lächelte unsicher. »Nein… Sorry, ich meine Adrian.«

»Woher wissen Sie das?«, fragte Helen verdutzt.

»Neuigkeiten verbreiten sich schnell. Sie wären überrascht, welche Ausmaße die Gerüchteküche bei den Lanciers manchmal annehmen kann.«

Helen lächelte. Sie konnte es sich lebhaft vorstellen. Dann wandte sie sich an Gilbert. »Ich weiß nicht, ob ich ihn liebe. Aber ich wünschte, ich könnte es herausfinden.«

»Also mit anderen Worten: ja.«

»Vielleicht.«

15

Oxbridge, Amity
Liga Freier Welten

14. Januar 3033

Jason arbeitete an seinem *Derwisch*. Die Mechs waren noch längst nicht komplett überholt. Die Techs hatten sie nur so weit wieder hergestellt, wie es in der kurzen Zeit möglich gewesen war. Jetzt, nachdem sie zu einem Kampf wieder in der Lage waren, gingen die Reparaturen langsamer vonstatten. Sie hatten mehr Zeit. Die übrigen hatten die Arbeiten bereits beendet und gönnten sich ein Nachmittagsschläfchen. Nur er und Anastasia arbeiteten noch. Überwacht wurden sie von den wachsamen Augen Andrew Potters, der die Sensoren im Blick hatte. In dem MechHangar befand sich außer ihm und Anastasia niemand mehr.

Anastasia führte einige letzte Tests aus. Einige wenige Feineinstellungen waren noch nötig – von ihnen hing auf dem Schlachtfeld manchmal das Leben ab. Als Anastasia aus dem Cockpit stieg, rief sie zu Jason hinüber: »Hey, wie läuft's? Hast du ihn bald zusammengeflickt?«

»Gib mir noch eine halbe Stunde – und ich bin fertig.«

Anastasia überlegte kurz. »Weißt du was? Ich komme noch rüber und helfe ein bisschen.«

Jason ließ sich das nicht zweimal sagen. Vier Hände arbeiteten bekanntlich schneller und besser als zwei. Es waren noch einige Leitungen zu reparieren. Anastasia überwachte alle Anzeigen und reichte Jason das Material, während er in den Torso des Mechs kroch und dessen Innenleben auf Vordermann brachte.

Jason war neugierig. Er fragte: »Und? Wie macht sich der *Victor*?«

»Also, der Mech ist wirklich gut. Jack hat einige interessante Kleinigkeiten eingebaut…«

»…Gibst du mir mal bitte das Laserskalpell?«

Anastasia reichte es ihm kommentarlos und schwieg.

Jason stocherte weiter. »Und sonst? Nur Positives?«

»Na ja, weißt du, ich habe seit drei Jahren keinen Mech über 25 Tonnen mehr gesteuert. Es ist schon 'ne kleine Umstellung auf einen 80-Tonner.«

Jason streckte seine Hand fordernd aus dem Torso. »Den Stabilitätstester.«

Anastasia gehorchte und gab ihm den handlichen Scanner. Sie fuhr fort: »Aber ich glaube, in spätestens drei Tagen habe ich den Dreh raus.«

»Und du stammst wirklich von Terra?«

Stille.

Jason hatte gehofft, dass die Frage nebensächlich klang und sein wirkliches Interesse verbarg. Es hatte wohl nicht geklappt.

Anastasia erwiderte erstaunt: »Woher weißt *du* das?«

Jason lachte: »Ich habe Beziehungen.«

»Dein Vater hat dir das gesagt?«

»Mr. Thornten, Anastasia. Er ist nicht mehr mein Vater. Aber du hast Recht.«

»Was hat er alles erzählt?« Ihre Stimme vibrierte.

»Ich kann mich nicht mehr an den genauen Wortlaut erinnern, irgend etwas mit ComStar, einer wohlhabenden Familie und einem kleinen Betrug – auf jeden Fall war es nicht schmeichelhaft für dich, das weiß ich noch…«

Anastasia entgegnete heftig: »Ich möchte nicht darüber reden.«

»Klar. Wer möchte das schon… bitte das Standard3-Kabel.«

Stille.

Jason hantierte kurz herum, fluchte dann und knurrte verärgert: »Willst du mich sabotieren? Ich will keine Standard4, sondern eine 3er.«

Er warf das Kabel aus dem Torso. Anastasia zuckte zusammen und reichte ihm das richtige Kabel.

Diesmal war Jason zufrieden. »Aber… nimm's mir nicht übel, da gibt es eine Sache, die mich brennend interessiert.«

»Ich höre«, erwiderte Anastasia gespannt.

»Weshalb tauschst du ein Leben auf Terra mit dem Leben einer Söldnerin? Ich meine, viele würden ihr Leben dafür geben, nur ein einziges Mal Terra zu sehen. Und du lässt diesen Planeten einfach links liegen.«

Anastasia ordnete ihre Gedanken. Genau diese Frage war ihr selber schon in dem ein oder anderen ruhigen Moment gekommen, etwa wenn zwischen zwei Angriffswellen ein paar Minuten lang Pause war, wenn ihr Mech kurz vor der Zerstörung stand, wenn gerade wieder ein guter Freund vor ihren Augen ausgelöscht worden war und wenn ihre Wut überhand genommen hatte und sie absichtlich und nur zum Abbau der eigenen Frustration Zivilisten getötet hatte. Dann kamen ihr solche Fragen.

Weshalb befand sie sich nicht auf der sicheren Erde, im direkten Einflussbereich des allmächtigen ComStar-Ordens? Und wieso hatte sie keinen ganz normalen Beruf und zu Hause einen Mann, der sie über alles liebte, und zwei kleine Kinder? Warum war sie hier? Hier, im Kreuzfeuer von Autokanonen, Kurzstreckenraketen und PPKs? Wieso wusste sie nicht, was ein ›Zuhause‹ war?

Sie seufzte tief und antwortete: »Ich… liebe das Gefühl der Macht, in einem Mech zu sitzen. Es gibt zwar auch einige MechRegimenter auf Terra, vielleicht sogar die besten in der Sphäre, aber das ist nicht das Gleiche. Terra wird nie angegriffen. Niemand würde so was wagen. Als Söldner ist man immer voll im Geschehen. Immer an vorderster Front, bei jeder Offensive von der Partie und für alle Häuser da. Das Gefühl, im Gefecht eine Breitsalve abzugeben, während dein Mech sich aufheizt, dir die Atemluft raubt, du verschwitzt und im... Blutrausch dasitzt, auf Höchstgeschwindigkeit beschleunigst und die Sprungdüsen aktivierst, alles innerhalb von Sekunden, das ist einfach... ach, was rede ich? Du weißt das ja selber.«

Jason streckte seinen Kopf aus dem Torso und fragte skeptisch: »Und das stellt einen auf die Dauer zufrieden?«

Anastasia lachte bitter. »Nein, Jason, das nicht. Aber es lässt dich vergessen.«

Tomas Anderson lag müde neben Jasmine Lambert. Ihre leidenschaftliche Hingabe war jedes Mal etwas Besonderes. Es war seine Art des Vergessens. Vor allem heute war das wichtig.

Sie fuhr ihm sanft mit dem linken Zeigefinger über den Rücken. Tom zuckte unmerklich zusammen. Jasmine lächelte zufrieden.

Tom drehte sich zu ihr um und betrachtete sie. Ja, sie sah gut aus, das war nicht zu bestreiten. Tom schien es manchmal, als wenn sie die einzige Person im Universum wäre, die ihm nicht schaden wollte. Heute war es genauso. Da ging so eine Ruhe und Friedfertigkeit von ihr aus, die er nur von ihr kannte. Die Welt da draußen war hart und brutal – für eine Weile hatte er sie ausgesperrt.

Er lächelte. »Die Sache hat ja wenigstens eine gute Seite.«

Jasmine runzelte die Stirn.

Tom löste das Rätsel auf. »Wir müssen unsere Beziehung nicht länger vor Jack geheim halten.«

Jasmine brachte es tatsächlich fertig, darüber zu lächeln. »Tja, Tom, Humor hast du noch. Alles ist noch nicht verloren.«

Tom schluckte. In Wirklichkeit wollte er sich ausheulen. Humor hatte er heute nicht. Trotzdem hinderte ihn eine unbekannte Hemmschwelle, eine riesige und dicke Gedankenmauer, zu weinen. Er konnte es nicht.

Jasmine sah ihn besorgt an. »Du willst nicht darüber reden, oder?«

Er schüttelte den Kopf. Vielleicht würde er darüber reden können, wenn er Thornten und LeFranc getötet hatte. Jasmine nickte und zog ihn sanft an sich. Körperliche Zuneigung war der einzige Trost, den sie jetzt spenden konnte. Etwas anderes war im Augenblick auch unangebracht.

Anastasia hatte von Terra erzählt. Jason lag noch immer in dem Torso, den Kopf herausgestreckt und hörte ihr fasziniert zu. Es gab im Zeitalter der Nachfolgekriege wenige Planeten, die einen makellosen Ruf hatten. Darunter fielen Namen wie Tharkad, New Avalon, Atreus oder Terra, die Wiege der Menschheit, der kulturelle und politische Mittelpunkt der Inneren Sphäre, der Herrschaftsbereich ComStars. Wenige Menschen konnten etwas über Terra erzählen: Entweder blieben sie dort, waren hohe Politiker oder gehörten ComStar an. Es gab wenige Normalsterbliche, die die gute alte Erde gesehen hatten.

Anastasia Schmelzer war in Mitteleuropa aufgewachsen. Jason konnte sich das gemäßigte Klima dort nur schwer vorstellen, aber noch viel weniger ihre Urlaubsaufenthalte in der afrikanischen Sahara oder auf tropischen Inseln, von denen sie verträumt erzählte. Es musste zauberhaft gewesen sein, so wie sie davon schwärmte. Als sie von der Arktis und der sibirischen Tundra erzählte, konnte Jason dies besser nachvollziehen. So ähnlich war Amity auch. Terra schien sehr abwechslungsreich zu sein. Eine Besonderheit in der Sphäre.

Was Anastasia eigentlich von dieser Perle der Sphäre

vertrieben hatte, hatte Jason nicht heraushören können. Es musste auf jeden Fall etwas Schreckliches gewesen sein, denn sie hatte den Planeten danach nicht mehr sehen können.

Jason verstand sie. Für ihn erfüllte Amity die gleiche Funktion. Da gab es einige Dinge, die ihn veranlassen würden, diesen Planeten schnellstmöglich zu verlassen. Nur hatte er keine reichen Eltern, die ihm ein Flugticket Erster Klasse an den Nagelring geschenkt hatten. Er hatte nur einen machthungrigen Vater, der jetzt auf der anderen Seite stand.

Lhiannon kam vorbei. Der Zustand ihres Beins hatte sich gebessert – im Gegensatz zu ihrer Stimmung. Allerdings stand jetzt so etwas wie Freundlichkeit in ihrem Gesicht. Sie schlenderte zielstrebig auf den *Derwisch* zu.

Anastasia grinste amüsiert.

Lia betätigte den Lift und ging auf dem Gerüst, das den Mech umgab, zu den beiden. Jason war inzwischen wieder im Innenleben des Mechs verschwunden. Lia blieb stumm neben ihrer Lanzenkameradin stehen.

Jason rief Anastasia zu: »Okay, ich bräuchte den Stabilitätstester noch ein letztes Mal, dann sind wir fertig.«

Anastasia gehorchte. Nach einer Weile fragte sie verschlagen: »Magst du Lhiannon?«

»Was meinst du mit ›mögen‹?«, fragte Jason zurück.

»Findest du sie sympathisch?«, präzisierte Anastasia.

Lia spitzte die Ohren.

Jasons Antwort kam ohne langes Überlegen. »Ja! Auf jeden Fall. Warum fragst du?«, kam es aus dem MechTorso.

»Ach, nur so«, log Anastasia, »Es fällt auf, dass du an ihr interessiert bist. Würdest du eigentlich gerne mit ihr schlafen?«

»Also, ehrlich, wenn man dich und Robert oder Tom

und Jasmine so sieht, bekommt man richtig Lust. Außerdem ist Lia ja nicht gerade zu verachten... Ich würde schon ganz gerne mit ihr ins Bett gehen...«

Anastasia grinste Lia durchtrieben an und schlich davon.

Lhiannon übernahm das Wort und flüsterte in die Torsoöffnung: »Du machst mich ja richtig glücklich, Liebling. Was hältst du von heute Nacht? Da bin ich zufälligerweise noch frei.«

Stille.

Dann krachte irgend etwas. Wahrscheinlich war er mit dem Kopf gegen einen Myomermuskel gestoßen. Er stöhnte auf und erschien im nächsten Moment in der Öffnung.

Lia lächelte ihn an. »Willst du gleich hier?«

Jason schüttelte den Kopf und verschwand wieder. »Ich habe das ernst gemeint. Also mach dich bitte nicht darüber lustig.«

»Okay, tut mir Leid«, meinte Lia versöhnlich.

Jason zog sich schnell aus dem Mech, den Stabilitätstester in der Hand. »Ja, schon in Ordnung... In deinem oder in meinem Quartier?«

16

Oxbridge, Amity
Liga Freier Welten

16. Januar 3033

Er erinnerte sich, dass Lia ihm vor einigen Tagen versprochen hatte, er würde die erste Nacht mit ihr niemals mehr vergessen. Jason hatte das für etwas übertrieben gehalten. Er hatte schon vorher guten Sex gehabt und gedacht, viel darüber zu wissen. Nach den Stunden, die er jetzt mit Lia zusammengewesen war, dachte er darüber anders. Lia hatte einige Techniken in ihrem Repertoire, von denen er noch nicht einmal geträumt hatte. Jetzt verstand er, warum sie früher so beliebt gewesen war. Lia gab einem Mann instinktiv das, was er brauchte, sie konnte einem die Wünsche von der Nase ablesen.

Eigentlich war es ja mehr als eine Nacht gewesen. Angefangen hatte alles mit einem langen, gut getimten und sehr reizvollen Vorspiel. Dann war der einmalige Hauptakt gekommen. Anschließend entschlossen sie sich, den Vormittag des nächsten Tages zu verschlafen und die Situation noch eine Weile zu genießen. Glücklicherweise fegte wieder ein starker Blizzard über den Kontinent. Ein feindlicher Angriff war unmöglich.

Beide schoben den Krieg und die Verwüstung gerne kurzzeitig von sich weg.

Bis Andrew Potter den Alarm betätigte.

Lia wusste aus Erfahrung, was kommen würde. Sie streifte sich schnell ihre MechKrieger-Uniform über und eilte in die Messe. Jetzt war sie wieder ganz Kommandant. Die Zuneigung war vergessen, sie drängte Jason ebenfalls zu seiner Uniform und trieb ihn zur Eile an.

Auch die anderen trugen bereits ihre Ausrüstung. Es war zwar unglaubwürdig, dass man sie im Blizzard angreifen würde, aber unmöglich war es leider nicht.

Andrew wartete, bis alle versammelt waren, und begann unaufgefordert. »Vor fünf Minuten habe ich auf meiner Sensorenkonsole Anzeichen für Bewegung registriert.«

Er setzte kurz ab und ließ seine Worte wirken. Natürlich hatten das alle vermutet. Aber die Tatsache selbst erzeugte schon Erstaunen. Seine Schwester verzog keine Miene. Er fuhr fort: »Die seismischen Sensoren im äußeren Ring haben diese Bewegung näher bestimmt. Es handelt sich um zirka 600 Tonnen Gesamtgewicht, die aus Richtung Grant-Massiv mit 10 km/h kommen. GAZ in voraussichtlich vier Stunden.«

Schweigen.

Bedrückte Stille.

Kein Aufschrei.

Kein wilder Kampfschrei.

Die nackten Zahlen sagten genug. 600 Tonnen. Und das bei diesem Wetter. Seismische Sensoren neigten bei Blizzards immer gerne zur Untertreibung. Da draußen konnten sich auch gut und gerne 700 Tonnen herumtreiben.

Lhiannon brach das Schweigen. »600 Tonnen?... Wenn sie im Blizzard angreifen, dann haben sie zumindest etwas Erfahrung bei diesem Wetter. Gekoppelt mit der quantitativen Überlegenheit... sie werden uns bei einer direkten Feldschlacht glatt pulverisieren. Das kommt also nicht in Frage.«

»Kapitulieren?« Anastasia sprach aus, was viele dachten.

Lhiannon lachte bitter: »Nein, aufgeben werden wir nicht. Glaub mir, die Schweine werden bluten müssen.«

»Und wie soll das funktionieren?«, fragte Chokamoto skeptisch.

Lhiannon grinste listig: »Ich hab da 'ne nette Idee…«

Als die Kompanie unter Major Brigg in die Basis der *Jacks* einmarschierte, zeugte alles noch von dem hastigen und panikartigen Rückzug der ehemaligen Besitzer. Er hatte es kaum geglaubt und immer wieder zur Vorsicht gemahnt. Sein Scout, Leutenient Berner, war vorausgestürmt. In diesem Fall war es natürlich sinnvoll gewesen, aber falls die *Jacks* sich verschanzt hätten, was Brigg vermutet hatte, wäre Berner jetzt nur noch ein Häufchen Asche…

Berner! Der Mann trug seinen Rang zu Unrecht. Wahrscheinlich hatte er ihn in der Lotterie gewonnen. Er war nichts weiter als ein dreckiger Kopfgeldjäger mit unwahrscheinlich viel Glück.

Gut, auch er, Brigg, war ein Kopfgeldjäger, aber er hatte sich seinen Rang in der Vergangenheit hart erarbeiten müssen, als er noch ein viel versprechender Offizier der Capellanischen Konföderation gewesen war. Zwanzig Jahre hatte er dem Haus Liao gedient, bis nach dem 4. Nachfolgekrieg. Die Konföderation ging ihrem Untergang entgegen. Die schrecklichen Gebietsverluste an Davion waren nur der Anfang gewesen. Das kleine Reich sah sich überlegenen Gegnern gegenüber, und früher oder später würde es fallen.

Brigg hatte keine Lust, zu den Verlierern zu gehören, hatte seinen Dienst quittiert und eine bisher erfolgreiche Karriere als Kopfgeldjäger begonnen. Er hatte Erfahrung und wusste, wie man Schlachten gewann, auch wenn man auf den ersten Blick unterlegen schien.

Berner hingegen war ein arroganter MechJockey, der sich nur auf die Kampfkraft seines nagelneuen *Wolfshund* verließ. Nichts gegen den *Wolfshund*! Brigg hatte noch nie eine vergleichbare Konstruktion gesehen. Dieser Typ war für einen leichten Mech wirklich einwandfrei. Aber Brigg wünschte seinem Piloten die Pest an den Hals.

Wallace, sein Assistent, brachte nach einer halben Stunde den ersten Bericht. Brigg zog es immer noch vor, die Basis von außen zu betrachten.

Die Sache stank. Nur Berner und Wallace befand sich in der Basis. Wallace' Bericht förderte einige Überraschungen ans Tageslicht: Keine versteckten Fallen, keine versteckten Sprengladungen, ein hastiger Rückzug – sie hatten vieles vergessen, allerdings keine Menschen oder Mechs. Halt, einen Gefangenen hatte Briggs Vorauskommando gemacht: einen jungen MechKrieger, den Deserteur, Schütze Jason Boise und seinen *Derwisch*. Offenbar hatte sich Boise für die falsche Seite entschieden. Wallace hatte medizinische Hilfe angefordert. Sie hatten Boise schwer misshandelt. Er musste schrecklich aussehen…

Als Brigg mit seiner Kompanie eintraf und aus seinem *Kampftitan* stieg, sah er, was Wallace mit dem ›hastigen Rückzug‹ gemeint hatte. Sie hatten Material auf den Boden geworfen, weil es nicht mehr auf ihre Schweber gepasst hatte. Manches stand noch aufladebereit da und war einfach vergessen worden. Es erinnerte Brigg an die Rückzüge der Capellaner aus den verschiedensten Systemen, die sie niemals gegen Davion hätten halten können. Offenbar hatte er die *Jacks* überschätzt.

Er begutachtete Boise. Der Junge sah wirklich schlimm aus. Er konnte kaum reden. Sie hatten ihn mit den verschiedensten Methoden traktiert, und er erklärte sich schwer atmend zur Kooperation bereit, während er seinen leeren, hasserfüllten Blick auf die Wand richtete.

Brigg erkannte einen Verbündeten in ihm. Dann trat er in das Büro des Kommandeurs und sendete eine kurze Nachricht: »Haben Basis eingenommen. Keine Verluste. Feind befindet sich in ungeordnetem Rückzug. Schütze Boise gefangengenommen. Wurde von den *Jacks* verhört und entgegen der Ares-Konventionen gefoltert. Bereit zur Kooperation. Rücken weiter vor, wenn sich Blizzard gelegt hat. Brigg Ende.«

Leutenient-Kolonel LeFranc, Leutenient Gilbert und Regierungschef Thornten nahmen die Nachricht zufrieden auf. Die *Jacks* hatten offenbar nur geringen Widerstand geleistet. Ihre Moral war wahrscheinlich gebrochen. Keine Einheit, die noch etwas Siegeswillen besaß, gab ihre Basis, ihren letzten Rückzugspunkt, kampflos auf. Die *Jacks* im freien Feld zu jagen und zu zerschlagen, dürfte nun nicht mehr besonders schwierig sein.

Es war also geschafft: Thornten hatte endlich seinen Willen. Und Jason hatte er ebenfalls wieder. Thornten würde sich als liebender und besorgter Vater geben und die Sache so hindrehen, dass Jason als reuiger Sünder wieder aufgenommen werden würde. Es warf ja schließlich einen schlechten Schatten, wenn Thorntens Sohn ein Deserteur war. Das musste man dem Politiker wirklich lassen: Er nutzte jede Chance.

Thornten überlegte kurz und aktivierte den Lautsprecher. »Helen Thornten bitte sofort in das HQ kommen!«

LeFranc sah ihn irritiert an. Das war ja eine ganz neue Seite an Thornten.

Helen kam nach einiger Zeit und musterte die beiden Befehlshaber kühl. »Leutenient-Kolonel? Minister? Was ist so wichtig?«

»Die Basis der *Jacks* ist gestürmt!«, frohlockte Thornten.

Helen starrte ihn feindlich an. »Und? Was ist so ungewöhnlich daran? Ihr habt ihnen ja überhaupt keine Chance gelassen.«

»Sie haben uns die Basis kampflos überlassen«, erklärte LeFranc. »Jason haben sie zurückgelassen. Sie haben ihn verhört und gefoltert. Offenbar sind die *Jacks* doch nicht so ehrenhaft und kameradschaftlich, wie wir alle angenommen haben.«

Seine Worte wirkten. Helen musste sich setzen. »Weshalb sollten sie das mit ihm tun? Er hat immer davon geschwärmt, dass sie so etwas wie eine Familie für ihn waren.«

LeFranc sah sie ernst an. »Manchmal gelten da draußen Ethik und Freundschaft nichts mehr. Oberleutnant Potter wollte sicher an seine Informationen über die Ligaverbände kommen. Sehen Sie, Helen, die *Jacks* sind zwar ganz gute Verbündete, aber sie sind auch knallharte Söldner. Solchen Menschen ist alles zuzutrauen. Das vergessen die meisten immer wieder.«

Helen ignorierte seinen Erklärungsversuch und griff den vorigen Punkt noch einmal auf. »Nein, da stimmt etwas nicht. Sie sagten, Oberleutnant Potter, Lhiannon, hätte das veranlasst. Das kann nicht stimmen.«

»Warum nicht? Potter kommt in der Befehlskette als Nächste.«

»Nein, das meine ich nicht… also, Jason und Lhiannon waren gerade dabei, eine Beziehung aufzubauen. Sie hätte ihm das nie angetan.«

»Sie meinen, die beiden waren Bettgenossen? Das hat gar nichts zu sagen. Ich kannte Leute, die sich gehasst und trotzdem miteinander geschlafen haben. So was bringt die militärische Emanzipation einfach mit sich«, meinte LeFranc.

Helen schüttelte den Kopf. »Teufel noch mal! Das meine ich nicht. Ob sie miteinander geschlafen haben, weiß ich nicht, aber ich weiß, dass sich beide mochten.«

»Eine echte Beziehung?« LeFranc runzelte die Stirn. »Das ist selten. Und wenn Sie Recht haben, dann ist die entscheidende Frage immer noch, ob sie ihn so sehr wie ihre Einheit geliebt hat.«

Helen gab sich geschlagen. Sie wusste kein Argument mehr – und sie konnte sich einfach nicht vorstellen, dass Lhiannon Potter, eine Frau, die Jason immer in den höchsten Tönen gelobt hatte, das Leben ihres derzeitigen Gefährten so wenig wert war, wie LeFranc behauptete. Aber ein kleiner Zweifel blieb: Natürlich waren Söldner wie Lhiannon knallhart und im Ernstfall gnadenlos.

Gilbert wechselte das Thema. »Dürfte ich mir die Basis mal genauer anschauen?«

LeFranc sah ihn verwirrt an. »Was meinen Sie damit?«

»Ich bitte um Erlaubnis, mit einem Schweber zur Basis zu fahren und mich dort genau umzusehen.«

»Bei dem Wetter?« Thornten fiel aus allen Wolken. LeFranc lachte fassungslos.

»Ich kenne die Strecke, und mit einem Schweber dürfte es auch jetzt klappen«, sagte Gilbert.

»Und was für einen Schweber wollen Sie nehmen? Die meisten sind in Striker und alle anderen werden überholt und gewartet«, konterte Thornten.

»Vor einer halben Stunde ist der erste *Pegasus* wieder einsatzbereit geworden. Ich wollte den Bericht gerade überreichen.«

Thornten blickte ihn düster an. »Warum wollen Sie eigentlich da hin? Trauen Sie meinen MechKriegern nicht?«

»Wieso wollen Sie verhindern, dass ich zur Basis fahre? Haben Sie etwas zu verbergen?«

Stille.

Beide sahen sich einige Sekunden lang in die Augen. Gilberts Miene blieb undurchdringlich.

Thorntens Gesicht verzog sich zu einer hässlichen Fratze. »Sie spielen ein gefährliches Spiel, Leutenient.

Ich rate Ihnen davon ab. Zu Ihrer eigenen Gesundheit. Aber... nein, ich habe nichts zu verbergen. Wenn Sie unbedingt wollen – los, fahren Sie! Ich halte Sie nicht davon ab. Ich finde das einfach nur idiotisch. Was haben Sie denn davon?«

»Wie Miss Thornten gerade angedeutet hat, gibt es noch einige offene Fragen, die geklärt werden müssen. Unser weiteres Vorgehen hängt davon ab.«

LeFranc nickte. »Eine gute Idee, Gilbert. Erlaubnis erteilt.«

Gilbert stand auf und schritt aus dem Raum.

Helen hielt ihn zurück. »Warten Sie, ich fahre mit.«

Thornten reagierte augenblicklich. »Das kommt gar nicht in Frage! Da draußen ist immer noch eine ganze MechKompanie. Wenn die auf den regulären Routen im Hinterhalt liegen, dann...«

»...stirbt ein Mensch mehr. Na und? Das hat dich bisher doch nie gestört.«

Thornten lief rot an. »Also, das...«

»...ist die Wahrheit. Ich bin volljährig, Tores. Ich kann das alleine entscheiden. Und ich will Jason sehen. Und damit ist das Gespräch beendet.«

Sie drehte sich um und ließ ihren Vater stehen.

Bevor die beiden die Wartungshallen erreicht hatten, erklärte Gilbert nebenbei: »Also, ich glaube, Sie sind momentan die einzige Person auf Amity, die so mit Tores Thornten reden darf, ohne gleich als Kanonenfutter an die Front geschickt zu werden.«

Helen lächelte knapp. Irgendwie war er froh, dass sie mitfuhr.

Der *Pegasus* war ein kleines Meisterwerk. Unter den Nachfolgestaaten erfreute sich diese Konstruktion höchster Beliebtheit – und das zu Recht. Obwohl der Scout nur ein Schwebepanzer war und deshalb die typischen Schwächen dieser Waffengattung aufwies, hatte sich der *Pegasus* in manchen Situationen – vor allem bei längeren Aufklärungsmissionen – den meisten Mechs gegenüber als überlegen herausgestellt. Es waren viele Punkte, die dabei eine Rolle spielten. Einer war die kleine Kochnische im Heck des Panzers, an der jetzt Gilbert und Helen saßen.

Die vierköpfige Besatzung des Panzers hatte den Befehl nur widerwillig entgegengenommen. Aber spätestens nachdem ihnen Gilbert einen längeren Aufenthalt im Arresttrakt der Marik-Basis angeboten hatte, gehorchten die vier.

Gilbert saß etwas steif da, Helen ihm gegenüber. Dann fragte er sie wohl zum zehnten Mal: »Ist es wirklich bequem?«

Helen verdrehte die Augen. »*Ja*, es ist bequem! Wenn Sie jetzt noch mal fragen, entscheide ich mich vielleicht doch noch dazu, Sie als Kopfkissen oder Teppich zu benutzen!«

Gilbert grinste. Zumindest die Idee mit dem Kopfkissen gefiel ihm ganz gut. Dann wurde er wieder ernst.

Helen musterte ihn neugierig. »Weshalb sind Sie eigentlich dauernd so… formell?«

Gilbert überlegte kurz und lächelte dann knapp. »Als Adjutant von LeFranc habe ich durchgehend Dienst. Ausspannen ist da nicht drin. Warum fragen Sie?«

»Ich finde nur, dass Sie eigentlich ganz in Ordnung wären, wenn Sie sich ab und zu natürlicher gäben.«

Gilbert lächelte sie an. »Darf ich das als Kompliment werten, Miss Thornten?«

»Sie dürfen mich Helen nennen«, sagte Helen und lächelte zurück.

Gilbert nickte. »Mein Vorname ist Steven.«

»Okay, Steve. Das ist dann der erste Schritt zur Besserung.«

Dann folgte wieder das Schweigen. Nach einer Weile fragte sie: »Warum haben Sie mich eigentlich gefragt, ob ich Adrian liebe?«

Gilbert sah ihr mit stumpfem Blick in die Augen. »Reine Neugier.«

»So?« Helen zog eine Augenbraue hoch. Es war offensichtlich, dass er log. Sie hatte ein Gespür für solche Dinge.

»Leutenient Gilbert, Sie lügen! Ich höre das.«

Gilbert betrachtete sie und meinte dann: »Sie hören so was? Wenn ich mal wieder einen Gefangenen verhöre, nehme ich Sie mit. Ich hatte da erst neulich so einen Fall…«

Helen lachte. »Steve, weichen Sie nicht vom Thema ab!«

Gilberts Maske fiel nicht, und sie fragte sich für einen Moment, ob er diese Maske überhaupt jemals fallen ließ.

»Warum sollte ich lügen?«

Sie blickte ihn genauso undurchdringlich an wie er sie. Was er konnte, das konnte sie schon lange…

»Weil Sie mich mehr mögen, als gut für Sie ist?«

Gilbert zuckte zusammen. Volltreffer. Allerdings fing er sich sofort wieder: »Eine unbegründete These. Aber tun Sie mir den Gefallen und seien Sie etwas leiser. Wenn die vier da vorne…« Er deutete auf die Besatzung. »…das hören, dann bin ich für die nächsten drei Monate das Hauptthema der Gerüchteküche!«

Helen sah ihn belustigt an. Dann fragte sie leise: »Auch wenn Sie's nicht zugeben, jetzt weiß ich es… Und ich hätte keine Probleme damit…«

Sie wechselten einen langen Blick. Jetzt war es zu spät.

Adrian tauchte vor seinem inneren Auge auf. Offenbar sah sie das nicht so verbissen, aber er war da rigoros. Er musste die Entwicklung abwarten. Vielleicht fanden die *Jacks* eine Fluchtmöglichkeit und Adrian verschwand auf Nimmerwiedersehen. Vielleicht... Zumindest blieb Helen seine Freundin.

Sie unterbrachen ihr Gespräch. Der Schweber hatte die Basis erreicht. Die beiden stiegen schnell aus. Gilbert schmunzelte, als er sah, dass die Besatzung sich in die Kochnische verkroch und einer ein Kartenspiel aus seinem Stiefel zog.

»Ich schaue mich ein bisschen um«, sagte er. »Sehen Sie nach Jason. Ich komme in ungefähr einer halben Stunde nach und werde mich mit ihm kurz unterhalten.«

Er verschwand und begann seine Untersuchung im MechHangar.

Helen verzog das Gesicht. Es war klar, dass er mit ›unterhalten‹ *verhören* gemeint hatte. Sie musste Jason warnen.

Jason lag in der kleinen medizinischen Station und starrte zur Decke. Die Wache, eine junge MechKriegerin, hatte ihre *Sunbeam-Laserpistole* im Anschlag und beobachtete ihn genau. Der Schockstab pendelte lässig in ihrem Gürtel. Jason fand es nicht besonders beruhigend, dass sie vor dem Einsatz des Schockstabes mit der *Sunbeam* feuern würde... Seine Wunden – oder das, was Wunden zu sein schienen – verheilten trotz der modernen Behandlung nur langsam. Bisher verlief der Plan gut. Alles war so, wie Lhiannon es vorausberechnet hatte...

Als Helen den Raum betrat, blieb ihm die Luft im Hals stecken. *Das* war das Letzte, das er jetzt brauchte. Ihr Auftauchen gefährdete den ganzen Plan.

Die MechKriegerin sah sie fragend an. Helen erklärte trocken: »Ich bin seine Schwester, Helen Thornten.«

Die Wache nickte und setzte sich wieder. Helens Züge wurden sanfter, als ihr Blick auf ihn fiel. Er konnte einen Anflug von Ekel und Schrecken auf ihrem Gesicht erkennen, aber er verschwand im nächsten Augenblick wieder. Ja, er konnte stolz auf Helen sein, denn sie schämte sich nicht, mit ihm verwandt zu sein – sogar jetzt nicht.

Sie lächelte ihn mild an und setzte sich an sein Bett. »Na, du alter Revoluzzer, siehst nicht besonders gut aus.«

Ihre Feststellung rief keine Reaktion hervor. Jason starrte sie einfach nur an.

»Wie zum Teufel hat das passieren können?«, fragte sie leise. »Du hast ihnen nie etwas getan. Du hast für sie gekämpft. Warum?«

Jason lachte bitter, während er seinen rechten Arm betrachtete, der an manchen Stellen von der Strahlung noch tiefblau war.

»Ich weiß nicht, Helen«, flüsterte er heiser. »Ich dachte auch, sie seien meine Kameraden, aber… Lhiannon wollte Informationen über Marik.«

»Welche Informationen? Die haben ein Jahr lang für uns gekämpft und wissen doch schon alles.«

Jason sah sie ernst an. »Nicht alles… Ein paar unwichtige Details…«

Sie fuhr ihn verärgert an: »Und weshalb hast du sie dann nicht rausgerückt, wenn sie unwichtig sind?«

»Weil, weil… ich sie auch nicht kannte«, presste er hervor.

Helens verärgertes Gesicht wandelte sich in Betroffenheit. Jetzt verstand sie.

Jason fragte leise: »Was glaubst du? Was werden sie mit mir anstellen?«

Helen überlegte kurz. »Du… musst ihnen erzählen, dass…« Sie blickte die MechKriegerin an, die ihre *Sunbeam* immer noch schussbereit hielt und das Gespräch interessiert verfolgte. Es war ein langer Blickwechsel, den Helen schließlich gewann. Die Wache seufzte und verschwand in den Nebenraum. Ihre Augen überwachten sie durch das große Fenster immer noch, aber ihre Ohren bekamen das persönliche Gespräch nun nicht mehr mit.

»…dass du wichtige militärische Geheimnisse vor den *Jacks* versteckt hast. LeFranc wird dir diese Kooperation hoch anrechnen, und Tores wird dafür sorgen, dass du eine milde Strafe bekommst… Wahrscheinlich kommst du dann mit einer kleiner Haftstrafe und der unehrenhaften Entlassung aus den Ligaverbänden davon.«

Jason starrte sie entgeistert an. »Weißt du eigentlich, was du da sagst? Das wäre mein Ende. Ich würde nie mehr eine Anstellung als MechKrieger bekommen.«

Sie zuckte mit den Achseln. »So wie die Dinge jetzt stehen, wird dich LeFranc erschießen lassen. Das muss er.«

Schweigen. Ihr Blick fiel auf seine Brust. Verbrennungen. Nicht schwer, so viel erkannte sie, aber sehr schmerzvoll. Sie erschauderte. Dann brachte sie den Mut auf zu fragen: »War… Adrian auch dabei? Hat er dir das auch angetan?«

Er überlegte kurz. Was sollte er sagen? Er entschied sich für die Version, die Helen hören wollte. »Nein… Er hat nur zugeschaut…«

Der letzte Satz war eigentlich nicht beabsichtigt gewesen. Aber irgendwie passte er. Er war realistisch. Helen nickte. Er konnte keine Erleichterung bei ihr feststellen. Aber ihre Ängste waren auch nicht bestätigt worden. Dann folgte wieder das Schweigen. Dieses Mal dauerte es länger.

Bevor sie ging, meinte sie noch: »Gilbert ist auch da. Er will sich noch mit dir unterhalten. Bitte pass auf, wenn du mit ihm redest. Gilbert ist nicht so wie die meisten anderen auf Amity. Gilbert ist gefährlicher, das spüre ich.«

»Da haben Sie vollkommen Recht, Miss Thornten«, ertönte hinter ihr eine Stimme.

Helen zuckte zusammen und fuhr herum. Steven Gilbert stand in der Tür, neben ihm die MechKriegerin.

Gilbert verbeugte sich ironisch. »Das war eine gute Idee, Helen, nur das Timing war schlecht gewählt.«

Als sie ihn ängstlich anstarrte, lachte Gilbert. »Herrgott, Helen, er ist Ihr Bruder! Ich an Ihrer Stelle hätte genau das Gleiche getan. Jeder hätte das getan... Aber jetzt verlassen Sie uns bitte. Ich muss einige... Dinge mit Ihrem Bruder erörtern.«

Helen zwinkerte Jason noch aufmunternd zu und ging dann zurück zum *Pegasus*. Sie fühlte sich besser. Jason ging es nicht so schlecht, wie es sich ihre Phantasie ausgemalt hatte. Und er hatte sich sichtlich über ihren Besuch gefreut. Sie hatte erreicht, was sie gewollt hatte.

Die MechKriegerin stand noch immer mit ihrer Laserpistole da. Gilbert blickte sie scharf an. »Würden Sie bitte aus dem Raum gehen. Das ist ein Gespräch, das Sie nichts angeht, Soldat.«

»Major Brigg hat mir befohlen, auf ihn aufzupassen.«

»Welchen Rang bekleiden Sie, Soldat?«, fragte Gilbert scharf.

»Corporal, Sir!«

»Gut, ich bin ein Leutenient. Wollen Sie den direkten Befehl eines vorgesetzten Offiziers missachten?«

Sie sah ihn verzweifelt an. »Nein, natürlich nicht, aber Major Brigg...«

»Ich habe meine Befehle von Leutenient-Kolonel LeFranc, dem Oberbefehlshaber der Ligakräfte auf Amity. Major Brigg ist zweifellos Ihr kommandierender Offizier, aber momentan wird nicht gekämpft, und diese Angelegenheit hier unterliegt nicht der Aufsicht von Kopfgeldjägern.«

Die MechKriegerin starrte ihn beleidigt an und ging. Gilbert lächelte zufrieden und wandte sich Jason zu. Der hatte inzwischen nur stumm dagesessen und zugehört. Gilbert schloss sorgfältig die Tür, schaltete die Deckenbeleuchtung an und schloss die Jalousien. Dann ließ er seinen Blick noch einmal durch das Zimmer schweifen und sagte laut: »Also, es kann uns keiner mehr sehen oder hören… denken Sie, dass es hier Wanzen oder Geheimkameras gibt?«

Jason schüttelte den Kopf.

Gilbert musterte ihn eindringlich. Dann senkte er seine Stimme: »Sieht so aus, als ob Sie die Wahrheit sagen. Meine Sensoren konnten auch nichts entdecken.«

»Was wollen Sie wissen, Leutenient?«, fragte Jason offen.

Gilbert ignorierte seine Frage und musterte ihn scharf. Jason musste wegsehen. In Gilberts Blick lag etwas Lauerndes. Der Leutenient erklärte langsam: »Ich bin nicht besonders überrascht über die Entwicklung der Dinge. Alles passt.«

»Wovon reden Sie eigentlich?«, fragte Jason.

Gilbert lachte leise. »Tun Sie bitte nicht so dumm, Sie beleidigen mich damit.«

»Nun, vielleicht bin ich wirklich so dumm.«

Gilbert seufzte gelangweilt auf. »Dann will Ihnen auf die Sprünge helfen: Die *Mad Jumpin' Jacks*, eine Einheit, die für ihren Zusammenhalt bekannt ist, foltert einen ihrer eigenen Männer. Ich wollte es zuerst nicht glauben, aber dann kam mir eine Idee. Anfangs konnte ich noch nicht sagen, ob ich damit richtig lag, aber nachdem ich mich hier etwas umgesehen habe, weiß ich, dass ich Recht habe.«

Jason wurde nervös. Dieses Verhör entwickelte sich anders, als er es sich vorgestellt hatte.

Gilbert fuhr fort: »Die *Jacks* haben ihren Rückzug wirklich dramatisch gestaltet. Da oben liegt alles mögliche herum, das sie vergessen oder zurückgelassen haben. Man könnte fast denken, dass sie fluchtartig geflohen sind.«

»Sind sie auch!«, protestierte Jason.

»So? Die meisten Dinge, die Ihre Freunde nicht mitgenommen haben, sind entweder doppelt vorhanden oder für einen militärischen Einsatz unbrauchbar. Die *Jacks* hatten wirklich Glück bei ihrem panikartigen Rückzug. Man könnte beinahe annehmen, dass der panische Rückzug nur vorgetäuscht wurde.«

»Ihre Meinung!«, knurrte Jason.

»Aber da tut sich natürlich die Frage auf: Wo zum Teufel sind sie – nur mal hypothetisch – hingegangen? Es gibt auf Amity nur Tundra und Gletschermassive – und Gletscherspalten, die so gut wie unbekannt sind und die vor dem eisigen Klima zumindest ein bisschen schützen. Wenn sie also dort sind – wie gesagt, rein hypothetisch –, dann würden wir sie vermutlich nie finden. Auch nicht mit den besten Sensoren.«

Jason lachte nervös. »Und wie sollten sie in Gletscherspalten überleben?«

»Die Thermozelte fehlen vollständig. Und die Militärrationen werden sie einige Tage am Leben halten.«

»Das ist ja alles ganz schön – aber was hat das mit mir zu tun?«

»Lhiannon Potter weiß, dass sie im direkten Gefecht keine Chance hat. Dazu wurde ihre Truppe bereits zu sehr dezimiert. Außerdem wäre da ja noch die Frage, wer diese fremden MechKrieger überhaupt sind. Und welcher Kommandant ist so dumm, eine unbekannte Einheit anzugreifen?«

Er machte eine Kunstpause. Jasons Fassade bröckelte. Gilbert sah seine Angst. Er fuhr fort: »Man wird die *Jacks* verzweifelt in der Ebene suchen, vielleicht zwei Tage, vielleicht drei. Thornten wird nervös werden und Sie auffordern zu sagen, wo die *Jacks* stecken. Natürlich werden Sie sich daran erinnern, brennen aber darauf, Ihren Peinigern selbst den Garaus zu machen, werden in Ihren *Derwisch* steigen, die Kopfgeldjäger irgendwo in die Berge hinaufführen, sich dummerweise verirren, zu den *Jacks* springen, denen Sie Informationen bringen, die Sie die ganze Zeit so fleißig gesammelt haben, und Ihre neuen Gegner, die die *Jacks* jetzt kennen, in wenigen Hit-and-Run-Schlägen pulverisieren.«

Jason schwieg betreten und starrte auf den Boden. Er stammelte versteinert: »Sie... sie haben mich gefoltert... Oberleutnant Potter hat mich... Sie haben es nicht gesehen, Leutenient. Ich werde Ihnen nie mehr helfen. Es trifft mich hart, dass Sie so etwas von mir denken.«

Gilbert lachte. »Sie sollten über eine Karriere beim Film nachdenken, Schütze. Sie spielen das wirklich wie ein Profi.«

»Aber meine Verletzungen...« stammelte Jason.

»Welche Verletzungen? Diese hier?« Gilbert stand unvermittelt auf und schlug auf Jasons verstrahlten Arm. Jason zog ihn zurück und starrte Gilbert irritiert an.

»Wenn dieser Arm wirklich so schwer verletzt wäre, wie er aussieht, dann würden Sie sich jetzt vor Schmerzen winden«, erklärte der Leutenient.

Gilbert sah, wie Farbe aus Jasons Gesicht wich. »Ich nehme sogar an, dass Ihnen die Behandlung mehr zusetzt als ihre Pseudoverletzungen.«

Jason stierte ihn fassungslos an. »Wie...?«

»Nun, Schütze, ich bin nicht umsonst LeFrancs Adjutant. Man hat mich dazu ausgebildet. Und im Lauf der Dienstjahre habe ich mitbekommen, dass man die meisten Verletzungen simulieren kann... Oberleutnant Potters Plan war wirklich gut – endlich einmal etwas anderes als diese oberflächlichen Tricks –, aber er war leider nicht perfekt.«

Schweigen.

Jason fragte stotternd: »Wa..wa..was werden Sie mit mir machen?«

Gilbert blickte ihn lange an. Dann öffnete er seinen Pistolenholster und richtete die *Mydron-Autopistole* auf Jason.

Jason fand die Szenerie bedrückend. Im Halbdunkel, einen überlegenen Gegner gegen sich, nur sein eigener schneller, nervöser Atem und Gilberts ruhige, wohlüberlegte Art. Er hatte keine Chance.

Gilbert drückte ab…

Als Jason die Augen wieder öffnete, merkte er, dass er nicht tot war. Eigentlich überraschend, wie er fand. Die Autopistole hatte genügend Schlagkraft, um ihn an die Wand zu nageln. Gilbert hielt den Feuerknopf noch immer gedrückt. Dann verstand es Jason. Gilbert hatte kein Magazin in der Waffe.

Gilbert grinste ihn an. »Was ich mit Ihnen machen werde?… *Nichts*!«

»Wie bitte?!?« Jason war verwirrt.

»Wollen Sie die Wahrheit hören, Jason?«

»Ich bitte darum, Leutenient.«

»Nun, LeFranc ist nicht glücklich darüber, dass Thornten diese verfluchten Kopfgeldjäger gerufen hat. Wenn der schlimmste Fall eintritt und sie die *Jacks* ohne weitere Verluste erledigen, dann sind diese Kerle eine ernste Gefahr für die Lanciers. Thornten wird uns nicht mehr brauchen, genauso wie er die *Jacks* nicht mehr gebraucht hat. Ich gebe Ihnen den Befehl, die Anweisungen von Oberleutnant Potter zu befolgen und diese Kopfgeldjäger auszulöschen!«

Gilbert stand auf und nickte Jason zu. »Meine Fragen sind beantwortet. Ich wünsche Ihnen noch viel Erfolg – und kommen Sie den Lanciers bitte nie in die Quere.«

Jason rief ihm hinterher: »Gilbert! LeFranc würde niemals einen solchen Befehl geben! Sie handeln eigenmächtig!«

Gilbert drehte sich um und lächelte ihn an. »Es ist alles nur eine Frage der Interpretation.«

Die nächste Frage rutschte Jason heraus. Er wusste selbst nicht, wie er darauf gekommen war. »Einheit noch mal, Gilbert, wer sind Sie? Für wen arbeiten Sie?«

Gilbert grinste: »Ich bin Leutenient Gilbert, Adjutant von Leutenient-Kolonel LeFranc, und ich diene der Gerechtigkeit. Zweifeln Sie daran?«

Jason schüttelte den Kopf. Dann flüsterte er: »Verdammt, Gilbert, worum geht es hier eigentlich?«

Gilbert wurde ernst. »Es geht hier nicht um einen lyranischen Überfall oder um eine illoyale Söldnereinheit, so viel weiß ich, sondern um Täuschungen und Illusionen und… um etwas, das sogar ich noch nicht herausgefunden habe.«

17

Sheridan-Massiv, Amity
Liga Freier Welten

19. Januar 3033

Die Tage schleppten sich dahin. Lhiannon hatte ihnen ja gesagt, dass es dauern konnte. Aber langsam verloren sie die Geduld. Die Zerstreuungsversuche schlugen fehl, die Enge der Thermozelte war bedrückend, und obwohl alle einander gut kannten, gingen sie sich langsam auf die Nerven. Die meisten Geschichten waren schon zweimal oder dreimal erzählt worden, die Techs wollten endlich wieder an die Arbeit, und die MechKrieger wollten endlich wieder kämpfen.

Lhiannons Befehle entschärften die Situation etwas. Die Techs sahen abwechselnd in den Schutzanzügen nach den Mechs und korrigierten hier und da eine Kleinigkeit, und die Patrouillen brachten die MechKrieger zumindest kurzzeitig auf andere Gedanken.

Heute waren Donna und Anastasia draußen. Es war ein herrlicher Tag. Die Sonne brannte auf die beiden herab, der Schnee glitzerte verführerisch, und die Mechs stapften über die Ebene. Die Möglichkeit, auf ihre unbekannten Gegner zu stoßen, war gering. Und sollten sie wirklich Kontakt aufnehmen, dann wären beide Mechs sofort verschwunden.

Es machte Donna wirklich Spaß, ihre talentlosen Gegner an der Nase herumzuführen. Ja, es war ihr Gebiet, und sie kannte es wie ihre Westentasche. Donna bemitleidete ihre Gegner schon fast. In einer Guerillaschlacht in den Sheridans hatte niemand gegen die *Jacks* eine Chance.

Die Sensoren brüllten auf. Sie schlug schnell auf die Konsole und das ohrenbetäubende Piepsen hörte auf.

Der *Victor* hatte sich bereits nach seinen Gegnern ausgerichtet. Als Donna ihren Torso ebenfalls drehte, sah sie das Problem: Lyraner. Natürlich! Sie hatten die momentanen Verteidigungslinien der Elsies weit überschritten und befanden sich somit im lyranischen Sektor von Amity. Es war eine Lanze *Greife*. Sie beschleunigten und näherten sich schnell.

Donna ging ihre Optionen durch: Eine Flucht war möglich, die mittelschweren Lyraner waren zwar sprungfähig und schneller, aber die *Jacks* kannten ihre Fluchtwege zu gut, um Probleme zu bekommen. Ein Kampf war nicht möglich. Die *Greife* waren zu schlagkräftig für den *Victor* und den *Panther*.

Donna aktivierte ihr Kom. »Anastasia, verschwinden wir. Ich habe heute keine Lust, mich kaputtschießen zu lassen«

Anastasia murmelte eine Bestätigung in ihr Kom, wendete und wollte gerade beschleunigen, als die Lyraner in extreme Waffenreichweite kamen und stoppten.

Donna wartete. Was hatten sie vor? Der Funkruf der Lyraner überraschte sie. Donna öffnete einen Kanal.

»Hier ist Leutnant Merino von den 10.Skye-Ranger. Mit wem spreche ich?«

»Sergeant Donna Luisa Malaga di Sierra von den *Mad Jumpin' Jacks*. Was ist los, Leutnant? Seit wann reden feindliche MechKrieger an der Front miteinander?«

»Ach… ich dachte mir nur, bevor ich euch erledige, quatsche ich noch ein bisschen.«

Donna lachte laut. »Du nimmst den Mund ja ganz schön voll, Elsie. Kannst du auch kämpfen?«

»Das wirst du dann schon sehen, Donna Luisa Malaga di Sierra… Ach, bevor ich's vergesse: Ich soll euch 'nen schönen Gruß von Kapitän Seytzmann ausrichten.«

»Aleisha?«, fragte Donna schnell. »Sie ist also wirklich übergelaufen?«

»Ich würde das nicht ›überlaufen‹ nennen. Sie war nur so klug, sich einen neuen Auftraggeber zu besorgen. Übrigens haben wir in unseren Landungsschiffen noch locker Platz für eine zusätzliche Kompanie.«

Donna antwortete nicht. Der Vorschlag war verführerisch. Jetzt vielleicht mehr denn je.

Merino seufzte auf. »Nun ja... es ist wirklich ein schöner Tag. Ich hoffe, Sie verderben ihn sich nicht selber und wählen die falschen Freunde, Donna.«

Donna erklärte nachdenklich: »Das ist eine Entscheidung, die nicht ich treffe, Merino. Aber ich bedanke mich für Ihren Rat.«

»Natürlich, Donna. Was wären wir ohne unsere Kommandanten... Ich wünsche Ihnen noch viel Erfolg.«

Merino schaltete die Verbindung ab. Die Lyraner wendeten und zogen sich langsam zurück.

Donna blieb eine Weile ohne Antwort, dann funkte sie Anastasia an: »Hast du mitgehört?«

»Klar.«

»Was hältst du davon?«

»Ziehen wir ab und informieren die anderen. Lia wird sich die Möglichkeit durch den Kopf gehen lassen müssen.«

Lias Reaktion war ein stummes Kopfnicken. Sie überlegte. Die Möglichkeit der Desertion war zwar nicht ehrenhaft, aber wer in der Inneren Sphäre versuchte, ehrenhaft zu kämpfen, der hatte keine Zukunft – das hatten die letzten 300 Jahre gezeigt. Und hatten Thornten und LeFranc den Kontrakt mit den *Jacks* nicht schon längst gebrochen? Die *Jacks*, eine Söldnereinheit, waren ohne Auftraggeber. Vielleicht war es jetzt an der Zeit, sich einen neuen zu suchen. Und viele Auswahlmöglichkeiten blieben Oberleutnant Potter nicht. Lia musste ihre persönlichen Wünsche aus der Wahl herauslassen.

Tom ergriff das Wort. »Schließen wir einen Kontrakt mit den Elsies. Gleich noch heute. Vielleicht kommen wir dann noch hier raus.«

Vereinzeltes Kopfnicken.

Lhiannon fuhr ihn an: »Einheit, Tom! Halt deinen Mund! Ich entscheide das und nicht du.«

»Gib mir noch zwei Jahre, und ich führe die *Jacks*«, murrte Tom.

Lhiannon sah ihn schnell an. Ein gefährlicher Blick. Tom verstummte. Lhiannon sagte unbewegt: »Natürlich, Tom. Wenn der Zeitpunkt richtig ist, dann übergebe ich dir diese Kompanie. Aber bis dahin ist es meine Einheit. Zweifelt irgend jemand daran?«

Keiner sagte etwas. Die Kompanieangehörigen in dem überfüllten Zelt gehorchten ihr. Aber Lhiannon sah einige Blicke, die zu Boden gerichtet waren und nicht gesehen werden wollten…

Aber sie durfte nicht so streng mit ihrer Truppe sein. Man erwartete Aktionen von ihr. Man erwartete einen guten Plan, der Jack, Juri und Karl rächte. Wenn dieser Plan nicht funktionierte, dann würden sie sich einen anderen Kommandeur suchen.

In diesem Augenblick piepste der Fernsender, dessen Sensorensätze sie vor drei Tagen an der Westflanke der Sheridans abgeworfen hatte. Ehrfürchtige Stille.

Lhiannons Augen glänzten aggressiv auf und sie sagte: »Okay, wir verschieben diese Debatte besser auf später, jetzt gibt es viel zu tun.«

Jason Boise steuerte seinen *Derwisch* durch die Schluchten der westlichen Sheridans. Hinter ihm kamen die Kopfgeldjäger. Sie boten ein hervorragendes Ziel, die überschweren Mechs in der engen Schlucht… ein richtiges Tontaubenschießen würde es werden.

Es war alles so gekommen, wie Gilbert gesagt hatte. Und wie Lhiannon es vorausberechnet hatte – nur Gilberts Höhensprung hatte sie nicht gesehen. Aber irgendwie hatte das niemand.

Jason hatte die Fernsensoren gefunden und die Daten übertragen. Die *Jacks* würden in drei Stunden über ihre Jäger in den unwegsamen Sheridans herfallen und sie auslöschen. Jason freute sich schon darauf, den *Wolfshund* von Berner zusammenzuschießen. Brigg marschierte mit Wallace hinter Jason. Was diese beiden betraf, so bedauerte Jason seinen Plan. Brigg war ein fähiger Offizier und Wallace sowohl ein guter Scout als auch ein guter Adjutant – vor allem war er loyal, was man von wenigen MechKriegern behaupten konnte. Es war keine fanatische Loyalität, aber im Ernstfall, wenn auch nur ein Fünkchen Hoffnung bestand, seinen Kommandanten zu retten, dann würde Wallace' *Rabe* wie eine Wand stehen. Solche MechKrieger fand man selten.

Brigg funkte Jason über Kom an. »Schütze Boise, Einheit noch mal! Wie lange dauert das noch?«

Jason schüttelte verärgert den Kopf. Brigg konnte einfach nicht warten. Sein einziger Fehler. »Wir haben ihre letzte Rückzugslinie in ungefähr zwei Stunden erreicht.«

Brigg knurrte zur Bestätigung in sein Kom. Jason konnte spüren, dass sie misstrauisch wurden. Der Widerstand der Kopfgeldjäger gegenüber Jason war recht groß gewesen. Sie hatten ihm noch nicht voll vertraut und um klare Koordinaten gebeten. Jason hatte sich besonders dumm angestellt, und nach einer halben Stunde hatten sie sich entnervt dazu durchgerungen, ihn ganz einfach als Führer mitzunehmen.

Jason kannte das Risiko. Die Waffensysteme des *Kampftitan* und des *Raben* ruhten jede freie Sekunde auf dem *Derwisch*. Jason fand diese Vorsichtsmaßnahme vollkommen nutzlos. Ein kurzer Druck auf seine Kontrollkonsole, und der *Derwisch* war hinter die nächste Wand gesprungen. Andererseits – nur ein falscher Schritt, und sie würden ihn ohne irgendeine Vorwarnung abknallen.

Die Datenübertragung auf die Fernsensoren war bisher am heikelsten gewesen. Jason wäre von Wallace fast entdeckt worden. Jason führte sie weiter in die Sheridans. Er hoffte, dass niemand von den Kopfgeldjägern sich den Irrgarten der Schluchten in diesen Bergen einprägte.

Lhiannon Potter hatte ihre dezimierte Kompanie in Zweiergruppen aufgeteilt. Sie lag zusammen mit Tom Anderson in einer geräumigen Gletscherspalte auf der Lauer. Kommunikation zwischen den einzelnen Gruppen war nicht möglich. Sie waren zu weit verstreut und deckten ein Gebiet von 50 Quadratkilometern ab.

Die Idee, die Tom vorgebracht hatte – einen konzentrierten Schlag gegen die angreifenden Kopfgeldjäger zu führen –, hatte Lhiannon schnell verworfen. Dadurch verloren sie auf den engen Bergpässen und Schluchten ihre Flexibilität. Zwei Mechs waren da geradezu perfekt – acht Mechs konzentriert auf einer Stelle waren eine Katastrophe. Lhiannon entschied sich für die Hit-and-Run-Taktik, die ein langsames Zermürben des Gegners während der Nacht nach sich zog. Lhiannon hoffte, dass sich ihre Taktik bewährte – falls nicht, würde das die letzte Schlacht der *Jacks* sein. Aber sie war zuversichtlich. Jason würde ihren Plan erkennen und ihr diese Kopfgeldjäger auf seinem besten Tablett servieren.

Zweieinhalb Stunden. Die Dämmerung setzte ein. Die schwache Sonne des Systems verschwand langsam hinter den Bergen am Horizont. Die Kommunikation war zum Stillstand gekommen. Brigg hatte Funkverkehr verboten. Jason hatte erklärt, dass die *Jacks* Sensorfallen aufstellen würden. Kommunikation war nur noch vor und in Kampfsituationen erlaubt.

Jason nahm an, dass es einen zweiten Grund für die Funksperre gab: Brigg wollte Jasons Stimme nicht mehr hören. Jason hatte am Anfang nicht gesagt, dass es bis in die Abendstunden dauern würde, und Brigg war wirklich wütend. Und von den *Jacks* gab es immer noch keine Spur.

Dann geschah alles innerhalb weniger Sekunden.

Wallace stoppte. Sein *Rabe* besaß die besten Sensoren der Kompanie und hatte etwas entdeckt. Links in der Felswand. Wallace aktivierte seine Waffen und drehte seinen Torso.

Jason drehte sich ebenfalls. Das vereinbarte Zeichen. Er betätigte den Auslöseknopf – die Sprengladungen mit den Tarnnetzen gingen hoch. Die schwachen Explosionen hätten zwar jeden Infanteriezug ausgelöscht, sorgten unter den Mechs jedoch nur für Verwirrung. Aber genau das wollte Jason.

Er richtete seine Waffen blitzschnell auf den *Rabe* aus und feuerte die beiden M-Laser und die beiden KSR-Lafetten auf das Cockpit des Mechs ab. Das Fadenkreuz hatte sich mühelos und mit tödlicher Präzision über das Cockpit gesenkt – wenn man bedachte, dass der *Rabe* praktisch stillstand, eine viel zu einfache Aufgabe. Jason hauchte ein trauriges *Tut mir Leid* durch das Kom.

Die Salve traf. Der *Rabe* stürzte rauchend zu Boden und blieb regungslos liegen. Jason verlor keine Zeit, der *Derwisch* wendete und sprang über die Felswand. Er landete auf einem Plateau, vor ihm gähnte bereits wieder der Abgrund, die tektonischen Sensoren sagten einen 74°-Abhang voraus und eine stabile Felsenstufe vier Meter unterhalb davon.

Jason kam eine Idee. Riskant – wenn es nicht klappte, dann würden sie ihn genauso enthaupten, wie Jason Wallace enthauptet hatte, aber Jason ging das Risiko ein. Ein Blick nach links, und er erkannte die stummen und dunklen Aufbauten von Malagas *Panther* und von Butchers *Paladin* in den Felsvorsprüngen. Jason ignorierte sie und stieg langsam auf die Stufe am Ende des Plateaus. Die Angreifer würden ihn nicht so weit unten erwarten. Seine Waffensysteme zeigten alle über den Felsenrand. Jetzt sollten sie nur kommen. Er würde ihnen einen gebührenden Empfang bereiten.

Nach der Verwirrung und der Vernichtung von Wallace hatte es einige Sekunden gedauert, bis Brigg reagierte – nicht dass er sich deswegen Vorwürfe machte, denn die anderen reagierten noch langsamer.

Brigg brüllte in das Kom: »Formation halten. Feuert auf alles, das sich da draußen bewegt! Lopez, Browning! Verfolgt dieses Schwein und erledigt es.«

Lopez und Browning führten die beiden einzigen sprungfähigen Mechs der Kompanie. Tai-i Lopez steuerte einen *Vollstrecker* mit einem rekordverdächtigen Alter. Der Mech hatte schon oft bewiesen, dass er seinen Namen zu Recht führte. Korporal Browning und ihren *Dunkelfalke* hatte Brigg nicht nur einmal als apokalyptische Reiter bezeichnet. Diese beiden würden den Verräter stellen und vernichten.

Brigg hoffte inständig, dass Schütze Boise nicht sofort starb. Browning hatte schon mehrmals bewiesen, dass sie sehr gefühlvoll töten konnte. Aber gleichzeitig mit dem Hass auf Boise meldete sich auch die Angst. Boise hatte ihn verraten. Es war eine abgekartete Sache. Da draußen warteten gut postierte und wendigere Mechs, die das Gelände kannten, während er über elf schwerfällige Mechs mit einer Durchschnittstonnage von 65 verfügte. In offenem Gelände wäre es nur eine Frage der Zeit gewesen, bis er die *Jacks* gehabt hätte, aber hier, in engen Schluchten…

Verdammt! Gerade hier waren sprungfähige Mechs entscheidend. Und von seinen elf Mechs waren nur zwei sprungfähig! Das war eine glasklare Falle, und er, Major Brigg, war hineingelaufen wie ein unerfahrener Akademieabgänger. Aber…

Brigg beruhigte sich wieder. Noch war nichts verloren. Er hatte Wallace verloren. Erst einen Mech. Das waren tragbare Verluste. Er sah dem *Vollstrecker* hinterher, der sich gerade in die Lüfte erhob. Das ungute Gefühl blieb.

Lopez überprüfte das Plateau schnell. Keine ungewöhnlichen Anzeichen. Wenn der *Derwisch* noch hier sein sollte, dann hatte er sich gut versteckt. Browning blieb im Zentrum des Plateaus stehen und scannte die Landschaft sorgfältiger. Lopez' *Vollstrecker* beschleunigte. Sie hatten diese Taktik schon häufiger praktiziert. Der *Vollstrecker* trieb den Gegner aus seinem Versteck, der *Dunkelfalke* hielt ihn auf, und sie nahmen ihn in die Zange. Es war ein gutes Manöver gegen zahlenmäßig unterlegene Gegner.

Lopez kam auf zwanzig Meter an das Ende der Terrasse heran, als seine Sensoren etwas registrierten und aufheulten. Er blickte schnell auf seinen Radarbildschirm. Da war etwas. Unten. Er registrierte den Kopf des versteckten *Derwisch* erst, als der bereits feuerte…

Jason hatte wieder viel Zeit zum Zielen bekommen und sie genutzt. Die erste Salve erwischte den *Vollstrecker* vollkommen unerwartet. Jason hatte seine Salve auf das rechte Bein des *Enforcer* gerichtet, das jetzt zusammenknickte. Ein Schuss auf das Cockpit war zu riskant. Wie hatte Jasons Ausbilder immer betont: *Ein sicherer Treffer ist besser als ein möglicher Abschuss.* Jason hielt sich für gewöhnlich daran.

Der *Vollstrecker* stürzte zu Boden. Jason aktivierte seine KSR und erfasste das Cockpit des Mechs. Nachdem er jetzt bewegungslos dalag, konnte man von einem sicheren Abschuss reden. Aus den Augenwinkeln sah er noch das Aufblitzen des Lasers des *Dunkelfalke*. Die Energiewaffe verfehlte ihr Ziel zwar haarscharf, genauso wie die beiden KSR, aber die LSR schlugen im Torso und die Autokanone im Kopf ein…

Der Teilsieg über den *Vollstrecker* war das Zeichen für Donna und Adrian.

Donna erfasste den *Vollstrecker* schnell mit ihrer PPK, als sie sah, wie der *Dunkelfalke* feuerte. Sie drehte ihren Torso und erfasste den *Dunkelfalke*. Genau genommen war der *Vollstrecker* keine Gefahr mehr – auch wenn er jetzt verzweifelt versuchte aufzustehen.

Der azurblaue Energiestrahl, der von dem *Panther* ausging, traf den *Dunkelfalke* im linken Armgelenk. Donna bemerkte, dass der Arm zwar noch am Torso hing, der Treffer das Innenleben des Armes jedoch vollkommen zerstört hatte. Der Arm war nur noch ein lästiges Hindernis. Sie schaltete auf ihre KSR-Lafette um und beschleunigte. Der *Paladin* bewegte sich.

Adrian befand sich im Rücken des *Dunkelfalken*. Er aktivierte die KSR4 sowie die beiden mittelschweren Laser und erfasste den FeindMech. Browning hatte gerade den Schock des PPK-Treffers weggesteckt und richtete ihre ganze Aufmerksamkeit auf den *Panther*.

Der *Paladin* hatte leichtes Spiel. Die Rückenpanzerung des *Dunkelfalke* war viel zu schwach, um den konzentrierten Feuerhagel auszuhalten. Adrian lächelte erbarmungslos, als der *Dunkelfalke* mit einem riesigen Loch in der Rückenpartie tot nach vorne fiel.

Donna drehte sich wieder zu dem *Vollstrecker* um –

nur um festzustellen, dass Jasons *Derwisch* vor ihr stand und der *Vollstrecker* mit plattgedrücktem Kopf dalag. Der *Derwisch* war am Kopf schwer beschädigt – ein weiterer Treffer und Jason war erledigt.

Donna aktivierte ihr Kom. »Buenos tardes, Jason! Ich hätte nicht gedacht, dass Lias Plan funktioniert.«

Jason lachte leise. »Ich freue mich auch, wieder da zu sein, Donna.«

Brigg wartete. Seine ganze Kompanie wartete. Er hatte ihnen doch eingetrichtert, dass sie den Funkverkehr in solchen Situationen aufrecht erhalten sollten. Fünf Minuten waren vergangen… Zehn Minuten.

Brigg aktivierte sein Kom. »Verflucht, Lopez! Was ist los?«

Keine Antwort.

»Lopez! Browning! Einheit noch mal! Meldet euch doch endlich!«

Keine Antwort. Brigg griff nach dem letzten Strohhalm: »Wallace, scann' die Gegend nach Störfeldern.«

Brigg erkannte seinen Fehler im nächsten Moment.

Berner beendete das peinliche Schweigen. »Dieser Hund wusste ganz genau, wo er uns treffen musste.«

»Wallace' *Rabe* hatte hervorragende Sensoren. In unserer jetzigen Lage wäre das der wichtigste Mech unserer Einheit«, bestätigte Brigg.

Berner fragte: »Ihre Befehle, Kommandant?«

Brigg zögerte keinen Augenblick. »Wir warten. Vielleicht sind Lopez und Browning noch am Leben.«

»Falls Sie es noch nicht bemerkt haben: Wir scheinen in eine wunderschöne Falle gelaufen zu sein. Die beiden sind schon längst pulverisiert. Wieso retten wir nicht unsere Haut?«

»Es interessiert mich einen Dreck, was Sie denken, Berner«, sagte Brigg wütend. »Wir haben noch keine Beweise, dass die beiden tot sind. Und ich gebe keinen meiner Leute auf, Berner... Und sollte dies wirklich eine Falle sein, dann, glauben Sie mir, haben wir größere Chancen, wenn wir uns hier eingraben, als wenn wir in diesen Schluchten ohne einen Führer einen Ausbruch versuchen.«

Brigg schaltete ab. Was Berner dazu sagen würde, war ihm egal. Brigg war der Kommandeur, Berner nur ein arroganter Frischling ohne echte Substanz.

Briggs Gedanken schweiften ab. Er blickte auf die Felswand. Dorthin, wo Lopez und Browning verschwunden waren. Eine steile, dreißig Meter hohe Wand. Und er hatte keinen Mech mit Sprungdüsen mehr. Brigg betete. Er wollte ein Lebenszeichen der beiden. Nur ein einziges...

Lhiannon saß in ihrem stillen Cockpit. Still und dunkel. Nur das dauernde Hintergrundsummen des Reaktors und die schlechte Notbeleuchtung. Ihre Anzeigen brachten immer die gleichen Meldungen. Aber das würde sich ändern. Das Netz von Sensoren, das sie aufgebaut hatten, würde sie mit Informationen versorgen, wenn ihre Gegner vorbeikamen.

Toms *Greif* stand ihr gegenüber. In der schlecht beleuchteten Gletscherspalte konnte sie nur die Aufbauten und den schwachen Schein im Cockpit sehen.

Er wartet genauso sehnsüchtig auf den Kampf wie ich, dachte sie. *Aber er tut es aus einem anderen Grund. Er will Rache. Ich will den Kampf, weil ich schon zu sehr Söldnerin bin, um ein anderes Leben führen zu können. Er ist der bessere Mensch.*

Lhiannon aktivierte ihr Kom. »Hey, Tom!«

»Was gibt's? Hast du sie schon auf deinem Scanner?«

Lia lächelte. »Nein, ich empfange noch nichts. Du stellst meinen Führungsstil in Frage?«

Sie hörte, wie er atmete. Dann antwortete er auf ihre

direkte Frage: »Ja. Ich habe andere Ansichten. Aber du bist der Kommandeur. Du entscheidest.«

»Es freut mich, dass wir uns verstehen, Schütze Anderson.«

»Wirst du mir jemals diese Einheit überlassen?«, fragte er zaghaft.

Lia lächelte wieder. Die Frage war berechtigt. Und um ehrlich zu sein: Es war ein gutes Gefühl, Kommandeur zu sein. Man kam gar nicht auf den Gedanken, diese Position freiwillig aufzugeben. Aber es war nicht ihre Truppe. Die *Jacks* gehörten einem Anderson. Und das würde sich erst dann ändern, wenn Tom fiel…

Lhiannon würgte den Gedanken, der sich ihr in diesem Moment aufdrängte, sofort ab. »Keine Angst, Tom. Nach dieser Sache hier bezahle ich dir eine Offiziersausbildung. Und das gebe ich dir schriftlich: Du wirst der beste Offizier, den diese Einheit je gesehen hat.«

Tom murmelte etwas vor sich hin. Dann fragte er: »Nehmen wir das Angebot der Lyraner an?«

»Ich bin noch am Überlegen.«

»Ich glaube, wir sollten darauf eingehen.«

»Wieso?« Lhiannon war neugierig.

»Die Lyraner brauchen uns. Nur mit unserer Hilfe bekommen sie das, was sie wollen. Alleine sind sie zu schwach.«

»Ja, natürlich. Aber unsere Lage ist sowieso schon beschissen genug. Was glaubst du, wenn diese Geschichte an die Öffentlichkeit kommt, beäugt uns doch eh schon jeder vorsichtig. Wenn wir jetzt auch noch die Seiten wechseln, bekommen wir nie mehr einen Auftraggeber.«

»Du hoffst auf die *Falken*, oder?«

»Wie?« Lia war von der Frage sichtlich überrascht.

»Du hoffst, dass der Kommandeur der *Falken* nicht ganz so manipulierbar wie LeFranc ist. Dass ihr Kommandeur diesen Fall objektiv behandelt und alle Aspekte mit einbezieht.«

Sie antwortete nicht. Er hatte ins Schwarze getroffen.

Nach einer kleinen Kunstpause sagte er: »Aber das wird nicht geschehen. Thornten kennt dieses Schlachtfeld einfach zu gut. Ich will gar nicht wissen, wie oft er sich abgesichert hat. Thornten wird uns als Sündenböcke hinstellen. Wir haben keine Chancen... Die Lyraner brauchen uns, um diese Schlacht gewinnen zu können, und wir brauchen die Lyraner, um überleben zu können.«

Lia schwieg. Er hatte Recht. Sie mussten sich den Lyranern anschließen. Das war die einzige Möglichkeit.

In diesem Moment blinkte ihre Anzeige auf, und Daten liefen über ihren Monitor.

Der Feind war da.

Lia funkte Tom an. »Ich glaube, wir verschieben den Rest der Diskussion auf später. Die Beute ist bereit, geschlagen zu werden.«

Tom empfing die Daten im gleichen Augenblick. Sein bestätigendes Lachen klang angriffslustig. Dann sprang er auf die Oberfläche. Dort würde er auf den Feind warten.

Brigg atmete auf, als die beiden Mechs am Rande des Plateaus erschienen. Dann geschah alles sehr schnell. Die Mechs feuerten...

Brigg sah jetzt genauer hin. Das war weder ein *Vollstrecker* noch ein *Dunkelfalke*. Es waren zwar Battle-Mechs, aber die falschen. Sie konzentrierten ihr Feuer auf den *Atlas*. Ein dritter Mech tauchte in der kurzen Feuerpause auf und feuerte eine Raketen-Salve ab. Dann feuerten wieder die beiden anderen.

Erst jetzt reagierten Briggs Leute. Ihre Salven waren allerdings nutzlos. Der Feind war schon wieder verschwunden.

Der *Atlas* stand noch, aber die Beinpanzerung war stellenweise vernichtet. Brigg hatte erwartet, dass Berner sich melden würde, aber das geschah nicht. Betretene Stille herrschte. Brigg wäre es in diesem Moment lieb und wert gewesen, wenn ihn irgend jemand über das Kom angebrüllt hätte. Die Stille war einfach zu endgültig und bedrückend.

Brigg hörte ein bekanntes Surren. Die Entladung einer PPK. Dann sah er den blauen Energiestrahl, und aus den Augenwinkeln bemerkte er, wie der *Kreuzritter* links neben ihm in seinem Rückentorso exakt getroffen wurde und im nächsten Moment zusammensackte. Der Major konnte den Verursacher gerade noch identifizieren: einen *Panther*. Aber ein Schuss würde nichts mehr nützen. Der Mech hatte sich schon wieder zurückgezogen.

Der *Derwisch* erschien direkt vor ihnen. Berner hatte ihn innerhalb von Sekundenbruchteilen erfasst. Wen der Schlagabtausch schlimmer traf, konnte Brigg nicht sagen. Beide hatten ein Breitseite abgegeben und auf beiden Seiten schlugen einige Treffer ein. Es waren keine exakten Treffer, aber sie verursachten großen Schaden auf der Frontpanzerung der Mechs.

Dann geschah längere Zeit nichts. Das Warten war das Schlimmste von allem. Das Warten auf den Tod.

Brigg erinnerte sich an Tikonov. Damals, im 4. Nachfolgekrieg, als die Davies Tikonov mit überlegenen Einheiten angegriffen und den Planeten genommen hatten. Er hatte zu den wenigen Glücklichen gehört, die mit Oberst Pavel Ridzik, dem Oberbefehlshaber der Capellaner, fliehen konnten. Das Schlimmste war auch damals das Warten gewesen. Die AVS hatten Tikonov vorher systematisch abgeschnitten – jeder hatte gewusst, dass Tikonov das Ziel ihres Angriffs sein würde. Aber gerade das hatte die Tage vor der Schlacht so nervenaufreibend gemacht. Als die Davions endlich an den Sprungpunkten des Sonnensystems auftauchten, war es ihm wie eine Befreiung vorgekommen...

Der *Panther* erschien rechts über ihm. Brigg reagierte instinktiv. Er aktivierte seine Kurzstreckenwaffen blitzschnell. Es war eine Entfernung von vielleicht 40 Metern. Die PPK konnte er auf diese Entfernung nicht einsetzen. Der Winkel war schwierig, aber Brigg beugte sich gekonnt nach hinten, drehte seinen Torso und feuerte auf den Gegner, der schon fast über ihm stand...

Donna feuerte noch ihre PPK auf einen *Marodeur* ab, bevor sie selbst getroffen wurde. Den *Marodeur* traf es im rechten Schultergelenk, den *Panther* im zentralen Torso.

Donnas Mech torkelte zurück. Sie konnte die Balance nicht mehr halten und stürzte nach hinten. Die Treffer des *Kampftitan* ließen die meisten Systeme im Torso des *Panthers* explodieren und damit auch die meisten Konsolen im Cockpit. Donna wurde schwarz vor Augen.

Brigg lächelte zufrieden. Er konnte mit ziemlicher Sicherheit sagen, dass der *Panther* sie ab sofort in Ruhe lassen würde.

Berner meldete sich über Kom. »Guter Schuss, Major. Besser hätt ich's auch nicht hingekriegt.«

»Danke, Leutenient. Ihre Salve vorhin war auch nicht schlecht.«

»Na ja... es hätte besser sein können... Major, wir müssen hier weg!«

»Wer sagt das?«, wollte Brigg wissen.

»Hören Sie, Major, für Ihre Meinung spricht wirklich einiges«, sagte Berner. »Aber was ist, wenn sie alle ihre Mechs auf diesem Plateau haben? Sie haben uns bisher nur drei Mechs entgegengeworfen – und noch nicht einmal ihre besten. Und jetzt vergleichen Sie bitte unsere Verluste mit den ihren!«

Brigg nickte. Er verstand Berners Argument.

»Wir haben keinen Führer. Sie sind flexibler und manövrierfähiger. Wir kommen hier niemals wieder raus. Warten wir noch, bis LeFranc ein Entsatzkommando schickt.«

»Entsatzkommando? Einheit noch mal! Wir sind doch der Entsatz für LeFranc!«

Stille.

Dann fuhr Berner fort: »Sie wollen uns alle hier rausbringen. Das ist ein ehrenvoller Vorsatz. Aber seien Sie realistisch! Wenn wir jetzt abhauen, haben wir eine relativ hohe Chance, dass zwei von uns entkommen. Wenn wir hierbleiben, dann zermürben sie uns in der Nacht. Ich möchte wetten, dass sie Nachtsensoren installiert haben. Und wir tappen im Dunkeln. Dann reicht denen schon ein einziger Mech, um uns wie Tontauben zu zerlegen. Außerdem hocken wir andauernd in unseren Cockpits. Und die haben sicher ihr Lager in der Nähe. Sie wechseln sich ab und schicken ihre ausgeruhten MechKrieger hierher.«

»Alle Achtung, Berner! Und ich dachte, Sie wären eine strategische Flasche… Na von mir aus! Folgen Sie mir. Ich glaube, ich habe mir den Weg gemerkt.«

Die Gletscherspalte war lang. Sie waren wenige Meter nach der ersten Öffnung eingestiegen. Sie hatte hier bereits eine Tiefe von 80 Metern und eine Breite von 15 Metern. Und sie wurde immer gewaltiger, je tiefer man in sie einstieg. An einigen Stellen hatte die Natur für Schneebrücken gesorgt. Unter diesen Brücken standen die beiden. Das Netz von Sensoren versorgte sie ununterbrochen mit Informationen über die Kopfgeldjäger.

Lhiannon war beeindruckt. Donna, Adrian und Jason hatten eine wirklich gute Vorstellung geboten und kräftig ausgeteilt. Jetzt war es an Lhiannon und Tom, den Idioten da oben zu zeigen, dass auch eine *Valkyrie* und ein *Greif* kämpfen konnten.

Brigg hatte verzweifelt versucht, so etwas wie einen geordneten Rückzug durchzuführen. Es war ihm nicht gelungen. Zumindest marschierten sie in einer Formation. Den zweiten *Kreuzritter* hatten sie auch schon verloren. Er hatte seinen Fuß auf eine Schneebrücke gesetzt und war ungefähr dreihundert Meter tief gefallen. Seitdem gaben sie mehr Acht auf den Untergrund.

Die Nacht erschwerte ihre Arbeit zusätzlich. Sie waren vor einer Stunde zurückmarschiert und seitdem hatte sich die Nacht über den Planeten gesenkt. Es war keine sternenklare Nacht, die Wolken zogen wieder auf – und der Nebel. Wahrscheinlich herrschte in wenigen Stunden der schönste Blizzard.

Sie passierten ein weiteres U-Tal. Briggs Blicke ruhten abwechselnd auf dem Boden und auf seinen Konsolen. Er sah zufällig hoch… und bemerkte den blauen Energiestrahl, der kurzzeitig die Nacht erhellte. In seinem Schein konnte er auch den *Greif* erkennen.

Brigg und der *Marodeur* erfassten seine Position und feuerten mit ihren PPKs. Berners *Wolfshund* stürzte kopfüber in den Schnee. Wer immer gefeuert hatte, er musste ein guter Schütze sein. Bei diesen Bedingungen einen präzisen Treffer zu landen, war fast unmöglich. Natürlich, wenn man spezielle Sensoren hatte…

Der *Greif* war weg. Bevor die PPKs einschlugen, sah Brigg nur noch die heißgelaufenen Sprungdüsen über sich. Dann nichts mehr. Brigg empfand seltsamerweise nichts. Er hatte gedacht, wenn Berner sterben würde, dann würde irgendein Gefühlsausbruch kommen. Aber Brigg nahm den Tod seines Scouts gleichgültig hin.

Brigg sah etwas Schemenhaftes auf einer Felsformation links über sich. Sein Warnruf kam zu spät. Der

Greif feuerte seine LSR ab. Die Wahl der Waffe war vernünftig. Die LSR erzeugten nicht so viel Licht wie die PPK. Ihr Gegner blieb verborgen – sie konnten seine Position nur erahnen.

Die LSR schlugen präzise in dem Torso des *Atlas* ein. Der 100-Tonner torkelte durch die Wucht des Aufschlags zurück, der *Greif* feuerte eine weitere Raketen-Salve ab.

Der *Marodeur* schwenkte in die Richtung des Angreifers und schoss. Die PPK ging um Haaresbreite am rechten Arm des *Greif* daneben, und die Autokanone fraß sich in die Felsen und sprengte den Teil weg, auf dem der *Greif* stand. Der Mech fiel direkt vor den *Todesboten*. Tom konnte noch einmal zuschlagen, bevor der *Todesbote* mit seiner massiven Keule ausholte und das Cockpit des *Greif* zertrümmerte.

Der *Atlas* wurde wieder im Torso getroffen und torkelte zurück. Dieses Mal erreichte Tom sein Ziel. Der Mech setzte seinen Fuß auf eine Schneebrücke und stürzte 120 Meter tief nach unten. Briggs Siegesschrei erstarb, als er sah, wie der mächtige 100-Tonner im Erdboden verschwand…

Lhiannon sah, dass das Icon des *Greif* auf ihrem Monitor verschwand. Die Sensoren ließen sie die Lage sogar von hier aus überwachen. Lhiannon fühlte die Leere. Sie hätte Tom niemals hinaufgehen lassen dürfen. Der designierte Kompanieführer war schon tot, bevor überhaupt klar war, dass er in die Fußstapfen seines Vaters steigen würde.

Dann sah sie den *Atlas* fallen. Der Kampfgeist überflutete sie wieder und ertränkte die Gewissensbisse. Der *Atlas* knallte auf den Boden, Lhiannon gab zur Sicherheit noch eine LSR-Salve auf die Kopfpartie des *Atlas* ab und näherte sich dann vorsichtig. Etwas regte sich…

Der Mech war noch kampffähig, und sein Pilot lebte

noch. Lhiannon wunderte das nicht besonders. Wenn man die Gerüchte über *Atlanten* glaubte, die in den Kneipen der Inneren Sphäre erzählt wurden, dann konnte ein einziger *Atlas* ganze Regimenter aufreiben… Außerdem konnte sie es sich nicht erlauben, sich zu wundern. Der 100-Tonner war selbst in seinem jetzigen Zustand noch doppelt so gefährlich wie ihre *Valkyrie*.

Lia zielte lange, feuerte den M-Laser ab und traf im Cockpit. Sie lachte wild und schoss ein zweites Mal, dann ein drittes Mal. Erst jetzt stürzte der *Atlas* in den Schnee wie ein toter Soldat nach seinem letzten Überlebenskampf.

Lhiannon sah wieder auf ihre Anzeigen. Die Kopfgeldjäger flüchteten. Sie näherten sich jetzt der Position des dritten Teams, das von Robert und Edward gebildet wurde.

Lhiannon ließ sich müde in ihren Sitz fallen. Vor ihr lag der leblose *Atlas*. Ihre Anzeigen leuchteten auf und Lia erkannte mit einem schnellen Blick Adrians *Paladin*, der sich langsam ihrer Position näherte.

Donna konnte nicht sagen, wie lange sie weg gewesen war. Lange konnte es nicht gedauert haben, die Notbeleuchtung war immer noch aktiv und die Restwärme des Reaktors blieb noch spürbar – genauso wie die Schmerzen.

Sie stöhnte auf. Donna erkannte diese Schmerzen. Jeder Soldat spürte sie einmal in seinem Leben. Und sie wusste instinktiv, dass es die letzten Schmerzen ihres Lebens waren.

Sie blickte hoch und sah den *Derwisch*, der Totenwache hielt. In diesem Moment riss Jason die Einstiegsluke auf. Donna lächelte ihn an. »Hey, Gringo… was tust du hier?« Sie konnte nur noch schwer sprechen.

»Einheit noch mal! Das fragst du?«

Er hatte ein MedPack umgehängt und griff jetzt nach

einem medizinischen Scanner. Seine Miene verfinsterte sich. Donna fühlte den eiskalten Luftzug, der von draußen kam.

»Wie... kalt ist es da draußen?«

Jason zuckte mit den Achseln. »Sehr kalt.«

Jason ignorierte ihren neugierigen Blick. »Wir müssen dich hier sofort rausbringen. Du hast starke innere Verletzungen. Wenn ich dich rechtzeitig zu Viewman bringen kann, dann hast du 'ne gute Chance.«

Donna lachte. Sie lachte Blut. »Nein, ich will da nicht... raus, ich will... hier sterben, im Cockpit meines Mechs.«

Jason verstummte und sah sie bedrückt an.

»Sei realistisch...« sagte Donna. »Jason... Ich habe keine... Chance mehr.«

»Aber...«

»Kein Aber!«, donnerte sie ihn an. Dann zuckte sie zusammen und seufzte lange. Die Schmerzen kamen wieder.

Jason hantierte in dem MedPack und holte ein Schmerzmittel hervor.

Donna schlug es ihm aus der Hand. »Caramba! Lass... das!«

»Aber deine Schmerzen...«

»Ich will... dieses Zeug nicht. Ich will... nicht, dass... diese verdammte Droge mir das... Sterben erleichtert.«

Jason sah sie überrascht an. Dann verstand er.

Donna fragte: »Wo... ist... Adrian?«

»Ist weitergezogen. Er schliesst zu Lia auf.«

»Warum... bist du... nicht bei ihm?«

»Mein *Derwisch*. Ich würde keinen weiteren Treffer mehr aushalten.«

»Das... ist... kein Grund, Jason...! Erledige deine... Pflicht!«

»Aber...«

»Kein Aber, Schütze!«, brüllte sie. Offenbar konnte sie noch brüllen, wenn sie ihre letzten Reserven aufbrauchte.

Jason nickte und stieg aus dem Cockpit.

Donna rief ihm etwas hinterher.

Jason drehte sich um. »Ja, was ist noch?«

»Wer... hat mich abgeschossen?«

»Der *Kampftitan*. Es war nicht deine Schuld. Der verdammte Mistkerl stand fast unter dir. Ich hätte nie gedacht, dass man von dem Winkel aus noch treffen kann.«

»Also... hat mich ein As... erledigt.«

»Ja.« Jasons Bestätigung kam sofort.

Donna lachte zufrieden. »Es ist gut... wenn... man weiß, dass... einen ein... As und kein... Frischling erledigt hat.«

Jason nickte. Ihm war nicht nach Lachen zumute. Er gab ihr noch zehn Minuten.

Donna fuhr fort: »Du... liebst Lhiannon?«

Jason nickte.

»Du... musst versuchen, sie... zu überreden. Lia ist in Ordnung... Ich... habe... zwei Jahre... lang in ihrer Lanze gedient... Sie hat ein besseres... Leben verdient... Mach sie... glücklich...«

Die Schmerzen kamen wieder. Dieses Mal schlimmer. Donna krümmte sich und stöhnte auf. Dann eine Minute Ruhe. Nur das schwere Atmen der Todgeweihten. Dann redete sie weiter. »Du... hast mich... einmal gefragt... ob ich wirklich diesen... langen Namen... habe.«

Jason erinnerte sich.

»Ich... heiße nicht... wirklich so. Ich habe den Namen nur gewählt, weil er Eindruck... macht. Ich heiße Donna Zonzón.«

»Zonzón?«, wiederholte Jason, teils überrascht, teils fasziniert.

Donna lachte bitter. »Das ist Spanisch und… heißt so viel wie… *Trottel*. Ich… weiß nicht, wie… es genau heißt… ich konnte nie gut Spanisch… nur ein paar Wortfetzen…«

Jason sah sie betroffen an.

»Und jetzt – geh! Lass mich hier verrecken, Jason. Das… habe… ich mir… immer gewünscht… in meinem eigenen Mech zu sterben. Lass mich… mit meinem *Panther*… alleine!«

Jason sah sie mitleidsvoll an und flüsterte: »Adios, Donna Luisa Malaga di Sierra.«

Donna blickte zu ihm hin und sah ihn dankbar an.

Jason schluckte und schloss hinter sich die Luke. Es dauerte nicht lange, bis Jason im Cockpit seines *Derwisch* saß. Die Temperatur war weiter gefallen. Zwei Minuten mehr in der leichten MechKriegerkleidung da draußen, und er wäre erfroren. Er wartete etwas, um sich aufzuwärmen, aktivierte anschließend seine Sensoren und beschleunigte.

Donna sah den *Derwisch* abmarschieren. Ihre Gedanken waren klar. Er würde jetzt hinausgehen und ihre Gegner vernichten. Wenn er versagte, dann sah sie ihn früher wieder, als sie wollte. Sie gönnte diesem Frischling ein längeres Leben, als ihr Leben gewesen war.

Dann dachte sie an Anastasia. Ihr Geist würde ihre Kameradin beschützen. Als sie im wohligen Cockpit des *Panthers* den Schmerz zum letzten Mal spürte, wünschte sie Anastasia viel Glück… Dann nichts mehr.

Robert Shedler erfasste zuerst den *Kriegshammer*. Danach kam der *Ostroc* durch den engen Pass, dann der *Kampftitan*. Ihre Position war erstklassig. Shedler bemitleidete die Angreifer schon fast. Er überflog noch ein letztes Mal seine Anzeigen. Alles passte.

Er feuerte.

Die Felswände erzitterten und stürzten ein. Robert

änderte seine Position in der dichten Staubwolke. Nicht dass ihn ein Angreifer im Nebel und in der Nacht gesehen hätte, aber die Staubwolke verminderte sein Risiko noch zusätzlich. Als sich die Staubwolke setzte, konnte man selbst bei der momentanen Wetterlage den Erfolg der Aktion erkennen. Der *Kriegshammer* und der *Ostroc* waren abgeschnitten – auf dem Pass türmten sich massive Gesteinsbrocken.

Robert wartete. Er hatte zwar eine perfekte Schussbahn, die er auch nicht so schnell verlor, aber Grants *Speerschleuder* hatte in der Hinsicht mehr Probleme. Und mit ein bisschen mehr Zeit bekam Grant sicher einen der Mechs vor seine Rohre…

Der *Ostroc* wendete langsam und tappte in die Falle. Shedler hörte kurz, wie die zwölf Kurzstreckenraketen der *Speerschleuder* in dem Rücken des *Ostroc* einschlugen, der *Ostroc* vernichtet zu Boden fiel, die *Speerschleuder* aus ihrer optimalen Deckung stieg, der *Kriegshammer* wendete…

Und dann feuerte Robert. Die Salve aus dem S-Laser und vier M-Lasern traf den *Kriegshammer* vollkommen überraschend in dessen linker Seite. Die Panzerung des *Kriegshammer* war dort nur noch auf dem Papier vorhanden und die linke PPK vollkommen demoliert.

Der *Kriegshammer* stoppte. Grant war nahe genug und feuerte eine Breitseite. Es trafen nur einige der Raketen und die schlugen verteilt im rechten Bereich ein.

Robert wartete noch etwas, sein Wärmetauscher-System war der Überlastung nahe und er wollte nichts riskieren. Er zog sich langsam zurück.

Der *Kriegshammer* wendete und erfasste den *Grashüpfer*. Grant stoppte, zielte und feuerte…

Die Salve traf voll und riss das Bein des überlegenen FrontMechs aus der Halterung des Hüftgelenks. Der *Kriegshammer* stürzte rücklings zu Boden.

Ruhe.

Shedler überlegte kurz, ob er eine Kapitulation anbieten sollte, aber er verwarf den Gedanken wieder. Das da vor ihm war ein sicherer Abschuss. Kein vernünftiger MechKrieger ließ sich so etwas entgehen. Dann gefror ihm das Blut. Grant...

Die *Speerschleuder* hatte ihre Waffensysteme aktiviert und näherte sich dem liegenden Mech.

Robert brüllte in sein Kom: »Verdammt, sofort halten!«

»Warum, Robert? Willst du den Abschuss etwa?«, feixte Edward.

Es war das Letzte, was man von Edward Grant hörte. Die *Speerschleuder* beugte sich in diesem Moment über den *Kriegshammer*, dessen Waffen im Torso noch aktiv waren. Die Kurzstreckensalve zerfetzte die *Speerschleuder* innerhalb weniger Sekundenbruchteile. Es war zu bezweifeln, ob Edward seinen Fehler überhaupt noch realisieren konnte.

Shedler brüllte auf und feuerte auf seinen wehrlosen Gegner. Kurz bevor die Wärmetauscher vor dem Zusammenbruch standen, nahm er den Finger von dem Feuerknopf...

Die drei überlebenden Mechs der Kopfgeldjäger, der *Kampftitan*, der *Todesbote* und der *Marodeur*, zogen sich panikartig in ein Seitental zurück. Der Verlust des *Kriegshammer* und des *Ostroc* hatte Brigg tief getroffen. Und damit hatte Berner Recht behalten. Sie konnten froh sein, wenn sie zwei Mechs aus der Falle bekamen...

Andererseits, vielleicht hätte sich alles positiver entwickelt, hätten sie sich eingegraben. Aber sie waren nun einmal hier – und zurück konnten sie nicht. Oder vielleicht doch? Niemand rechnete damit, dass sie zurückgingen. Der Gegner trieb sie vor sich her. Wenn sie einfach zurückgingen, dann...

Brigg wurde schnell aus seinen Gedanken gerissen. Der *Marodeur* war vorgestürmt, aus dem Tal heraus. Brigg sah nur noch, wie der Mech im Erdboden verschwand. Diesmal war es keine Schneebrücke gewesen, der Weg hörte ohne Vorwarnung auf. Der *Marodeur* landete ungefähr einen Kilometer unter ihnen mit einem dumpfen Aufprall.

Brigg starrte in die Schlucht und fand keine Worte. Noch vor wenigen Stunden hatte er eine stolze und siegessichere Kompanie geführt. Jetzt war ihm nur noch der *Todesbote* geblieben. Die *Jacks* waren und blieben die unbesiegbaren Outlaws von Amity. Er fand es eigentlich schade, ihr Gegner zu sein. Es mussten bemerkenswerte MechKrieger und Menschen sein.

Ein *Vulkan* tauchte auf einem Felsvorsprung über ihm auf. Beide Mechs drehten sich schnell, um den *Vulkan* zu erfassen – aber der war schon wieder weg. Dafür war in ihrem Rücken ein *Victor* aufgetaucht. Brigg bemerkte ihn zu spät, der *Todesbote* wahrscheinlich gar nicht. Die schwere Autokanone traf sicher im Rücken des *Todesboten*, der Mech taumelte vor, der *Victor* aktivierte seine KSR…

Der *Todesbote* fiel.

Brigg hatte den *Victor* im Visier und feuerte eine komplette Kurzstreckensalve ab, als der *Victor* voraussprang und genau dort landete, wo der *Vulkan* vorher gestanden hatte. Brigg fuhr herum, um den *Victor* zu erfassen, sah aber nur noch, wie der *Victor* verschwand.

Zirka eine Stunde lang geschah nichts mehr. Brigg hatte es sich im Cockpit seines *Kampftitan* gemütlich gemacht und sinnierte über alte Tage. Es war viel geschehen in seiner Zeit.

Eigentlich schade, dass es schon vorbei ist, dachte Brigg.

Dann sah er sie. Ihre Umrisse waren selbst in dieser

Nacht gut zu erkennen. Das Wetter war schon seit einer halben Stunde miserabel geworden. Der angekündigte Blizzard kam langsam auf.

Vor ihm landeten der *Victor* und der *Vulkan*, neben ihm postierten sich der *Grashüpfer*, die *Valkyrie* und der *Paladin*. Und ein Blick zurück verriet ihm, dass der *Derwisch* auch da war.

Sie stellten sich langsam auf und schienen zu warten. Brigg atmete tief durch. Auf seiner Konsole sah er, wie sie ihre Waffen aktivierten. Brigg lehnte sich zurück, schloss die Augen und summte vor sich hin. Mit seinem letzten Gedanken verfluchte er Tores Thornten...

18

Oxbridge, Amity
Liga Freier Welten

20. Januar 3033

Die Besatzungstruppe der Lanciers konnte sich die Zeit allmählich nicht mehr vertreiben. Die Truppe bestand aus vier Panzern und drei Infanteriezügen. LeFranc hatte nicht mehr entbehren können. Wenn es nach ihm gegangen wäre, dann hätte man zur Sicherung der Basis nur einen Mann benötigt. Thornten war anderer Meinung gewesen.

Als die Mechs zurückkamen, war es bereits Nachmittag. Der Blizzard wütete nicht mehr ganz so stark und die Temperatur war bereits wieder auf minus 20° Celsius gestiegen. Sie öffneten das Haupttor, um die Kompanie zu empfangen. Sie erkannten zu spät, dass die falschen Mechs kamen.

Der *Vulkan* stürmte vor und nahm die unbewaffneten Infanteristen schnell unter Beschuss. Die vier Panzer, zwei *Scorpione*, ein *Saladin* und ein *Mantikor*, waren bereits nach der ersten Salve der übrigen fünf Mechs zerstört.

Es dauerte nicht lange. Die Infanteristen waren nach einer halben Minute von den gnadenlosen MG-Salven und Flammenstößen des *Vulkan* ausgelöscht. Die rechtmäßigen Besitzer kehrten in die Basis zurück. Sie postierten sich auf ihren alten Plätzen und stürmten aus ihren Mechs. Nach zehn Minuten waren sie sicher, dass niemand mehr in ihrer Basis war.

Lhiannon setzte sich auf den Fußboden vor ihre *Valkyrie* und seufzte tief: »Na also. Zumindest sind wir wieder hier.«

Robert sah sie schief an: »Es hätte schlimmer kommen können, wesentlich schlimmer.«

Adrian nickte. »Es hört sich vielleicht sarkastisch an, aber wir haben sie ganz schön ausgebootet.«

Anastasia fuhr zu ihm herum. »Donna hilft das herzlich wenig.«

Peinliches Schweigen. Die fünf übrigen MechKrieger wussten um die enge Freundschaft, die Donna und Anastasia verbunden hatte.

Adrian erklärte ernst: »Donna hat gut gekämpft. Wir haben ihr viel zu verdanken. Ohne ihren Einsatz da draußen wären mehr von uns gefallen, Anastasia.«

Sie lachte bitter. »Ja, ohne ihren Einsatz… und wo warst du, als sie dich gebraucht hat… und du, Jason?«

Der Angesprochene fuhr zusammen. »Du warst nicht dabei, Anastasia. Der *Kampftitan* hat aus einem unmöglichen Winkel gefeuert. Es war eine Angelegenheit von Sekunden. Wir konnten ihr gar nicht helfen.«

»Ausreden!«, rief Ananstasia wütend. »Du wolltest ihr nicht helfen!«

Sie stand auf und ging weg.

Lhiannon rief ihr schnell nach: »Hey, Anastasia!«

Die Angeredete zuckte zusammen.

Lhiannon redete weiter: »Du kennst doch Adrian. Du hast vier Jahre lang mit ihm in derselben Lanze gedient. Adrian hätte ihr geholfen, wenn es eine Möglichkeit gegeben hätte. Und Jason genauso. Er hätte doch nie…«

Anastasia wirbelte herum und schrie: »Zum Teufel, hör doch mit Jason auf! Du würdest ihm doch selbst dann helfen, wenn er uns wirklich an seinen Vater verraten hätte.«

Damit ließ sie die anderen stehen und taumelte benommen in die Schlafräume.

Anastasia blieb dort. Die fünf übernahmen die unangenehme Arbeit, die Leichen aus der Basis herauszuschaffen. Nach einigen Stunden waren sie fertig.

Lhiannon ließ sich mit einem befreienden Seufzer und todmüde auf den Boden sinken, als drei Schweber hereinfuhren. Lia lächelte. Ihre Techs waren endlich wieder da.

Jasmine Lambert sprang aus dem ersten Schweber und kam schnell auf Lhiannon zu. Jasmines Gesichtsausdruck war wie versteinert. Lhiannon konnte sehen, dass sie geweint hatte.

Lhiannon richtete sich auf und blickte ihr bedrückt ins Gesicht. »Du weißt es schon, oder? Tom…«

Weiter kam sie nicht. Jasmine rammte ihr die Faust in den Magen. Lhiannon krümmte sich. Jasmine ballte ihre Hände zu einer einzigen Faust und holte aus. Es dauerte etwas zu lange.

Lia rollte sich schnell ab und richtete sich wieder auf. Der Schlag tat immer noch weh, aber sie kannte solche Schläge und wusste, wie man sich dabei zu verteidigen hatte.

Jasmine schlug unkontrolliert ins Leere und fiel nach vorne. Lia war im nächsten Augenblick über ihr und setzte zu einem gezielten Schlag an. Jasmine sammelte ihre ganze Kraft und richtete sich auf. Es gelang ihr nicht. Lhiannon hielt sich auf ihren Rücken. Jasmine schloss die Augen. Der Schlag blieb aus.

Jasmine fragte spöttisch: »Na, was ist? Ohne deinen Mech hast du wohl Skrupel.«

Lhiannon richtete sich langsam auf. »Verdammt, was sollte das?«

Jasmine lag noch immer auf dem Rücken. Besiegt und resignierend sagte sie: »Na los! Bring mich genauso um, wie du Tom erledigt hast!«

Lia starrte sie wortlos an.

Jasmine drehte sich um und betrachtete sie überlegen. »Na, da staunst du!«

»Wie… *wie* kommst du auf diese *Scheißidee*???«, brüllte Lhiannon sie unvermutet an.

Alle anderen zuckten zusammen.

Jasmine blieb ruhig. »Wie ich darauf komme? Sagen wir… es war ziemlich klar, dass ihr beide die Einheit kommandieren wolltet.«

»Ich…« stammelte Lia.

»Leider kann nur immer einer der Chef sein. Du hast ihn zu dir genommen, damit du ihn töten konntest. Sein Tod war bereits beschlossen, als du mit ihm Stellung bezogen hast«, folgerte Jasmine bitter.

Lhiannon schüttelte den Kopf. »Ich hätte Tom niemals absichtlich geschadet… verdammt, glaub mir. Es war ein dummer Zufall, Jasmine. Sie haben einen Glückstreffer gelandet, ich konnte nichts dafür.«

»Natürlich!«, sagte Jasmine zynisch.

»Einheit noch mal! Er war mein Freund! Ich…«

»Freund???«, lachte Jasmine bitter.

»Ja, er war mein Freund! Ihr seid alle meine Freunde und Kameraden. Ich töte euch nicht, nur weil ich denke, dass ihr meine Führungsposition nicht akzeptiert…«

Sie sah sich um. Die Gesichter wirkten skeptisch. Jasmine blickte lauernd.

Lhiannon wurde unsicher. »Ihr kennt mich doch! Ich hätte ihm den Posten gegeben, aber er war noch nicht reif dafür. Er war der beste Schütze, den ich kennen gelernt habe, aber er hatte nicht den Hauch einer Ahnung, wie man eine Kompanie führt.«

Robert blickte sie misstrauisch an. »Jasmine hat gar nicht so Unrecht, Lia. Macht ist etwas… Überwältigendes. Jack hätte sein Kommando nur über seine Leiche weggegeben. Es würde mich nicht überraschen, wenn du…«

Er sprach nicht weiter.

Lhiannon lachte fassungslos. »Ihr… ihr traut mir das zu? Ich würde doch niemals… Robert, du kennst mich! Ich habe noch nie irgendjemandem wegen etwas dermaßen Unwichtigem geschadet… Gut, ich gebe ja zu, ich habe kurz mit dem Gedanken gespielt, aber das war alles. Ich habe ihn weder getötet noch absichtlich in den Tod geschickt.«

Robert zog seine Waffe, eine *Sternennacht-Pistole*. Lhiannon blickte überrascht in den Lauf der tödlichen Waffe.

Roberts Miene war steinhart. »Du hast also mit dem Gedanken gespielt. Inwieweit?«

»Ich… ich…«

»Hast du ihn bewusst gegen überlegene Mechs geschickt?«

»Ich habe doch schon gesagt, dass…«

»Hast du?«

»Verdammt! Es war mir klar, dass er gegen überlegene Mechs kämpfen musste. Aber es war militärisch notwendig.«

»Du Schwein!«, brüllte Jasmine.

Der Dolch blitzte in ihrer Hand auf. Mit einem Satz war sie bei Lhiannon. Die reagierte zu langsam.

»*Nein*…!«

Der Schrei verstummte und verwandelte sich in ein leises Wimmern. Lia hielt ihren Bruder in den Armen, der sich zwischen den ChefTech und die Kommandeurin geworfen hatte. Der Stich hatte exakt sein Herz getroffen.

Andrew wimmerte leise – und schloss dann die Augen. Viewman verzichtete auf eine Bestätigung. Jeder sah, dass er tot war.

Betretene Stille.

Lhiannons Gesicht wurde aschfahl, dann färbte es sich in Sekundenschnelle dunkelrot. Sie packte Jasmine am Hals. Jasmine starrte fassungslos auf Andrew. Lhiannons Gesicht war hasserfüllt. Sie drückte zu…

Dann verschwand der Hass und sie warf Jasmine nach hinten. Lhiannon drehte sich um und starrte auf den Boden. Sie wollte nicht, dass jemand sah, wie sie weinte.

»Lia…«, stammelte Jasmine. »Das wollte ich nicht… das…«

Keine Reaktion.

»Verdammt, Lia, er war mein Freund. Ich wollte nicht…«

Lhiannon fuhr herum und schluchzte: »Genauso wie Tom mein Freund war… Und nenn mich nie mehr Lia! Für dich bin ich Oberleutnant Potter!«

19

Oxbridge, Amity
Liga Freier Welten

20. Januar 3033

Jason wollte sofort zu ihr, aber Robert stoppte ihn. Nach einigen impulsiven Äußerungen wurde Jason ruhiger und hörte dem Sergeant zu. Robert riet ihnen allen zu einigen Stunden Schlaf. Und alle gehorchten ihm. Nur Takiro pfiff er zurück und trug gemeinsam mit dem Leutnant Andrew Potter aus der Basis. Der junge Tech fand seinen Platz auf dem Leichenberg, den sie einige Meter neben der Basis aufgestapelt hatten. Dann verschwanden auch sie in ihren Feldbetten.

Am nächsten Tag klopfte Robert Shedler sachte an der Tür von Lhiannon Potter. Da er keine Antwort bekam, öffnete er langsam. Er war nicht überrascht, als er bemerkte, dass die Tür offen stand. Lhiannon lag noch immer in ihrem Bett und sah ihn schief an.

Robert setzte sich an ihren Bettrand. »Jason wollte schon ein paarmal zu dir. Ich hab ihn wieder zurückgeschickt.«

»Ich will niemanden sehen«, flüsterte Lia.

Robert musterte sie sorgfältig. »Ich weiß, wie du dich fühlst.«

»Einen Dreck weißt du!«, gab sie zurück.

»Nein, im Ernst. Ich habe meine Tochter auf ähnliche Weise verloren.«

Sie richtete sich auf. Robert bemerkte, dass sie ihre Uniform noch trug.

»Deine… Tochter?«, fragte sie verblüfft.

»Ja… sie war ungefähr in deinem Alter. Vielleicht etwas jünger.« Er lächelte gedankenverloren. »Ich habe noch nie viel von Verhütungsmitteln gehalten, musst du wissen. Schon in meiner Jugend nicht.«

»Wie alt bist du eigentlich?«, fragte sie skeptisch.

»39. Es war vor drei Jahren.«

»Wie alt warst du, als du…«

Robert blickte sie listig an. »Das tut nichts zur Sache. Auf jeden Fall kenne ich dein Dilemma.«

»Wie… hast du es weggesteckt?«

Er seufzte lang. Sie nahm an, dass er das erste Mal darüber sprach. »Sie war leider viel zu temperamentvoll. Es war eine handfeste Prügelei. Ihr Verlobter hat ihr versehentlich das Genick gebrochen… Die letzten beiden Jahre bin ich gar nicht darüber hinweggekommen. Aber die Zeit heilt manchmal auch solche Wunden.«

Lhiannon sah ihn fragend an. »Warum hast du mir das gesagt?«

»Ganz genau weiß ich das selbst nicht. Vielleicht möchte ich einfach, dass du weißt, ich kenne deinen Schmerz.«

»Danke«, flüsterte sie lächelnd.

Robert streckte sich und gähnte. »Einheit! Das war 'ne Schlacht. Ich bin immer noch groggy. Ich werde langsam zu alt für solche Aktionen… Also, ehrlich gesagt, ich hätte nie gedacht, dass wir so eindeutig siegen.«

»Schwachsinn!«, fluchte Lhiannon. »Wir haben drei gute Leute verloren. Nennst du das einen eindeutigen Sieg?«

»Ich glaube, man könnte das so bezeichnen«, sagte Robert. »Teufel, die haben eine ganze Kompanie verloren… Du führst diese Einheit erst seit wenigen Tagen. Geh nicht zu hart mit dir ins Gericht. Es ist ganz normal, dass du Mechs verlierst. Das hat der Krieg so an sich. Aber du kannst versuchen, die Verluste durch eine gute Planung gering zu halten. Und in dieser Beziehung waren wirklich schon gute Ansätze da.«

Lhiannon schüttelte den Kopf. »Nein. Der Plan war schlecht. Wir hätten ihnen am Anfang auflauern sollen – alle zusammen. Wie Tom es vorgeschlagen hat. Sie hätten das Bombardement nie überstanden. Und wir hätten nicht einen einzigen Mech verloren.«

»Es sei denn, ihre schwer gepanzerten Mechs überstehen die erste Salve und feuern dann zurück. Wenn das passiert, verlierst du mehr als die Hälfte deiner Einheit… Hör zu, Alternativen gibt es immer. Das bedeutet nicht, dass sie besser sind. Wie gesagt, du musst noch viel lernen.«

»Aber… Jack…! Diese Einheit hat in den letzten Monaten keinen einzigen Mann verloren. Erst als Arthur fiel, hat es angefangen. Jack hätte wieder einen seiner exzellenten Pläne hervorgezaubert – und wir hätten keinen Mech verloren!«

Robert schüttelte verzweifelt den Kopf. »Lia! Jack hat schon MechKrieger kommandiert, als du noch in die Windeln gemacht hast! Der Kerl hatte etwas mehr Erfahrung als du. Aber mit der Zeit wird das schon.«

Dann trat eine Pause ein. Robert hatte sie etwas aufgebaut. Nach einer Weile fuhr er fort: »Übrigens… wollte ich mich wegen gestern entschuldigen. Ich habe… ziemlich übertrieben reagiert. Hätte ich mich etwas vernünftiger verhalten, dann wäre es nie soweit gekommen. Eigentlich sollte ich als alter Hase schon genügend Erfahrungen gesammelt haben…«

»Es ist Krieg«, flüsterte Lia. »Da geschehen Dinge, die außerhalb des Fassbaren liegen.«

Robert seufzte. »Ja, du hast Recht. Du hattest übrigens auch gestern Recht. Ich kenne dich. Ich weiß, dass du so was niemals tun würdest. Aber ich habe vergessen, dass manchmal die Pflicht der größte Mörder ist. So wie bei Tom.«

Lhiannon nickte. Es tat gut, als sie merkte, dass noch jemand zu ihr hielt.

Robert fuhr fort: »Da wäre übrigens noch etwas anderes... Dir ist vielleicht bekannt, dass ich längere Zeit Jacks Wachhund war. Jack hatte die Vorliebe, zu sehr an seine Kompanie und zu wenig an sich selbst zu denken. Ich habe das einige Male wieder zurechtgebogen. Ich habe das gleiche Verhalten schon mehrmals bei dir bemerkt. Jetzt, da Jack tot ist und du die neue Kommandantin bist, wollte ich dich fragen, ob du mir erlaubst, die neue Kommandantin der *Jacks* im Gefecht so gewissenhaft zu beschützen, wie ich auch Jack beschützt habe.«

Lia sah ihn überrascht an und musste beinahe lachen. »Von mir aus! Ich würde mich geehrt fühlen.«

Robert nickte ernst und ging.

Lia rief ihm noch hinterher: »Hey, Robert, ich hätte da noch eine Frage. Nur aus Neugier.«

»Ich höre.«

»Du hast vorhin erzählt, dass deine Tochter von ihrem Verlobten getötet wurde. Was ist aus dem Kerl geworden?«

»Aus dem Verlobten? Oh... er hat nicht mehr lange genug gelebt, um seine Tat zu bereuen.«

Lhiannon nickte. Sie verstand, was er sagen wollte.

Als Robert aus dem Zimmer ging, ließ sich Lia wieder in ihr Bett fallen. Um ehrlich zu sein, sie hatte in dieser Nacht kein Auge zugetan. Jetzt glaubte sie, wenigstens noch etwas schlafen zu können, bevor sie sich oben wieder sehen lassen musste. Aber sie täuschte sich. Ihre Tür öffnete sich ein zweites Mal leise.

Lia fuhr herum. »Was ist schon wied...« Sie stoppte mitten im Satz.

Vor ihr stand Anastasia.

»Ich wollte mich nur entschuldigen«, stammelte Anastasia.

Lia zuckte die Schultern. »Herrgott, heute wollen sich alle bei mir entschuldigen. Für was eigentlich?«

Anastasia druckste herum. »Na, du weißt doch, dieser Kommentar über dich und Jason. Tut mir Leid. Das war gemein von mir.«

Lhiannon verdrehte die Augen. »Hey, vergiss das! So feinfühlig bin ich auch nicht!«

Anastasia nickte und sagte leise: »Ich habe das mit Andrew gehört. Es ist eine Schande! Er war ein feiner Kerl.«

Lhiannon nickte. Damit hatte sie eindeutig Recht. Sie wollte gerade etwas erwidern, als sie im MechHangar Lärm hörte – kurz darauf Schüsse. Lhiannon wechselte einen kurzen Blickkontakt mit Anastasia, schnallte sich ihre *Sunbeam* um und rannte in den Hangar.

Dort fand sie die meisten ihrer Leute bereits überwältigt. Und als sie die Treppe heraufstürmte, starrte sie in den Lauf eines *Zeus-Gewehrs*. Widerstand war zwecklos. Cynthia Duponts Leiche lag direkt vor ihr. Sie hatte Widerstand leisten wollen. Neben Projektiltreffern konnte Lia auch Lasertreffer erkennen. Einige der Angreifer trugen *Intek-Lasergewehre*.

Anastasia kam heraufgelaufen. Ihre Hand schnellte sofort an ihr Holster. Einige Schützen erfassten sie schnell.

Lia schlug Anastasia die Hand von der Waffe und flüsterte leise: »Lass! Hat keinen Zweck!«

Die Angreifer stießen sie zu den anderen *Jacks*. Lhiannon wechselte leise einige Worte mit einem der Techs, Erik Bergroß.

»Warum hast du sie nicht geortet?«

»Frag mich nicht. Sie erschienen erst auf meinen Schirmen, als sie wenige Meter vor dem Haupttor waren. Sie müssen Tarntechniken…«

»Schnauze halten!!«, brüllte ein Mann in Uniform.

Lhiannon betrachtete ihre Gegner erst jetzt genauer. Alle außer diesem einen trugen weiße Schneeuniformen, wie sie in der ganzen Sphäre üblich waren. Der Offizier trug eine lyranische Uniform. Wenn sie seinen Rang richtig ablas, dann war er ein Oberstleutnant der Infanterie. Der Oberstleutnant wurde jetzt ruhiger. Lia musterte ihn. Sein Gesicht wirkte unbarmherzig und sie konnten keine Gnade erwarten.

»Okay, wer von euch Versagern kommandiert diesen Sauhaufen?«

Lhiannon trat vor.

Der Oberstleutnant musterte sie langsam und fragte: »Oberleutnant Potter, wenn ich richtig informiert bin?«

»Das sind Sie, Oberstleutnant… Wie war doch gleich Ihr Name?«

»Oberstleutnant Hirsch!«

Lia hätte beinahe gelacht und sah den Offizier amüsiert an.

Der lief rot an und brüllte: »Verdammt, für wen halten Sie sich??? Verkneifen Sie sich Ihr blödes Grinsen, oder ich lasse Sie auf der Stelle erschießen!«

Lhiannon nickte und wurde still.

Hinter Hirsch kicherte jemand. Hirsch fuhr herum und visierte einen Korporal scharf an. »Ah, Sie schon wieder! Aber keine Angst, *hierüber* unterhalten wir uns nachher noch intensiver, Korporal Bowman.«

Er wandte sich wieder an Lhiannon, diesmal etwas sanfter. »Wie gesagt, ich bin Oberstleutnant Hirsch, 7. Lyranisches Heer, 3. Infanteriedivision.«

»Oberleutnant Potter, Söldnereinheit *Mad Jumpin' Jacks*. Ich bin der derzeitige Kommandeur.«

»Kapitän Seytzmann meldete uns bereits, dass Hauptmann Anderson von Minister Thornten niedergeschossen wurde. Sie hat uns auch einige andere Kleinigkeiten über die Führungskrise der Mariks erzählt. Unsere Führung fand das sehr informativ.«

Lhiannon betrachtete ihn neugierig. »Was wollen Sie, Oberstleutnant?«

»Wenn Sie mich schon so direkt fragen: Die LCS benötigt Ihre Hilfe.«

»Und wenn ich ablehne?«

Hirsch deutete auf die tote Cynthia.

Lhiannon nickte. »Wie lautet der Auftrag?«

Hirsch lachte rau. »Nicht ganz so schnell, Lady! Sie packen jetzt Ihre Sachen und stapfen mit Ihren Mechs nach Ruhr. Oberst Forster erwartet Ihre berühmten *Jacks* bereits sehnsüchtig.«

»Was macht Sie so sicher, dass wir Ihren Zug nicht pulverisieren, wenn wir in unseren Mechs sitzen?«

Hirsch lachte erneut. »Wenn wir nicht mehr zurückkommen, dann kommt ein anderer Infanteriezug. Und der wird nicht diskutieren... Vergessen wir weiterhin nicht, dass Oberst Forster Ihnen ein gutes Angebot machen will – für meinen Geschmack zu gut! Sie wären verrückt, wenn Sie es ausschlagen.«

Grant-Massiv, Amity
Liga Freier Welten

20. Januar 3033

Steven Gilbert saß gelangweilt auf der Treppe und war ganz in Gedanken versunken. Als er eine Hand an seinem Rücken fühlte, erschrak er kurz, griff dann aber schnell nach hinten, packte Helen Thorntens lange blonde Haare und zog sie vor. Helen sah ihn erstaunt an.

Gilbert entspannte sich wieder. »Ach, Sie sind das! Das nächste Mal kommen Sie bitte mit Voranmeldung.«

Helen setzte sich hin und sagte entsetzt: »Herrgott! Jeder vernünftige Mensch kriegt bei so was einen Schreck. Und Sie werden gleich handgreiflich! Wollten mich wohl erwürgen?«

Gilbert grinste sie kurz an, dann versteinerte sich sein Gesicht. »Nein, erwürgen ist viel zu ineffektiv. Ich hätte Ihr Genick gebrochen. Geht viel schneller.«

»Hm…« Helen betrachtete ihn ernst. »Gibt's eigentlich Neuigkeiten von den *Jacks*? Seit der Nachrichtensperre habe ich gar nichts erfahren.«

»Das ist ja der Sinn einer Nachrichtensperre, Miss Thornten«, frohlockte Gilbert.

»Und Sie können mir gar nichts sagen?«

»Alles streng geheim. Tut mir Leid.«

»Ach… bitte!«, bettelte Helen.

Gilbert schüttelte den Kopf.

Helen sah ihn traurig an. »Leutenient Gilbert… Steve! Ich… Jason ist immer noch da draußen.«

»Ihrem Bruder geht es unseren Schätzungen zufolge gut.«

»Ihren… Schätzungen zufolge? Was meinen Sie damit?«

»Er lebt«, erklärte Gilbert kurz und ging in LeFrancs Büro.

LeFranc saß gemütlich in seinem Stuhl und genoss die paar freien Minuten, die der Tag ihm ließ. Seit einigen Tagen war er in bester Laune. Normalerweise hätte er am Boden zerstört sein müssen. Schließlich hatten sie eine ganze Kompanie verloren, aber es war keine reguläre Truppe gewesen, sondern ein Haufen Kopfgeldjäger, die unter Thorntens Befehl gestanden hatten.

Der Verlust der Besatzungstruppe hatte ihm mehr zugesetzt. Sie hatten seit gestern Abend keinen Kontakt mehr. Die Kopfgeldjäger hatten sich vor zwei Tagen das letzte Mal gemeldet. LeFranc genoss es zu sehen, wie Thornten ausrastete. Der Politiker verstand einfach nicht, wie sein Plan scheitern konnte. Major Brigg gehörte immerhin zu den bestbezahlten MechKriegern der Sphäre. Und seine Gegner mussten vollkommen demoralisiert sein. Immerhin wurden sie von jedem auf Amity gejagt. Irgendwann mussten die *Jacks* doch zerbrechen! Dass sie es nicht taten, brachte Thornten zur Weißglut. LeFranc weidete sich daran.

Er hatte ebenfalls keine Ahnung, wie die *Jacks* diesen Angriff überlebt hatten, aber das war momentan zweitrangig. Das Einzige, das auch ihn besorgt machte, war Jason Boises unklares Schicksal. Wahrscheinlich war er von den *Jacks* in den Sheridans getötet worden… Aber gute Männer starben nun mal im Krieg, LeFranc hatte sich daran gewöhnt, und für ihn war es nicht mehr so schlimm. Für ihn war es ein Name auf einer Verlustliste. Es ergab keinen Sinn, ihm tagelang hinterherzutrauern. Ein Kommandant konnte sich das nicht erlauben.

Gilbert trat ein.

LeFranc sah kurz hoch. »Ja, Leutenient?«

»Mir ist da eine Idee gekommen. Ich glaube, ich weiß, wie die *Jacks* das gedreht haben.«

»Raus damit!«, forderte LeFranc gespannt.

»Der Schlüssel zu ihrem Erfolg war Jason Boise.«

»Wieso Boise…?«

»Lassen Sie mich ausreden. Die Sache ist eigentlich ganz einfach. Die Verletzungen von Boise müssen simuliert gewesen sein. Sie kennen diese Tricks ja. Also, wir denken, Boise hilft uns, und schicken ihn zusammen mit Brigg raus. Boise kämpft in Wirklichkeit aber noch für die *Jacks*, lockt Brigg in einen Hinterhalt in den Sheridans und vernichtet dessen Kompanie.«

LeFranc gingen plötzlich die Augen auf. »Natürlich! Gilbert… Was für ein Idiot bin ich doch! Ich glaube, ich werde langsam alt.«

Gilbert enthielt sich eines Kommentars. LeFranc fuhr fort: »Jeder sprungfähige Mech ist im Gebirge im Vorteil. Brigg hatte keine Chance. Nicht gegen die *Jacks*. Soweit ich weiß, sind Gebirgskämpfe ihr Spezialgebiet.«

»Mehr oder weniger. Ihre Spezialgebiete sind Guerillakämpfe, Hit-and-Run-Manöver und Kämpfe in unzugänglichem Gelände«, verbesserte Gilbert.

LeFranc schüttelte fassungslos den Kopf. »Wir haben Brigg ganz offensichtlich in den Tod geschickt. Hätten wir ein bisschen nachgedacht, dann wäre Brigg niemals ausgerückt. Wer hatte eigentlich diese hirnrissige Idee, Brigg in die Sheridans zu schicken?«

»Minister Tores Thornten persönlich! Geschieht ihm ganz recht.« Gilbert lächelte.

LeFranc sah erfreut auf. »Dann trifft uns ja überhaupt keine Schuld. Er hätte ohnehin nicht zugehört.«

»Wollen wir ihm diese freudige Nachricht gleich überbringen?«

»Also, Leutenient, nicht ganz so sarkastisch«, tadelte LeFranc. »…Ja, schicken Sie ihn gleich her. Ich werde es ihm sagen. Wenn er ausrastet und anfängt, uns die Schuld dafür zu geben, dann gebe ich Ihnen die Erlaubnis, ihn gewaltsam zu entfernen.«

Gilbert grinste, wurde dann aber wieder ernst. »Was glauben Sie? Was tun die *Jacks* als Nächstes?«

»Zu den Elsies überlaufen. Etwas anderes bleibt ihnen kaum übrig. Aber das kann uns eigentlich egal sein. Ich werde die *Jacks* nicht mehr angreifen. Und ich bezweifle, dass die Elsies versuchen, unsere Stellung hier zu nehmen.«

21

Ruhr, Amity
Liga Freier Welten

20. Januar 3033

Es war später Abend, als die *Jacks* in der Stadt ankamen. Das Hauptquartier der Lyraner war stark gesichert. Während den übrigen Mitgliedern ihre Schlafplätze zugewiesen wurden, die direkt zwischen den Schlafplätzen der regulären lyranischen Einheiten lagen, wurde Lhiannon zu Oberst Forster geführt.

Als sie im Büro des Oberst stand, postierten sich vier lyranische Fußsoldaten neben der Tür. Forster selbst war noch nicht da. Sie musste einige Zeit warten, die wachsamen Augen der Infanteristen immer im Rücken. Dann trat Forster ein. Zusammen mit Aleisha.

Der Landungsschiffkapitänin schien es recht gut zu gehen. Sie lachte Lhiannon an. »Ah, seid ihr endlich da. Wie ist es gelaufen?«

Lia verzog das Gesicht. »Tom, Edward, Donna, Cynthia und mein Bruder sind tot.«

Aleisha zeigte sich sichtlich betroffen.

Forster ergriff die Gelegenheit, die Wachen aus dem Raum zu winken und das Wort an sich zu reißen. »Soweit mir gemeldet wurde, haben die *Jacks* noch genügend Männer, um Thornten in den Arsch zu treten.«

Lhiannon wandte sich zu ihm. »Das… trifft es in etwa. Obwohl ich von einem lyranischen Oberst erwartet hätte, dass er sich etwas gewählter ausdrücken würde.«

Forster lachte amüsiert. »Da haben Sie Recht. Ich darf mich vorstellen: Oberst Forster, 10. Skye Ranger.«

Lhiannon lachte ebenfalls und reichte ihm die Hand. »Oberleutnant Potter, *Mad Jumpin' Jacks*. Ich stehe zu Ihren Diensten, Oberst.«

Forster nickte zufrieden. Lhiannon betrachtete ihn genauer. Ein kleiner Mann mit Glatze. Sein Gesichtsausdruck war etwas milder als der von Hirsch. Forster schien etwas offener zu sein.

Der Oberst ließ sich in seinem Stuhl nieder. »Ihnen dürfte die Lage ja bekannt sein. Die LCS kontrolliert die Ebenen, die Mariks halten den Pass oben auf den Grants. In einer offenen Feldschlacht hätten wir Marik innerhalb weniger Minuten pulverisiert, aber da oben haben wir keine Chance.«

Lhiannon und Aleisha nickten zustimmend.

»Wir haben von Kapitän Seytzmann erfahren, dass Marik das *Falken*-Regiment zur Entlastung der Lanciers nach Amity schickt«, fuhr Forster fort. »Sollte das passieren, muss ich mit einer Degradierung rechnen, da es mir trotz einer offensichtlichen Überlegenheit nicht gelungen ist, diese verdammten Baupläne in die Hände zu bekommen.«

»Ich verstehe Ihr Problem, aber wie wollen Sie über den Grant-Pass kommen?«

»Wir wissen aus zuverlässigen Quellen, dass die MechBaupläne in einem Bunker der ersten Grantstellung liegen. Die einzige Aufgabe ist es, diese Stellung zu nehmen, mehr wollen wir nicht.«

»Und wie wollen Sie das anstellen?«

Forster aktivierte einen großen Gefechtscomputer an der Wand. »Den Pass frontal zu nehmen grenzt an Selbstmord. Unseren Simulationen zufolge müsste unsere erste Salve ihren äußeren Ring ausschalten, dann hätten wir eine Chance von 10 Prozent. Der Angriff aus der Luft wäre eine brauchbare Alternative, aber unsere Jäger und Landungsschiffe haben nicht mehr genug Treibstoff für das Andocken.«

Lhiannon zuckte mit den Achseln. »Geben Sie Ihre Jäger nach dem Angriff auf.«

»Wissen Sie eigentlich, wie viel ein solcher Jäger kostet?«, gab Forster verärgert zurück. »Nein, ich habe zusammen mit meinen besten Offizieren eine weitere Alternative ausgemacht.«

Lhiannon sah ihn überrascht an. Er hatte sie neugierig gemacht.

Forster betätigte einen Knopf, und auf dem Monitor wurden die Truppen der LCS und der Liga sichtbar. Die Icons der Lyraner bewegten sich langsam auf die Stellung der Liga zu. Nach einiger Zeit scherte auf der Karte ein kleiner MechVerband aus der lyranischen Formation aus und bewegte sich auf die Bergkette der Grants zu.

Forster begann mit seinen Erklärungen. »Wie wir selbst schon schmerzhaft feststellen mussten, besitzen Ihre Jacks im Bergkampf eine ungeheure Gewandtheit. Mein Plan sieht vor, dass ein kleiner Verband aus sprungfähigen Mechs in die Flanke des Feindes stößt und sich dort bis zu diesem verdammten Pass vorarbeitet.«

»Mitten in die Grants? Und dann ein schneller Angriff?«, fragte Lhiannon skeptisch.

»Es versteht sich von selbst, dass sie während des Vormarsches von niemandem entdeckt werden dürfen. Sonst wäre die ganze Arbeit umsonst gewesen. Der Angriff muss auf die Minute stimmen, muss erstens Verwirrung stiften und zweitens ihre Verteidigung dezimieren. Spätestens eine Minute später greifen unsere Verbände frontal an. Bei einem solchen Zangenangriff hätten wir eine realistische Chance.«

»Klingt wie ein Himmelfahrtskommando.«

»Natürlich. Jemanden anders würde ich mit einer solchen Mission auch nie rausschicken. Aber die Jacks haben oft genug bewiesen, dass sie in dieser Bergwelt zurechtkommen.«

»Wenn ich ablehne?«

»Verlassen Sie diesen Raum nicht lebend. Und Ihre Einheit wird diesen Tag nicht mehr überleben.«

Lhiannon überlegte. Eigentlich gefiel ihr die Idee. Es war eine gut geplante, risikoreiche Aktion, die Erfolg versprach. Die Mittel zur Ausführung standen Lhiannon zur Verfügung. Ihre Einheit hatte schon immer aus erstklassigen MechKriegern bestanden. Die *Jacks* waren der Sache gewachsen, das spürte sie.

Sie sah Forster an. »Okay, Forster, wir übernehmen das.«

Der Oberst nickte. »Wenn Sie die Sache überleben, erwarten Sie einige Annehmlichkeiten. Übrigens habe ich diese Anweisungen vom Oberkommando. Sie können den Befehl sehen, wenn Sie mir nicht glauben.«

»Was für ›Annehmlichkeiten‹?«

»Ihnen wird ein Kontrakt mit dem Commonwealth vorgelegt. Das Commonwealth erkennt weiterhin die Zugehörigkeit der *Esmeralda* zu Ihrer Kompanie an. Sie bekommen nach Annahme des Kontraktes zwei Monate Fronturlaub und ausreichend Geldmittel, um die *Jacks* wieder auf Kompaniestärke aufzupäppeln. Soweit ich unser Oberkommando kenne, wird man Ihnen einen Sold anbieten, von dem ich als regulärer Offizier nur träumen kann.

Weiterhin hat man mir aufgetragen, Sie nach Annahme des Kontraktes zum Hauptmann zu befördern. In den Augen dieser Schreibtischtäter macht es sich anscheinend nicht so gut, wenn ein Oberleutnant eine Kompanie befehligt.«

22

Ruhr, Amity
Liga Freier Welten

20. Januar 3033

Lhiannon Potter, designierter Hauptmann – sie hätte die
Bezeichnung ›Hauptfrau‹ eigentlich viel passender ge-
funden –, legte sich spät in der Nacht in ihr Feldbett.
Ihre Kompanie hatte den neuen Auftrag mit gemischten
Gefühlen entgegengenommen. Lia hatte ihre Bedenken
zerstreut. Sie würden das schaffen, das war für Lia klar.

Als sie sich zurücklegte und genüsslich die Augen
schloss, bemerkte sie, dass noch jemand vor ihr stand.
Jasmine Lambert. Lhiannon betrachte sie mit einem
Gemisch aus Überraschung und Wut. »Ja, ChefTech?
Was wollen Sie?«

Jasmine streckte ihr ein Formular entgegen. »Mein
Entlassungsgesuch. Ich kann unmöglich weiter mit Ihnen zusammenarbeiten.«

Lhiannon nickte. »Ich würde Sie gerne freigeben,
aber gute Techs sind selten, und wir haben gerade
zwei gute verloren. Diese Kompanie kann es sich nicht
leisten, noch einen Tech zu verlieren.«

»Bitte überlegen Sie sich das noch. Es nützt keinem,
wenn ich noch mit Ihnen arbeiten muss.«

»Ein guter Feind ist manchmal mehr wert als ein
guter Freund, ChefTech«, seufzte Lhiannon und drehte
sich um.

Jasmine hörte nach einigen Augenblicken nur noch
ihr regelmäßiges Atmen. Sie schüttelte irritiert den
Kopf und ging zurück an die Arbeit.

Zwei Tage danach waren die Vorbereitungen abgeschlossen. Ihre Mechs waren in Topform und der Plan
war detailliert durchgegangen worden. Als Forster mit

den *Jacks* und seinen Offizieren still vor dem Gefechts-computer stand und die letzten Vorbereitungen erfolg-reich abgeschlossen waren, hatte es Robert Shedler passend und trocken ausgedrückt: »Zeit, die Beute zu schlagen!«

Sein Ausspruch fand allgemeine Zustimmung. Das Wetter spielte auch mit. Der nächste Blizzard wurde erst wieder in vier Tagen erwartet. Solange regierte eine kalte Sonne den stahlblauen Himmel.

Am Abend fanden sie sich in der Soldatenkneipe von Ruhr ein. Sie hatten sich zur Lanze von Leutnant Merino gesetzt, an den sich Anastasia noch recht gut erinnerte. Er war einer der *Greif*-Piloten gewesen, die sie einige Tage zuvor über die Verhandlungsbereit-schaft der LCS benachrichtigt hatten.

Merino war erschüttert, dass Donna gestorben war. Natürlich ließ ihn der Alkohol seine Gefühle schnell vergessen. Merino wandte sich an Lhiannon. »Und übermorgen soll die Sache steigen?«

Lhiannon nickte. »Übermorgen oder nie. Zwei Tage später erreichen die Falken Amity.«

»Woher wollen Sie das wissen?«, fragte Merino skep-tisch.

»Forster hat es mir gesagt. Und Forster weiß es vom LNC.«

»Was denken Sie, haben wir eine Chance?« Merino betrachtete sie zweifelnd.

Lhiannon lachte. »Wir haben eine größere Chance, als Sie meinen. Natürlich nur, wenn alles so klappt, wie wir denken. Wenn etwas schief geht, dann könnte es problematisch werden… Aber es wir nichts schief gehen.«

Merino erklärte grinsend: »Ihren Glauben möchte ich haben! Ich arbeite jetzt schon sieben Jahre für die-sen Verein und meines Wissens hat in diesen Jahren noch nie was reibungslos funktioniert.«

»Dann müssen wir das ab heute eben ändern«, sagte Lhiannon amüsiert. ·

Merino erklärte zuversichtlich: »Mit den *Jacks* in der ersten Schlachtreihe könnten Sie sogar Recht haben.«

Lia sah ihn dankend an und fragte: »Wann kommen Sie eigentlich zum Einsatz?«

»Meine Lanze ist die Erste, die frontal angreift.«

Lhiannon bemerkte, dass er leiser wurde. Offenbar war er damit nicht besonders froh. Sie strahlte ihn an. »Sehr gut! Dann treffen wir uns ja da draußen.«

In dem Moment schlichen Robert Shedler und Anastasia aus der Kneipe.

Lia rief ihnen nach: »Na, und was habt ihr Verräter vor?«

Shedler lächelte sie unmotiviert an. »Nasebohren! Oder was dachtest du? Das könnte unsere letzte Nacht sein. Da will man doch was Sinnvolles tun.«

Sie hörten Anastasias Kichern, dann fiel die Tür zu.

Merino wandte sich an Jason. »Apropos Verräter… Sie sind doch dieser Kerl, der Marik.«

»Er ist kein Verräter!«, fauchte Lhiannon.

Jason musterte Merino geringschätzig und erklärte: »Sie haben ganz Recht. Ich bin Schütze Boise, Adoptivkind von Minister Thornten, ehemals Sirianische Lanciers.«

Merino gab Jasons Blick zurück. Dann wandte er sich zu Lhiannon um. »Ist er wirklich so gut, dass Sie ihn unbedingt haben mussten?«

Lia lächelte ihn verschmitzt an, erwiderte jedoch nichts.

Merino grinste.

Dann öffnete sich die Tür, und Adrian Butcher trat ein. Er ging zielstrebig auf Lhiannon und Jason zu. »Hey, ich muss mal mit euch beiden reden.«

Jason sah ihn irritiert an. »Ja, wir hören.«

»Nicht hier, du Idiot!«, fauchte Adrian.

Lhiannon wechselte einen kurzen Blick mit Jason.

Im nächsten Moment waren die drei aus der Kneipe verschwunden.

Im Freien angekommen, staunte Lhiannon nicht schlecht. Vor ihr stand ein *Pegasus* der Ligaverbände. Adrian wies wortlos auf die Einstiegsluke, und seine beiden Kameraden stiegen ein. In dem Schwebepanzer wartete Jasmine Lambert.

Adrian begann sofort zu reden. »Die Elsies haben vor drei Tagen zwei dieser Panzer geentert. Der Dienst habende Offizier hat mir versichert, dass der Panzer für die LCS vollkommen wertlos sei. Offenbar haben die schon zu viele davon auf Amity. Der Punkt ist, dass ich einen Plan habe.«

Lhiannon zog die Augenbrauen hoch. Wenn Adrian einen Plan hatte, konnte es riskant werden…

»Es ist ganz einfach. Wir ›borgen‹ uns den Panzer, fahren über den Grant-Pass nach Striker und holen Helen.«

Lia und Jason starrten ihn perplex an. Lia brach in schallendes Gelächter aus. »Mein Gott, Adrian, bist du total verrückt??«

Adrian schüttelte ernst den Kopf. »Wir tragen die Hoheitszeichen der Mariks, wir haben ihre Codes und wir kennen die Namen der ehemaligen Panzerbesatzung. Wir fallen auf dieser Straße nicht auf. Ich war schon bei Forster. Er hat nichts dagegen.«

Lhiannon verschlug es die Sprache. »Er hat was… Ja, seid ihr denn alle verrückt geworden?«, keuchte sie.

Sie stieg aus dem Panzer aus und hastete zu Oberst Forster, der sie überrascht empfing. »Ja, Leutnant? Haben Sie ein Problem?«

Lhiannon kochte innerlich. »Ein Problem?? Geht es Ihnen überhaupt noch gut?«

Forster starrte sie irritiert an, dann verstand er. »Ach, Sie meinen wegen Sergeant Butcher?«

»Ja, wegen Butcher! Weshalb erlauben Sie ihm das? Das grenzt an ein Selbstmordkommando.«

»Ich mag romantische Rettungen.«

»Sie mögen…« schnaubte Lhiannon.

Forster grinste listig. »Wenn ich keinen Hintergedanken dabei hätte, würde ich diese Mission auch niemals gestatten.«

»Was für ein Hintergedanke?«, fragte Lhiannon vorsichtig.

Forster lächelte und aktivierte seinen Gefechtscomputer…

LeFranc und Gilbert analysierten gerade eine Gefechtssimulation, aus der zu ihrer Freude der Grant-Pass als erstklassige Verteidigungsposition hervorging, als Tores Thornten den Raum betrat und dem Leutenient-Kolonel eine Disc auf den Tisch warf. »Da! Diese Nachricht wurde vor vier Tagen auf Tamarind aufgezeichnet.«

Thorntens Blick richtete sich auf Gilbert. Der nickte und verabschiedete sich dezent. LeFranc schob die Disc neugierig in das Laufwerk und drückte einige wenige Tasten. Auf dem Monitor erschien eine Videonachricht. Zuerst tauchte das Hoheitszeichen von Tamarind auf, danach das Hoheitszeichen der Mariks, dann war Andrea Nuñez zu sehen. Sie lächelte.

LeFranc starrte wortlos auf den Monitor. Sein Herz schlug mit jeder Sekunde höher. Sie war immer noch so schön wie vor ihrer Gefangenschaft. Jetzt begann sie zu reden. Als er ihre warme und gefühlvolle Stimme hörte, zuckte er zusammen.

»Hallo, du alter Franzose!… Ich… habe lange darüber nachgedacht, was ich dir sagen soll, wenn ich wieder zurück bin, weil du mich gerettet hast. Und jetzt weiß ich nicht, was ich dir sagen soll. Ich weiß nur eines: Ich liebe dich noch immer. Und ich warte sehnsüchtig auf Tamarind auf dich. Bitte komm so schnell wie du kannst!«

Die Nachricht erlosch, auf dem Bildschirm erschien wieder die Benutzeroberfläche des Betriebssystems.

LeFranc starrte noch immer auf den Monitor. »Solche Nachrichten kann man fälschen, Thornten.« Die Stimme des Offiziers vibrierte.

Thornten betrachtete ihn verärgert. »Diesen Kommentar nehme ich Ihnen jetzt übel, LeFranc. Ich bin vielleicht ein Taktierer, der auch mal lügen muss, aber solche Abmachungen halte ich ein. Sie können mir glauben, LeFranc. Ihre Traumfrau verweilt momentan zufrieden auf Tamarind.«

Thornten drehte sich um und ging ohne einen weiteren Kommentar aus dem Raum.

Gilbert kam wieder herein und lächelte LeFranc zufrieden an. »Ich hoffe, es geht Ihnen jetzt besser.«

Der Leutenient-Kolonel fragte erstaunt: »Haben Sie etwa schon wieder mitgehört?«

»Nun… ich bin eben neugierig, ich kann nichts dafür«, gab Gilbert zurück.

LeFranc wurde wieder ernst. »Was glauben Sie? Bescheißt er mich?«

Gilbert schüttelte den Kopf. »Nein, dieses Mal ist er ehrlich. Andrea Nuñez befindet sich wirklich auf Tamarind.«

LeFranc sah ihn erstaunt an.

Gilbert grinste. »Wissen Sie, ich habe da eine Schwester auf Tamarind – eine einflussreiche Schwester übrigens –, die mir in ihrem letzten Brief geschrieben hat, dass eine junge MechKriegerin – bildhübsch übrigens – nach Tamarind gekommen ist. Also, meine Schwester hat sich während des Besuches bei einer Freundin danach erkundigt und…«

»Ja, schon gut!« LeFranc lachte. »Ich will gar nicht wissen, woher Sie Ihre Informationen schon wieder haben. Vermutlich arbeitet Ihre Schwester bei der SE-KURA.«

Gilbert erklärte todernst: »Ich hatte immer angenommen, dass sie das Oberhaupt eines Verbrechersyndikats sei, aber der Geheimdienst wäre eigentlich auch keine schlechte Idee.«

LeFranc lachte amüsiert. Gilbert fiel in das herzhafte Gelächter ein.

23

Striker, Amity
Liga Freier Welten

21. Januar 3033

Die Besatzung des *Pegasus* bestand aus Lhiannon Potter, Jasmine Lambert, Jason Boise und Adrian Butcher. Lia musste zugeben, dass Forsters Plan eine gewisse Finesse besaß. Die Frage war, ob Helen wirklich nach Striker kommen würde. Jason hatte fest behauptet, dass sie jeden Sonntag – also auch an diesem Tag – in die Kirche ging. Da sich die einzige noch verbliebene Kirche in Striker befand, hatten sie dorthin fahren müssen. Bisher hatte alles wunschgemäß geklappt. Die Mariks hatten sie völlig ignoriert. Es war fast schon zu leicht gegangen.

Der Schweber stand in einer dunklen Ecke hinter der Kirche. Jasmine Lambert hatte sich vor die Kirche gestellt. Als Tech war Jasmine den Mariks unbekannt, Helen hatte sie erst einmal gesehen, und heute war Jasmine dicht verpackt, was angesichts der Temperaturen auch ratsam war. Sie trug ein Bild Helens bei sich. Jason hatte zwar gemurrt – er wollte dieses Bild eigentlich nicht weggeben –, aber Lia hatte daraufhin Liebesentzug angedroht…

Die Tore öffneten sich und die Menschen strömten aus der Kathedrale. Jasmine konnte aus den Augenwinkeln Helen erkennen. Sie war alleine. Jasmine ging ihr hinterher und holte sie kurz vor dem Schwebebus ein. Sie tippte ihr auf die Schulter.

»Ja, was…« Ihre Frage erstarb, als sie den versteckten Lauf des *Mini-Nadlers* sah.

Jasmine lächelte sie kalt an. »Ich glaube, Sie haben da hinten etwas verloren. Wollen Sie nicht zurückgehen und nachschauen?«

Helen schluckte schwer und gehorchte. Die Tech konnte ihre Angst sehen. Von den übrigen Passanten hatte offenbar niemand etwas bemerkt.

Nach einer Weile waren sie alleine. Jasmine sah sich schnell um – nein, es war niemand mehr in der Nähe. Sie stieß Helen vor und deutete auf die Gasse, in der der Panzer stand.

Helen keuchte ängstlich: »Wollen Sie mein Geld? Bitte, ich gebe es Ihnen gerne, aber erschießen…«

Jasmine lächelte und drängte Helen weiter. Dann sahen sie den Schweber. Helen schüttelte irritiert den Kopf. Jasmine wies auf die offene Luke.

Als Helen Lhiannon, Adrian und Jason sah, weiteten sich ihre Augen vor Überraschung. Jasmine stieg in den Panzer und schloss hinter sich die Luke.

Helen fiel mit einem Jauchzer Jason um den Hals. Dann stammelte sie: »Ich… ich wusste nicht… du…«

»Du wusstest nicht, dass ich noch lebe?«, fragte Jason lachend.

»Nein«, erwiderte sie. »Gilbert hat mir gesagt, dass du lebst. Ich wusste nicht, dass du hier bist. Warum bist du nicht mit den regulären Truppen gekommen?«

Bevor er antworten konnte, fiel Helens Blick auf Lhiannon, und sie fauchte: »Und was tun Sie noch hier? Nachdem Sie ihn fast umgebracht haben?«

Jason übernahm das Wort. »Ich glaube, wir müssen dich über einiges aufklären.«

»Aufklären?«, fragte sie verwirrt.

Lhiannon begann mit ihren Ausführungen.

Es dauerte ungefähr zehn Minuten, bis Helen vollständig über die bisherige Lage informiert war. Dann fragte sie: »Und ihr seid nur vorbeigekommen, um mir das zu erzählen?«

Adrian meldete sich jetzt zu Wort. »Nein, wir wollen dich retten.«

»Retten? Wieso retten? Ihr solltet euch retten. Wenn die *Falken* in das System kommen, dann gibt es hier das reinste Tontaubenschießen.«

»Aber bis dahin vergehen noch zwei Tage.«

»Ja, und… Ihr wollt den Pass angreifen?« Helen starrte die vier ungläubig an. »Verdammt, das dürft ihr nicht! Ihr werdet alle sterben! Diesen Pass kann niemand nehmen.«

Lhiannon erklärte: »Wir haben einen Angriffsplan entwickelt, der unsere Chancen mächtig erhöht.«

»Was für einen Plan?«

Lhiannon lächelte überlegen. »*Das* erzählen wir dir in Ruhr.«

»Und wenn ich gar nicht mitkommen will?«, fragte Helen vorsichtig.

Adrian sah sie überrascht an und meinte dann: »Du musst mitkommen. Es ist zu gefährlich auf dem Pass. Wir können für deine Sicherheit nicht garantieren.«

»Das konnte bisher niemand«, flüsterte Helen.

Jason sah sie flehend an. »Komm schon, Helen, bitte! Dieser Plan ist zu gut ausgearbeitet.«

Helen nickte und erklärte ernst: »Ich habe Prinzipien. Ich bin eine Beamte der Mariks. Ich habe eine Pflicht gegenüber der Liga.«

»Helen…«, stammelte Adrian. »Ich… bitte dich. Ich…«

»Ich würde auch gerne mit dir zusammen sein, Adrian, aber ich kann und darf Amity nicht im Stich lassen. Und die Restbevölkerung, die noch nicht getötet wurde. Sie brauchen wieder Häuser und neue Hoffnung – und eine stabile Regierung. Ich kann von hier nicht fort.«

Sie legte eine Kunstpause ein. In den Gesichtern, die sie sah, konnte sie Überraschung, Enttäuschung, etwas Verständnis, aber auch Verärgerung sehen. Sie fuhr fort: »Und Vater kann ich auch nicht im Stich lassen.«

Jason wurde rot vor Wut. Er schrie sie an: »Verdammt! Weißt du eigentlich, was Tores alles mit uns gemacht hat? Er und LeFranc haben uns verraten! Er verdient deine Fürsorge nicht.«

Helen nickte. »Natürlich weiß ich, was er alles getan hat. Und mir gefällt das auch nicht. Aber Tores ist trotzdem mein Vater. Ich muss ihm einfach helfen.«

»Du warst schon immer 'ne dumme Kuh! Ich frag mich echt, wie Adrian sich in dich verlieben konnte«, murrte Jason.

Stille.

»Tut mir Leid«, flüsterte Helen und ging zur Luke.

Jasmine stellte sich davor. »Sag mal, Schwester, denkst du wirklich, wir lassen dich jetzt so einfach gehen? Wir sind schließlich nur wegen dir hier.«

Helen sah sich um und wandte sich an Lhiannon. »Ich werde niemandem etwas erzählen, Oberleutnant Potter. Von mir aus gewinnen Sie doch diesen verfluchten Krieg. Mir ist das egal. Lassen Sie mich einfach in Frieden leben, und töten Sie die anderen.«

Lhiannon musterte sie lange. »Schwören Sie, dass Sie niemandem etwas hiervon erzählen werden?«

»Ja, zum Teufel! Ich schwöre.«

»Bei dem Andenken an Jason und Adrian?«

Helen sah kurz zu ihnen hin. »Ja, ich schwöre bei den beiden.«

Lhiannon nickte Jasmine zu, die den Zugang freigab.

Adrian rief ihr noch hinterher: »Versuch, morgen nicht auf dem Pass zu sein.«

Sie hörten Helens Schluchzen, dann hatte sie den Panzer verlassen.

Jasmine sagte leise: »Lhiannon, das war ein großer Fehler. Sie verrät uns.«

Lhiannon schüttelte den Kopf. »Das tut sie auf keinen Fall. Sie ist nicht wie ihr Vater. Sie hat Charakter.«

Die Fahrt zum Pass verlief ereignislos. Sie parkten den *Pegasus* wie befohlen neben den Stellungen der Liga-infanteristen. Dann warteten sie.

Nach einer halben Stunde kam der zweite geenterte *Pegasus* und postierte sich neben ihnen. Sie wechselten in Rekordzeit aus ihrem Panzer in den anderen. Die Fahrt zurück verlief ebenfalls ereignislos. Adrians Plan war gescheitert, Forsters Plan schien aufzugehen.

24

Grant-Massiv, Amity
Liga Freier Welten

22. Januar 3033

Helen Thornten befand sich in einem Zwiespalt. Sie hatte geschworen – für die meisten Menschen war ein Schwur nur leeres Gerede, aber Helen hatte es sich angewöhnt, ihre Versprechungen zu halten. Und Schwüre waren ein noch schwereres Kaliber. Ein Schwur war eine heilige Sache. Andererseits konnten heute viele Menschen sterben. Wenn der Plan der Elsies wirklich so gut war, dann würde es eine echte Schlacht geben – mit Hunderten von Toten. Sie hatte es in der Hand. Vielleicht konnte sie das Morden verhindern.

Die Frage war, was mehr Gewicht hatte, Menschenleben oder ein Schwur. Tat sie nichts, dann verriet sie Amity. Gab sie Informationen preis, dann verriet sie ihren Bruder und Adrian.

War das vielleicht der Grund, warum ihr Vater so war? Er war ja nicht immer so gewesen. In dieser Nacht fragte sie sich mehrmals, wie oft ihr Vater vor solchen Entscheidungen gestanden, wie oft er nachts wach gelegen, wie oft er sich selbst verflucht und wann er beschlossen hatte, seine Prinzipien und Ideale aufzugeben. In dieser Nacht wurde Helen bewusst, dass die Soldaten doch nicht Recht hatten. Die Politiker konnten manchmal nicht anders. Allen konnte man es einfach nicht Recht machen…

Am Morgen, als die Sonne aufstieg, die Sterne verdrängte und in der Dämmerung ihr wundervolles Spiel mit den alltäglichen Nordlichtern spielte, wusste Helen, was sie zu tun hatte.

Zum Teufel mit den *Jacks*! Dieser Planet brauchte keine Toten mehr.

Sie stieg aus dem Bett, zog sich schnell an und bestellte sich einen zivilen Schweber. Sie hatte Adrians Bitte, den Pass zu meiden, bisher befolgt und war in Striker geblieben. Aber jetzt musste sie einfach dorthin. Sie schuldete es den tapferen Männern und Frauen, die an dieser Front durch die Hölle gingen und dafür sorgten, dass die Teufel vor der Tür stehen blieben. Sie musste ihnen einfach eine Chance geben.

Nach zwei Stunden konnte sie den Pass sehen. Wenige Minuten später eilte sie bereits durch die Gänge des HQs. Den Taxifahrer hatte sie mit einer vielsagenden Warnung heimgeschickt.

Als sie vor LeFrancs Büro stand und die Wachen sie nicht durchlassen wollten, fauchte sie die beiden jungen Infanteristen giftig an und verscheuchte sie. Dann riss sie die schwere Eisentür schwungvoll auf.

Genau, wie sie vermutet hatte: Thornten, LeFranc, Gilbert, die sie alle mit großen Augen anstarrten. Helen holte tief Luft. Das Gewissen war wieder da. Seine Freunde zu verraten war gar nicht so leicht.

Aber sie überwand ihre Skrupel und ging auf LeFranc zu. »Leutenient-Kolonel, ich muss Ihnen etwas sagen...«

In diesem Moment explodierte der *Pegasus*. Ein zittriger lyranischer Finger hatte auf den Fernzünder gedrückt. Die Sprengladung, die im Panzer deponiert worden war, besaß genügend Zerstörungskraft, um die gesamte Stellung der schweren Ligainfanterie auszulöschen. Die Infanterie mit ihren mobilen PPKs, ihren Mörsern und KSR-Werfern hätte jeden Mech aufgehalten, wenn nicht sogar zerstört.

Sekunden nach der Explosion gab Oberleutnant Potter grimmig den Angriffsbefehl. Sie beobachtete, wie die Überreste der einst so glorreichen *Mad Jumpin' Jacks* in die Höhle des Löwen sprangen. Dann betätigte sie einige Knöpfe. Vor ungefähr zwei Wochen hatte mit Arthurs Tod die Katastrophe begonnen. Heute würde es ein Ende haben. Der Kreis schloss sich. Auch in einer anderen Beziehung…

Die Lautsprecher, die am Torso der *Valkyrie* befestigt waren, nahmen ihre Arbeit auf, und aggressive Rockmusik tönte auf die Mariks ein. Lhiannon lachte grimmig. Ja, das war es, was sie liebte. Die richtige Musik zum Töten. Sie sprang hinunter auf den Pass…

Die Staubwolke hatte sich noch nicht ganz gelegt, aber es reichte, um den Feind erfassen und vernichten zu können. Anastasias *Victor* gab die erste Salve ab. Die schwere Autokanone bohrte sich blitzschnell in den Rücken eines *Todesboten*. Der Treffer führte zu einer Explosion im Inneren des Mechs. Lebenswichtige Systeme versagten. Der *Todesbote* fiel.

Der Gegner, der jetzt am Nächsten stand, war ein vollkommen anderes Kaliber. Sie identifizierte ihn als *Jenner*. Der Marik beschleunigte in diesem Augenblick. Dadurch geriet er dem *Victor*, der seine Raketenlafette fertig machte und feuerte, vor die Rohre.

Der nur schwach gepanzerte *Jenner* hatte Glück. Drei Raketen verfehlten ihr Ziel. Der *Jenner* hatte den *Victor* blitzschnell umrundet und feuerte eine volle Breitseite. Die KSR4 und die vier Laser trafen verteilt im Torso des *Victor*.

Anastasia wendete. Der *Jenner* führte ein Gegenmanöver aus, kam dadurch aber in die Schussbahn des *Grashüpfers*. Robert ließ sich nicht zweimal bitten. Der schwere Laser riss das Bein des *Jenner* entzwei. Shedler setzte mit zwei M-Lasern nach und beendete das Kapitel dieses Gegners.

Stille. Sie konnten sie alle fühlen. Bis die Verstärkung vom vorderen Verteidigungsring da war. Die beiden PPKs zersprengten die Stille.

Adrians *Paladin* torkelte zurück. Der eine Treffer

hatte für ein großes Loch im Torso gesorgt, der andere hatte den Knöchel des Mechs zerstört. Lhiannon konnte sehen, wie der *Paladin* mühsam versuchte, sich auf dem Boden zu halten. Vergeblich. Der Mech stürzte vor. Raymond Allisons *Orion* preschte vor. Die AK/10 und die KSR4 verwandelten den Kopf des *Paladin* in ein Flammenmeer.

Jetzt kamen auch die anderen. Vorne marschierten der *Orion* und ein *Kriegshammer*, etwas dahinter kam ein *Feuerfalke*. Offenbar griffen auch einige Schwebepanzer an. Alles lief nach Forsters Plan.

Lhiannon gab den Befehl zum Angriff. In demselben Augenblick schlug Merinos Lanze zu. Es dauerte nicht lange. Die vier *Greife* gaben zwei Breitseiten ab, sprangen dann zurück und machten den Weg für die wenigen wendigeren NahkampfMechs der LCS frei.

Die Mariks hatten das tödliche Langstreckenbombardement der *Greife* nicht überlebt. Die wenigen Infanteristen und Panzer, die noch standen, wurden von den zwei Lanzen niedergemacht, die jetzt vorrückten. Die drei Mechs der Mariks stoppten. Sie hatten ihren Fehler offenbar erkannt.

Die *Jacks* nutzten diese paar Sekunden aus. Lhiannon ordnete mit einigen wenigen Kommandos ihre Formation und ließ Anastasia angreifen.

Sie sprang unvermutet in den Rücken des *Feuerfalken*, wirbelte herum – sie fand es überraschend, wie schnell ein 80-Tonner wie der *Victor* reagierte, wenn man ihn beherrschte – und holte mit dem Fuß aus. Das Bein des *Feuerfalken* zerbrach. Noch während der Marik fiel, feuerte Anastasia ihre AK 20 und fegte den Kopf des *Feuerfalken* von dessen Schultern.

Jason sah sich auf einmal dem *Orion* gegenüber. Wer von den beiden Freunden würde zuerst feuern? Jason hatte den Finger zwar am Feuerknopf, drückte jedoch nicht ab. Er wollte nicht auf seinen besten Freund schießen. Dann handelte er instinktiv. Ob es richtig war, das wusste er nicht. Er ließ seinen *Derwisch* zur Seite treten und deaktivierte seine Waffen. Ray hob dankend den Arm und verschwand in Richtung Striker. Jason wusste, dass er Ray noch nicht zum letzten Mal gesehen hatte. Und das war gut so...

Anastasia machte jetzt den entscheidenden Fehler. Sie wendete, um den *Orion* zu erfassen. Der *Kriegshammer* visierte die beschädigten Teile ihres Rückens an und feuerte. Der *Victor* wirbelte herum, fiel kopfüber und regungslos auf den Boden.

Die Reaktion folgte sofort. Die vollen Breitseiten der restlichen vier *Jacks* trafen alle. Der *Kriegshammer* sackte zusammen. Lhiannon gab ihm den Rest. Die *Valkyrie* kickte den Kopf des *Kriegshammer* mit einem lässigen Tritt von den Schultern.

Als die Lyraner wenige Sekunden später eintrafen, war der größte Widerstand schon niedergekämpft. Die restlichen Entsatztruppen der Mariks boten nur noch gute Zielscheiben für die zwölf Mechs. Und einige Minuten später trafen die lyranischen Infanteristen ein, die den letzten Widerstand brachen und das Lager abriegelten.

LeFranc, Gilbert, Thornten und Helen waren von lyranischen Infanteristen gefangen worden. Was sie erwartete, konnten sich alle gut vorstellen. Nach einiger Zeit wurden sie von den Lyranern in LeFrancs Büro geführt. Dort sahen sie vier Bekannte, die vier letzten *Jacks*. Ein lyranischer Oberst befand sich ebenfalls im Raum. Der Oberst ging auf LeFranc zu und schüttelte ihm die Hand.

LeFranc sah ihn überrascht an. »Mit wem habe ich das Vergnügen?«

»Oberst Forster, 10. Skye Ranger, LCS. Sie sind...«

»Leutenient-Kolonel LeFranc, 1. Sirianische Lanciers.«

»Ach ja, natürlich. Es war mir eine Ehre, gegen Sie gekämpft zu haben, Leutenient-Kolonel. Sie haben sich lange gehalten.«

LeFranc nickte stumm.

Forster ließ sich wieder in LeFrancs Stuhl fallen. »Ich hätte da übrigens eine Frage... Wo sind die Baupläne für den *CTF-1T Cataphract*?«

LeFranc schwieg.

Forster grinste. »Sie wissen schon. Die Baupläne, der Grund, warum wir hier sind. Ich würde sie gerne haben.«

»Da bin ich mir sicher«, gab LeFranc zurück.

»Bitte keine Spielchen, Leutenient-Kolonel«, erklärte Forster ernst.

»Warum nicht?«, fragte LeFranc trotzig.

»Momentan befinden sich dreihundert Lanciers in unseren Händen. Ein Befehl von mir und alle sind tot. Sie natürlich eingeschlossen. Nicht zu vergessen, dass meine verärgerten Truppen Striker noch einen Besuch abstatten wollen.«

LeFranc dachte kurz nach. Dann sah er Forster in die Augen und murmelte: »Ich weiß es nicht. Ich habe diese verfluchten Baupläne niemals gesehen. Thornten hat sie.«

Die Blicke richteten sich auf den Regierungschef. Dann geschah alles sehr schnell.

Thornten wirbelte zur Seite, riss einem Infanteristen den *Blaster* aus dem Holster und feuerte. Der Laserstrahl ging haarscharf an Forster vorbei. Der Infanterist warf sich schnell auf Thornten.

Thornten fiel. Der Finger am Abzug des *Blaster* verkrampfte sich. Der Schuss ging los.

Helen Thornten stürzte zu Boden.

Stille.

Jason sprang vor und schlug Thornten mit einem erbarmungslosen Schlag nieder. Im nächsten Augenblick war er bereits bei Helen. Der Schuss hatte sie nahe am Herz getroffen. Gilbert beugte sich über sie und sah sich die Wunde kurz an. Seine Miene verfinsterte sich.

Helen atmete schwer. Ihre Augen sahen die Wunde und weiteten sich. Sie wandte sich an Jason und flüsterte: »Wo… ist Adrian?«

»Er… er…«

Helen lächelte. »Ich… werde also mit ihm zusammensein?«

Jason nickte stumm.

Dann starb sie in seinen Armen.

Jason weinte jetzt. Es war das erste Mal seit langem, dass er weinte…

Tores Thornten erwachte und sah seine tote Tochter. Er konnte nur noch auf die Leiche starren. Hatte er das getan? Hatte er das *wirklich* getan? War er inzwischen schon so weit? Jason sah kurz auf. Sein Sohn würdigte ihn keines Blickes mehr.

Thornten fühlte eine Hand an der Schulter, die ihn hochriss. Forster.

Der Oberst sah ihn hasserfüllt an. »Verdammt, Thornten, wo sind die Baupläne?«

Thornten starrte auf Helen. Er liebte sie doch. Tief in seinem Inneren liebte er sie doch.

»*Wo sind die Baupläne*?«, brüllte Forster.

Erst jetzt nahm Thornten ihn wahr und stammelte: »Zum Teufel mit Ihren Bauplänen. Es gab nie welche auf Amity.«

Forster sah ihn verblüfft an. »*Was*?!?«

Thornten fuhr zu ihm herum und schrie: »Ja, verdammt noch mal! Die Baupläne des *Cataphract* befinden sich auf irgendeinem anderen Planeten.«

Forster musste sich setzen. »Und warum…?«

Thornten starrte stumm auf Helen. Warum stand sie nicht wieder auf?

Forster dachte laut nach. »Nach den Informationen des LNC hat uns ein prolyranischer Politiker Ihrer Regierung gegen eine hohe Summe verraten, dass diese Baupläne auf Amity sind. Weshalb sollte er gelogen haben? Wieso riskiert er die Verwüstung seines eigenen Planeten, wenn diese Baupläne gar nicht da sind?«

LeFranc wandte sich jetzt an Thornten und fragte lauernd: »Woher hatten Sie eigentlich das Geld für diese Kopfgeldjäger? Die Kerle müssen doch ziemlich teuer gewesen sein.«

»Ich… ich…«

»Ich habe schon öfters mit Regierungschefs zusammengearbeitet, und ich habe noch keinen getroffen, der die finanziellen Mittel besessen hat, sich eine eigene MechKompanie anzuheuern.«

»Ich…«

Alle Augen ruhten auf Thornten. Die meisten der Anwesenden waren verwirrt. Aber LeFrancs Augen sprühten vor Hass. Und Gilbert schien auch endlich ein Licht aufzugehen.

LeFranc fuhr fort: »Ich werde Ihnen sagen, was hier vor sich geht: Tores Thornten ist ein loyaler Silberfalke. Das heißt Opposition zu Janos Marik. Marik weiß das und achtet darauf, dass Thornten nicht zu viel Macht bekommt. Truppen werden nur dann nach Amity entsandt, wenn es die militärische Lage erfordert. Nehmen wir jetzt an, auf Amity befinden sich überlegene lyranische Verbände und die Baupläne eines brandneuen MechTyps. Marik muss Truppen schicken, damit die Baupläne nicht in lyranische Hände fallen. Und nachdem diese Truppen die LCS verjagt haben, etabliert Thornten diese Truppen als feste Garnison auf Amity… Und seien wir ehrlich: Ein ganzes Regiment kann eine gewaltige Machtbasis sein.«

Thornten schloss die Augen.

Lhiannon nahm den Faden auf. »Die *Jacks* sind Ihnen

dazwischengekommen. Wir waren einfach zu gut für die LCS. Sie hatten wahrscheinlich Angst, dass wir die Ranger genauso fertig machen wie das Lyranische Heer. Und wenn die Schlacht gut läuft, dann ist das Entsenden eines ganzen Regimentes vollkommen sinnlos. Deswegen haben Sie LeFranc wohl irgendwie gegen uns aufgehetzt. Nun, Sie haben Ihren Willen bekommen. Morgen trifft Ihr verdammtes *Falken*-Regiment ein.«

»Ich...«

»Du hast den Tod von Tausenden von Menschen in Kauf genommen, nur um mehr Macht zu bekommen?«, fragte Jason wütend.

Thornten sah auf Helen. »Ich... wollte doch nur das Beste für Amity. Für dich. Für Helen.«

Sie hörten das Klicken der Waffe. Der lyranische Infanterist lag bewusstlos neben Leutenient Gilbert. Wie er das gemacht hatte, war niemandem klar. Sie hätten es doch hören müssen. Gilbert hielt ein *Zeus*-Gewehr und hatte es auf Thornten gerichtet. Von den anderen bewegte sich keiner. Gilbert hatte eine ausgezeichnete Position und sie alle im Schussfeld.

Gilbert grinste Thornten grimmig an. »Ich darf mich vorstellen: Kapitan Steven Gilbert, SEKURA. Tores Thornten, Sie haben sich des Hochverrats an der Liga Freier Welten und an dem Haus Marik schuldig gemacht. Darauf steht die Todesstrafe.«

Gilbert drückte ab. Er hielt den Feuerknopf ziemlich lange. Von Tores Thornten blieb nicht mehr viel übrig. Dann warf Gilbert die Waffe weg.

Er wandte sich an LeFranc. »Leutenient-Kolonel, Sie werden das nächstbeste Schiff nach Stewart nehmen. An einem Piratenpunkt wird Sie eines unserer Sprungschiffe zusammen mit Andrea Nuñez nach Terra bringen. Offiziell sind Sie heute vor wenigen Sekunden in einem Handgemenge mit Tores Thornten gestorben. Ich hoffe, Sie sind zufrieden.«

»Terra??«, wiederholte LeFranc fassungslos.

»Ja, Terra. Verbringen Sie dort Ihren Lebensabend. Es ist ein wirklich schöner Planet. Tun Sie dort, was Sie wollen. Das geht in Ordnung. Ich habe da einen guten Freund bei ComStar, der Sie willkommen heißen wird.«

Gilbert wandte sich an die anderen. »Ich hoffe, Sie alle wissen, dass dieses Gespräch niemals stattgefunden hat – und dass der Leutenient-Kolonel heute den Ehrentod gestorben ist. Sollte das nicht klar sein, wird die SEKURA einschreiten.«

Gilbert verschwand durch die Tür.

Forster ließ ihn nicht verfolgen. Kein Einziger, der sich an diesem Tag in diesem Raum befand, sah Steven Gilbert jemals wieder…

Nach einiger Zeit kam Merino in den Raum hereingeplatzt. »Ihr werdet es nicht glauben, aber Anastasia lebt noch!«

Robert sah ihn überrascht an und spurtete aus dem Zimmer. Merino sah die zwei Toten, Vater und Tochter. Er verzog keine Miene. Als MechKrieger sah er den Tod zu oft, um Mitleid für die Opfer zu empfinden. Dann folgte er Robert.

Lhiannon blickte aus dem Fenster. Sie schaute über das Schlachtfeld und sah den zerstörten *Victor*. Einige Lyraner zogen einen regungslosen Körper aus der Cockpitluke. Ja, das war Anastasia. Ob sie noch lebte, konnte Lhiannon aus dieser Entfernung nicht sehen. Aber sie sah den toten Mech, und ihre Gedanken schweiften ab. Die Reste der antiken Flagge auf dem Torso waren noch zu erkennen.

Was hatte Jack doch gleich über diese Flagge gesagt? *Diese Flagge symbolisiert das Volk, nicht die Regierung. Wenn ich sie sehe, weiß ich, dass ich für mein Volk kämpfe.*

Mit dem *Victor* war das Volk gefallen. Die Regierung

hatte gewonnen. Die Bevölkerung war dezimiert, aber der hohe Herrscher hatte die Macht.

Lhiannon musste gegen den Brechreiz ankämpfen. Sie hatten das ganze halbe Jahr gekämpft und gemordet. Für was? Für nichts!

Auf einmal drängte sich in ihr die Frage auf, wer daran Schuld gewesen war. Die machtbesessenen Politiker? Die Soldaten in ihrem Blutrausch? Das System? Wer war am Holocaust im terranischen Deutschland Schuld gewesen? Wer hatte die Verantwortung für das Massaker auf Kentares IV getragen? Wer hatte die Todesfeuer von Amity entfacht? Von einer Schlacht, einem Grenzgeplänkel, die zu Hunderten in der Inneren Sphäre ausgetragen wurde. Von einer Schlacht, die keine Beachtung in der Geschichte finden würde.

Plötzlich drängte sich der Wunsch nach Frieden in ihr wieder auf. Sie wollte einen Sohn. Einen Mann. Ein einfaches Leben auf einem sicheren Planeten. Und dann kamen die Erinnerungen wieder. Sie konnte nur dann vergessen, wenn sie kämpfte und tötete. Wenn sie das nicht tat, fraßen die Erinnerungen sie auf. Es war ein Teufelskreis. Das einzige Gegenmittel war Selbstmord.

Lhiannon, Takiro und Jason standen am Fenster der *Esmeralda*. Sie hatten eben an das Sprungschiff *Tyr* angedockt. Es würde nur noch wenige Minuten dauern, bis die *Tyr* zurück nach Solaris VII springen würde. Die *Falken* waren vor ungefähr zwei Stunden am regulären Sprungpunkt des Systems erschienen. Jetzt übernahmen sie Amity. Lhiannon bezweifelte, ob sie die *Tyr* entdeckt hatten.

Sie sah auf den Planeten. Anastasia hatte ihre Beine verloren. Forster hatte angeboten, sie wegen ›besonderer Tapferkeit‹ zurück nach Terra zu schicken. Vielleicht konnte sie dort glücklich werden. Robert war im

Augenblick bei ihr und versuchte sie zu trösten. Er würde sie allerdings nicht auf ihre Heimatwelt begleiten, dazu war er zu sehr Söldner.

In dem Moment kam Leutnant Merino vorbei. Man hatte ihn und seine Lanze ebenfalls auf die *Esmeralda* gebracht. Merino wandte sich an Lhiannon. »Hauptmann Potter?«

»Ja?«

»Ich habe gehört, Sie benennen die *Jacks* um.«

Als Lhiannon ihn überrascht anstarrte, erklärte Merino lachend: »Nachrichten sprechen sich ja bekanntlich schnell herum, Hauptmann.«

Lhiannon nickte. »Was halten Sie von dem neuen Namen?«

»Nun, *Phoenix* passt zu Ihnen. Wie sind Sie darauf gekommen?«

»Kennen Sie die Legende des Phoenix?«

Merino nickte und sagte: »Phoenix war ein sagenhafter Vogel, der aus seiner eigenen Asche wieder erstand.«

»Genauso wie aus der Asche der *Mad Jumpin' Jacks Phoenix* geboren wird«, erklärte Lhiannon.

Merino dachte laut, als er sagte: »Ja, der Name passt zu euch. Egal, wie groß die Verluste sind, die ihr einstecken müsst, ihr steht immer wieder auf. Ihr seid beinahe schon ein Mythos – wie Phoenix.«

In diesem Moment hörten sie die Warnglocke. Sekunden später baute sich das Hyperraumfeld um die *Tyr* auf. Als Lhiannon nach einer Weile die Augen wieder öffnete, sah sie Solaris VII vor sich. Der Albtraum war zu Ende. DIESER Albtraum war zu Ende…

EPILOG

Tomans
Vereinigtes Commonwealth

10.April 3054

Lhiannon Potter saß im Wachraum der Garnisonsverbände. Jason Boise, ihr Lanzengefährte, ihr Freund und ihr Liebhaber war tot. Er war noch auf dem Schlachtfeld gestorben.

Der Helikopter war erst nach drei Stunden gekommen. Landser und der Außenweltler hatten sich zurückgezogen. Lia hatte Totenwache gehalten. Inzwischen hatte sie sich wieder gefangen. Es war immerhin schon zwei Tage her.

Leutnant Ramirez betrat den Raum. Lhiannon sah kurz auf. Ramirez war noch ziemlich unerfahren. Er erinnerte sie an Jason, als sie ihn kennen gelernt hatte. Aber es war nur der Hauch einer Erinnerung. Jason blieb einmalig.

Lhiannon visierte ihren Leutnant an: »Ja, Leutnant? Was ist?«

»Hier ist der vorläufige Bericht, Hauptmann. Wir haben acht Piloten und fünf Mechs verloren. Die restliche Kompanie wurde gründlich zusammengeschossen.«

»Nachschub?«

»Tja, wir dürfen nicht damit rechnen, vor den regulären Truppen versorgt zu werden, aber man hat uns zwei neue MechKrieger zugeteilt.«

»Frischlinge?«, fragte Lhiannon vorsichtig.

Ramirez nickte.

»Wie lange gibst du ihnen?«, wollte Lhiannon wissen.

»Hm… Bei guten Bedingungen überleben sie vielleicht das Wochenende.« Ramirez grinste sie an.

Lhiannon fand es immer wieder faszinierend, wenn der Schwarze grinste. Seine schneeweißen Zähne boten einen extremen Kontrast zu der Hautfarbe. Sie gab Ramirez ein Zeichen. Der führte die beiden herein. Lhiannon musste fast lachen. Der eine der beiden war der Außenweltler.

»Schütze Craig Osonov meldet sich zum Dienst!«

»Hat es Ihnen so gut bei mir gefallen, Schütze?«

Osonov lachte und erklärte: »Ich bin zu der Überzeugung gekommen, dass es auf Dauer bei *Phoenix* sicherer ist. Bei euch passen wenigstens Profis auf mich auf.«

Lhiannon nickte. »Aber deswegen will ich trotzdem Leistung sehen. Solche wie vor zwei Tagen. Das war nämlich ganz in Ordnung…« Sie wandte sich an beide. »Bevor ich's vergesse, behaltet eure Uniformen an, wir haben nämlich keine mehr.«

»Ich will sowieso nicht ewig bei euch bleiben«, meinte Osonov.

Lhiannon lachte auf. »*Das* haben schon andere behauptet!«

Osonov grinste und ging aus dem Raum. Vermutlich würde ihn Ramirez gleich einweihen.

Jetzt wandte sie sich der zweiten Person zu. Einer jungen Frau in der MechKrieger-Uniform der Com-Guards.

Sie salutierte verkrampft. »Adeptin Donna Schmelzer meldet sich zum Dienst, Hauptmann.«

Lhiannon horchte auf. Aber nein… das war ein Zufall. »Ihr erster Einsatz, Adeptin?«, fragte sie.

»Ja, Sir… Hauptmann.«

Lhiannon schmunzelte. »Nicht so verkrampft, Adeptin. Ich weiß ja nicht, wie es bei den ComGuards war, aber hier sind wir alle eine nette Großfamilie.«

»Natürlich, Hauptmann.« Ihr Lächeln wirkte noch ziemlich gezwungen.

»Wie alt sind Sie?«

»19.«

»Zu jung… viel zu jung…«, flüsterte Lia.

Donna sah sie irritiert an.

Lhiannon wies auf die Tür. »Leutnant Ramirez wird Sie in alles einweihen. Wegtreten!«

Donna blieb noch stehen.

Lhiannon sah auf. »Ist noch etwas, Adeptin?«

»Ja, da wäre noch eine Kleinigkeit… Ich soll Ihnen von meiner Mutter einen Gruß ausrichten.«

Es war also doch kein Zufall. Lhiannon fragte vorsichtig: »Anastasia Schmelzer?«

Donna nickte. »Ich habe mich auf ihren Wunsch hin bereit erklärt, *Phoenix* zu verstärken. Sie hat gemeint, Ihre Einheit wäre die beste. Und ich könnte von Ihnen mehr lernen als von irgend jemand anderem.«

Lia ignorierte das Lob. »Wie geht's Anastasia?«

»Ach, ganz gut soweit. Nachdem sie damals ihre Beine verloren hat, erhielt sie von ComStar einen Job in einem Analyseteam für Taktik.«

»Anastasia??«, fragte Lhiannon verwirrt.

»Ja. Sie meint zwar, das wäre mit dem Gefühl, einen Mech zu steuern, nicht zu vergleichen, aber auf die Dauer wäre es sicherer.«

Lhiannon musste ihr zustimmen. Dann fiel ihr Blick auf die junge Frau, die vor ihr stand. Sie würde auf Donna Schmelzer besser aufpassen als auf Donna Malaga und auf Anastasia Schmelzer, die beiden Frauen, deren Namen sie trug. Der Teufel, nein, besser, die Clans sollten sie holen, wenn sie diese Frau nicht lebend von Tomans bringen konnte. Und wenn sie selbst ihr Leben dafür gab. Aber Donna Schmelzer, die ihr auf einmal so vertraut erschien, musste weiterleben.

Und wieder erfüllte sich der Name *Phoenix*. Diese

Adeptin war aus der Asche von zwei guten MechKriegerinnen auferstanden. Egal, wer starb, es kamen andere, die den Platz einnahmen, der Kreislauf blieb.

Genau wie *Phoenix*.

Vielleicht kam nur einer von ihnen aus dieser Schlacht lebend heraus, aber Lhiannon konnte sicher sein, dass mit diesem einen die Einheit und vor allem die Erinnerungen weiterlebten. Und damit war Lhiannons Arbeit getan.

GLOSSAR

Politische Begriffe

INNERE SPHÄRE: Mit dem Begriff ›Innere Sphäre‹ wurden ursprünglich die Sternenreiche bezeichnet, die sich im 26. Jahrhundert zum Sternenbund zusammenschlossen. Derzeit bezeichnet er den von Menschen besiedelten Weltraum inklusive der Peripherie.

STERNENBUND: Im Jahr 2571 wurde der Sternenbund gegründet, um die wichtigsten nach dem Aufbruch ins All von Menschen besiedelten Systeme friedlich zu vereinigen. Der Sternenbund existierte annähernd 200 Jahre lang, bis 2751 ein Bürgerkrieg ausbrach. Als das Regierungsgremium des Sternenbundes, der Hohe Rat, sich in einem Machtkampf auflöste, bedeutete dies das Ende des Bundes. Jeder der Hausfürsten rief sich zum neuen Ersten Lord des Sternenbundes aus und innerhalb weniger Monate befand sich die gesamte Innere Sphäre im Kriegszustand. Dieser Konflikt hält seit über zwei Jahrhunderten an. Die daraus resultierenden Konflikte werden als ›Nachfolgekriege‹ bezeichnet und haben die Innere Sphäre vielerorts auf den kulturellen, wirtschaftlichen und technischen Stand des Mittelalters zurückgebombt.

NACHFOLGERSTAATEN: Nach dem Zerfall des Sternenbundes wurden die Reiche der Mitglieder des Hohen Rates, die sämtlich Anspruch auf die Nachfolge des Ersten Lords erhoben, unter dem Namen Nachfolgerstaaten bekannt. Die Nachfolgerstaaten bestanden ursprünglich aus fünf Herrscherhäusern: Haus Kurita (Draconis-Kombinat), Haus Liao (Konföderation Capella), Haus Steiner (Lyranisches Commonwealth), Haus Davion (Vereinigte Sonnen) und Haus Marik (Liga Freier Welten). Seit der Fusion der Häuser Steiner und Davion, die durch die Heirat Melissa Steiners mit Hanse Davion 3028 ihren Anfang gefunden hat, bestehen nur noch vier Nachfolgerstaaten, da das neue Haus Steiner-Davion beide Reiche zum Vereinigten Commonwealth vereinigte. Die Clan-Invasion hat die Jahrhunderte des Krieges seit 2786 – die Nachfolgekriege – einstweilen unterbrochen. Schauplatz dieser Kriege ist die riesige Innere Sphäre, bestehend aus allen einst von den Mitgliederstaaten des Sternenbundes beherrschten Systemen. Die Nachfolgerfürsten haben ihre Streitigkeiten ausgesetzt, um der Bedrohung durch den gemeinsamen Feind, die Clans, zu begegnen.

NACHFOLGERFÜRSTEN: Die fünf Nachfolgerstaaten werden von Familien regiert, die ihre Herkunft von einem der ursprünglichen Lordräte des Sternenbundes ableiten. Alle fünf Hausfürsten erheben Ansprüche auf den Titel des Ersten Lords. Sie kämpfen seit Ausbruch der Nachfolgekriege im Jahre 2786 gegeneinander. Ihr Schlachtfeld ist die riesige Innere Sphäre, bestehend aus sämtlichen einstmals von den Mitgliedstaaten des Sternenbundes besetzten Sonnensystemen.

PERIPHERIE: Jenseits der Grenzen der Inneren Sphäre liegt die Peripherie, der gewaltige Bereich teilweise erforschter und unerforschter Welten und Systeme, der sich bis tief in die Galaxis hineinzieht. Der Bereich nahe der Inneren Sphäre wurde vor langer Zeit durch Siedler erschlossen. Diese Welten wurden jedoch durch den Zerfall des Sternenbundes technologisch, politisch, kulturell und wirtschaftlich besonders hart getroffen und versanken weitgehend in Barbarei. Zur Zeit ist die Peripherie in weiten Teilen ein Zufluchtsort für Banditenkönige, Raumpiraten und Ausgestoßene.

LC: Lyranisches Commonwealth (Abkürzung)

KENTARES IV: 2796, während des Ersten Nachfolgekrieges, wurde der Koordinator des Draconis-Kombinats, Minoru Kurita von einem Davion-Soldaten auf Kentares IV im Hinterhalt erschossen. Sein Sohn, Jinjiro Kurita, gab als neuer Herrscher seinen Truppen auf Kentares den Befehl, ›alle umzubringen‹. In nur fünf Monaten schlachteten die VSDK 52 Millionen auf Kentares ab. Das Kentares-Massaker prägt noch bis in unsere Tage das Bild des Hauses Kurita.

COMSTAR: Das interstellare Kommunikationsnetz ComStar wurde von Jerome Blake entwickelt, der in den letzten Jahren des Sternenbundes das Amt des Kommunikationsministers innehatte. Nach dem Zusammenbruch des Bundes eroberte Blake Terra und organisierte die Überreste des Sternenbund-Kommunikationsnetzes in eine Privatorganisation um, die ihre Dienste mit Profit an die fünf Häuser weiterverkaufte. Seitdem hat sich ComStar zu einem mächtigen pseudoreligiösen Geheimbund entwickelt, der sich in Mystizismus und Rituale hüllt. Initiaten des ComStar-Ordens müssen sich zu lebenslangem Dienst verpflichten.

CLANS: Nach dem Zerfall des Sternenbundes führte General Aleksandr Kerensky, der Oberkommandierende der Regulären Armee des Sternenbundes, seine Truppen beim so genannten Exodus aus der Inneren Sphäre in die Tiefen des Alls. Nachdem sie sich weit jenseits der Peripherie niedergelassen hatten, zerfiel auch die Sternenbundarmee. Aus der Asche der Zivilisation, die Kerensky hatte aufbauen wollen, entstanden die Clans. Die Rückkehr der Clans 3050 führte zu dem Clankrieg. Nur mit vereinten Kräften konnten die Nachfolgerfürsten und ComStar die Clans aufhalten, wobei diese allerdings in kürzester Zeit große Teile des lyranischen und draconischen Raumes überrannten.

TUKAYYID: Der Waffenstillstand von Tukayyid hat eine fünfzehnjährige Waffenruhe zwischen den Clans und der Inneren Sphäre begründet. Khan Ulric Kerensky, il Khan der Clans, vereinbarte mit dem Präzentor Martialium ComStars, Anastasius Focht, auf dem Planeten Tukayyid eine Entscheidungsschlacht. Bei einem Sieg der Clans verpflichtete sich ComStar, ihnen Terra auszuhändigen, bei einem Sieg ComStars verpflichteten sich die Clans zu einem fünfzehnjährigen Waffenstillstand. Der nach einem blutigen Sieg der ComGuards auf Tukayyid unterzeichnete Vertrag etablierte eine Grenzlinie, die durch den Planeten Tukayyid verläuft. Die Clans dürfen diese Grenzlinie bis zum Ablauf des Waffenstillstandes nicht überschreiten.

Militärische Begriffe

Die Streitkräfte der Inneren Sphäre und der Clans benutzen BattleMechs, Landungsschiffe, Sprungschiffe, und andere ähnliche Waffen und Ausrüstungsteile – aber die Technologie der Clans ist prinzipiell überlegen. ClanKrieger leben entsprechend dem Wesen der Clans, einem Ehrenkodex, der selbst ihren Kampfstil beeinflusst. Die Innere Sphäre hat es bisher nicht geschafft, den gewaltigen technischen Vorsprung der Clans auszugleichen. Ihre Siege wurden ausschließlich durch Taktiken ermöglicht, welche die durch diese Philosophie entstandene Unbeweglichkeit und Berechenbarkeit der ClanKrieger ausnützen.

AUTOKANONE: Eine automatische Schnellfeuerkanone. Leichte Fahrzeugautokanonen haben Kaliber zwischen 30 und 90 mm, während eine schwere MechAutokanone ein Kaliber von 80 bis 120 mm oder mehr aufweisen kann. Die Waffe verschießt Panzer brechende oder hochexplosive Granaten. Durch die Beschränkungen in der Zielerfassungstechnik der BattleMechs sind Autokanonen in ihrer effektiven Reichweite auf 600 Meter begrenzt.

AVS: Armee der Vereinigten Sonnen. Sammelbegriff für das Davionmilitär.

BATTLEMECH: BattleMechs sind die gewaltigsten Kriegsmaschinen, die je von Menschen erbaut wurden. Diese riesigen humanoiden Panzergehzeuge wurden vor über 500 Jahren von terranischen Wissenschaftlern und Technikern entwickelt. Sie sind schneller, manövrierfähiger, besser gepanzert und schwerer bewaffnet als jedes Panzerfahrzeug des 20. Jahrhunderts. Sie sind zehn bis zwölf Meter hoch und mit Partikelprojektorkanonen, Lasergeschützen, Schnellfeuer-Autokanonen und Raketenlafetten bestückt. Ihre Feuerkraft reicht aus, jeden Gegner mit Ausnahme eines anderen BattleMechs zu vernichten. Ein kleiner Fusionsreaktor liefert ihnen nahezu unbegrenzte Energie. BattleMechs können auf verschiedenste Umweltbedingungen eingestellt werden – von glühenden Sandwüsten bis zu arktischen Eisfeldern.

BATAILLON: Ein Bataillon ist eine militärische Organisationseinheit der Inneren Sphäre, die in der Regel aus drei oder vier Kompanien besteht.

GEFECHTSVERLUSTKLASSIFIZIERUNG (GVK): Ein Maß für die noch verbleibende Zeit bis zum Totalausfall der Kampfsysteme eines BattleMechs.

ISA: Interne Sicherheitsagentur. Der Geheimdienst des Draconis-Kombinats.

KOMPANIE: Eine taktische Militäreinheit, bestehend aus drei

BattleMechLanzen oder bei Infanterie aus drei Zügen mit einer Gesamtstärke von 60 bis 100 Mann. Kompanien werden meistens von einem Hauptmann bzw. Captain befehligt.

KSR: Abkürzung für ›Kurzstreckenraketen‹. Es handelt sich um ungelenkte Raketen mit hochexplosiven oder Panzer brechenden Explosivsprengköpfen. Ihre Maximalreichweite liegt unter einem Kilometer und eine annehmbare Treffersicherheit ist nur bis zu 300 Metern gegeben. Die Sprengwirkung dieser Raketen liegt jedoch über der von LSR.

LANZE: Eine taktische BattleMech-Gefechtsgruppe, die aus vier Mechs besteht.

LASER: Ein Akronym für ›Light Amplification through Stimulated Emission of Radiation‹ oder ›Lichtverstärkung durch stimulierte Strahlungsemission‹. Als Waffe fungiert ein Laser, indem er extreme Hitze auf einen minimalen Bereich konzentriert. BattleMechLaser gibt es in drei Größenklassen: leicht, mittelschwer und schwer. Laser sind auch als tragbare Infanteriewaffen verfügbar, die über einen als Tornister getragenen Energiespeicher betrieben werden. Manche Entfernungsmessgeräte und Zielerfassungssensoren bedienen sich ebenfalls schwacher Laserstrahlen.

LCS: Lyranische Commonwealth Streitkräfte. Sammelbegriff für das Steinermilitär.

LNC: Lyranisches Nachrichten-Corps: Lyranischer Nachrichten- bzw. Geheimdienst

LSR: Abkürzung für ›Langstreckenrakete‹, zum indirekten Beschuss entwickelte Rakete mit hochexplosiven Gefechtsköpfen. Sie haben eine Maximalreichweite von mehreren Kilometern, die Treffsicherheit ist aber nur auf Entfernungen zwischen 150 und 700 Metern annehmbar.

PPK: Kürzel für ›Partikelprojektorkanone‹, einen magnetischen Teilchenbeschleuniger in Waffenform, der hoch energetische Protonen- oder Ionenblitze verschießt, die durch Aufschlagskraft und Temperatur Schaden anrichten. PPKs gehören zu den effektivsten Waffen eines BattleMechs. Ihre theoretische Reichweite wird nur durch die Sichtweise beschränkt, ihre effektive Reichweite wird jedoch durch die zur Bündelung und Ausrichtung des Blitzstrahls erforderliche Technologie auf eine Entfernung unter 600 Meter begrenzt.

REGIMENT: Eine Militäreinheit, bestehend aus zwei bis vier Bataillonen zu jeweils drei oder vier Kompanien. Ein Regiment steht unter dem Befehl eines Oberst bzw. Colonel.

SEKURA: Der Geheimdienst des Hauses Marik.

STOL: Senkrechtstartende Flugmaschinen einschließlich Helikopter.

VSDK: Vereinigte Soldaten des Draconis Kombinats. Sammelbegriff für das Kuritamilitär.

Dienstgrade der verschiedenen Häuser

Kurita	Davion / Steiner	Marik
Tai-shu	Armeegeneral	Generalhauptmann
Tai-sho	General	General
Sho-sho	Brigadegeneral	Kolonel
Tai-sa	Colonel bzw. Oberst	Leutenient-Kolonel
Chu-sa	Lieutenent Colonel	Major
Sho-sa	Major	Kapitan
Tai-i	Captain bzw. Hauptmann	Leutenient
Chu-i	Lieutenent bzw. Leutnant	

Clan-Begriffe

CLAN-MILITÄR: Die militärische Organisation der Clans unterscheidet sich ebenso radikal von der in der Inneren Sphäre gebräuchlichen wie ihre Strategie und Taktik. Das Grundelement dieser Organisation ist der Strahl. Dieser besteht aus einem einzelnen BattleMech oder zwei Luft/Raumjägern oder fünf Elementaren.

Strahl	1 Mech oder 5 Elementare
Stern	5 Mechs oder 25 Elementare
Binärstern	2 Sterne
Trinärstern	3 Sterne
Sternhaufen	4 Binärsterne
Galaxis	3-5 Sternhaufen
Nova	1 MechStern und 1 ElementarStern
Supernova	1 MechBinärstern und 2 ElementarSterne

ELEMENTARE: Die mit Kampfanzügen ausgerüstete Elite-infanterie der Clans. Diese Männer und Frauen sind wahre Riesen, die speziell für den Einsatz der von den Clans entwickelten Rüstungen gezüchtet werden.

OMNIMECH: Die militärischen Erfolge der Clans gegen die Innere Sphäre beruhen vor allem auf der OmniMech – Technologie. Die auf – von General Kerenskys Truppen beim Exodus mitgenommener – modernster Sternenbundtechnologie beruhenden OmniMechs sind BattleMechs, deren Bestückung durch modulare Bauweise entsprechend der jeweiligen Mission angepasst werden kann. Diese Neuerung verschafft den Clans eine ungeheure Flexibilität auf dem Schlachtfeld. In Verbindung mit ihren weitaus leistungsfähigeren Kühl- und Ortungssystemen und ihrer größeren Feuerkraft haben die OmniMechs die Clans praktisch unbesiegbar gemacht. Seit der Begegnung mit den Clans versuchen auch Wissenschaftler der Inneren Sphäre, Clantechnologien in MechKonstruktionen der Nachfolgestaaten zu integrieren.

WAHRGEBOREN/WAHRGEBURT: Ein wahrgeborener Krieger ist aus dem Zuchtprogramm der Clan-Kriegerkaste hervorgegangen.

Technische Begriffe

HYPERPULSGENERATOR (HPG): Das ComStar-Kommunikationsnetz besteht aus einer großen Anzahl mächtiger Hyperpulsgeneratoren (HPGs), die in der Lage sind, über eine Entfernung von nahezu 50 Lichtjahren ein Signal praktisch ohne Zeitverlust zu empfangen oder zu senden. Etwa 50 dieser ›A‹-Stationen sind über die gesamte Innere Sphäre verteilt. ›B‹-Stationen haben einen Sende- und Empfangsradius von 20 bis 30 Lichtjahren und sind auf den meisten bewohnten Planeten der Nachfolgerstaaten zu finden. ›A‹-Stationen senden die aufgelaufenen Nachrichten alle 12 bis 24 Stunden ab; ›B‹-Stationen senden weit seltener (zwei- bis dreimal in der Standardwoche).

LANDUNGSSCHIFF: Da Sprungschiffe die inneren Bereiche eines Sonnensystems generell meiden müssen und sich dadurch in erheblicher Entfernung von den bewohnten Planeten aufhalten, werden für interplanetare Flüge Landungsschiffe eingesetzt. Diese Landungsschiffe werden während des Sprungs an die Antriebsspindel des Sprungschiffes angekoppelt. Landungsschiffe besitzen keinen Überlichtantrieb, sind jedoch sehr beweglich, gut bewaffnet und aerodynamisch genug, um auf einer Planetenoberfläche zu landen bzw. von ihr abzuheben. Der Flug vom Sprungpunkt eines Systems zu den inneren bewohnten Planeten erfordert im Regelfall eine Reise von mehreren Tagen bis zu Wochen, je nach Klasse des Sterns.

SPRUNGPUNKT: Hyperraumsprünge werden überwiegend von einem der beiden Hauptsprungpunkte eines Sonnensystems aus durchgeführt. Diese befinden sich im Zenit und Nadir des Systems, wobei die Berechnungsachse senkrecht zur Ekliptik des Systems steht und durch dessen Schwerpunkt verläuft. Diese Sprungpunkte sind statisch und befinden sich in gleichbleibendem Abstand von allen Planeten auf der Systemekliptik. Andere Sprungpunkte innerhalb eines Systems existieren zwar, werden jedoch selten genutzt. An den Sprungpunkten wichtiger Welten und bedeutender Handelsrouten befinden sich Raumstationen, an denen Landungsschiffe andocken oder in eine Umlaufbahn gehen können, während sie die Vorbereitungen für den nächsten Sprung treffen, sofern ihr Eigner über kein Sprungschiff verfügt, oder sich die Zeit vertreiben, bis ihr Sprungschiff fertig aufgeladen ist.

SPRUNGSCHIFF: Interstellare Reisen erfolgen mittels so genannter Sprungschiffe, deren Antrieb im 22. Jahrhundert entwickelt wurde. Es handelt sich um ziemlich unbewegliche Fahrzeuge, die aus einer langen, schlanken Antriebsspindel und einem enormen, an einen gigantischen Sonnenschirm erinnernden Sonnensegel mit bis zu einem Kilometer Durchmesser bestehen. Der Name dieser Schiffe rührt von ihrer Fähigkeit her, ohne Zeitverlust in ein weit entferntes Sonnensystem zu ›springen‹. Nach einem Sprung kann das Schiff erst weiterreisen, wenn es durch Aufnahme von Sonnenenergie seinen Antrieb wieder aufgeladen hat. Das riesige Segel eines Sprungschiffs besteht aus einem Spezialmaterial, das gewaltige Mengen elektromagnetischer Energie aus dem Sonnenwind des Zentralgestirns zieht. Wenn es ausreichend Energie gespeichert hat, wird diese

Energie von den Akkumulatoren des Schiffes an das Triebwerk abgegeben, das sie in ein Raum-Zeit-Feld verformt. Einen Sekundenbruchteil später materialisiert das Schiff am nächsten Sprungpunkt, der bis zu 30 Lichtjahre entfernt sein kann. Das Medium dieser Reise wird Hyperraum genannt und seine Entdeckung öffnete der Menschheit den Weg zu den Sternen. Sprungschiffe landen niemals auf einem Planeten und reisen nur selten in die inneren Bereiche eines Systems. Interplanetare Flüge werden in Landungsschiffen ausgeführt, Raumschiffen, die bis zum Erreichen des Zielpunktes an das Sprungschiff gekoppelt bleiben. Die meisten zur Zeit im Dienst befindlichen Sprungschiffe sind schon Jahrhunderte alt, da die Nachfolgerfürsten nur sehr wenige neue Schiffe bauen konnten. Aus diesem Grund gibt es selbst zwischen erbitterten Gegnern eine unausgesprochene Übereinkunft, Sprungschiffe nicht zu zerstören.

BATTLETECH®

Vom Battletech®-Zyklus erschienen in der Reihe
HEYNE SCIENCE FICTION & FANTASY

BATTLETECH®